Classiques & Contemporains

Collection animée par
Jean-Paul Brighelli et Michel Dobransky

MARY HIGGINS CLARK

La Nuit du renard

Traduit de l'américain par
ANNE DAMOUR

Présentation, notes, questions et après-texte établis par

MICHÈLE SENDRE-HAÏDAR
professeur de lycée professionnel

D1396104

MAGNARD

Sommaire

QUI EST MARY HIGGINS CLARK ?

Mary Higgins Clark est née à New York dans une famille d'origine irlandaise. « Les Irlandais, dit-elle, sont par nature des conteurs » ; la romancière revendiquera toujours l'influence de ses racines sur son œuvre.

Son père meurt lorsqu'elle a neuf ans et sa mère doit l'élever seule, ainsi que ses deux frères. Après le lycée, Mary entre dans une école de secrétariat pour trouver un emploi et aider financièrement sa mère. Elle travaille durant trois ans dans une agence de publicité, puis, désirant voyager, elle devient, en 1949, hôtesse pour la compagnie aérienne Pan American Airlines. Elle découvre alors l'Europe, l'Asie, l'Afrique…

Elle se marie ensuite avec Warren Clark qu'elle connaît depuis l'âge de seize ans. Elle commence à écrire des nouvelles et, après avoir subi pendant six ans de très nombreux refus auprès de multiples éditeurs, elle vend enfin son premier récit en 1956 à *Extension Magazine* pour 100 dollars (environ 640 francs) !

Son mari meurt en 1964 d'une crise cardiaque et elle se retrouve, comme sa mère, seule avec ses cinq enfants. Elle travaille pour la radio en rédigeant des scripts et décide, une fois pour toutes, de devenir écrivain. Tous les matins, elle se lève à 5 heures et écrit jusqu'à 7 heures avant de conduire ses enfants à l'école. Son premier ouvrage est une biographie romancée de George

Washington, *Aspire to Heavens*. Elle rédige ensuite son premier roman à suspense, *Where Are the Children ?* qui devient un « best-seller » et marque un tournant déterminant dans sa vie et sa carrière.

En 1974, elle réalise ce dont elle avait toujours rêvé sans pouvoir l'accomplir, faute de moyens. Elle entre à l'université de Fordham et, cinq ans plus tard, obtient son doctorat de philosophie avec les félicitations du jury.

Depuis, elle a été gratifiée de quinze doctorats à titre honorifique et a reçu de très nombreuses récompenses de diverses associations, comme celle qui la consacre « Femme irlandaise de l'année ». En 1980, en France, elle obtient le Grand Prix de littérature policière pour son roman *La Nuit du renard*, qui est aujourd'hui considéré comme un grand classique de la littérature à suspense. En 1987, elle entre pour plusieurs années au Comité directeur des écrivains américains de romans policiers et, en 1988, elle se voit confier une chaire à l'« International Crime Congress ».

Les livres de Mary Higgins Clark sont traduits dans le monde entier et sont partout des « best-sellers ». Deux de ses romans (dont *La Nuit du renard*) sont devenus des longs métrages et de nombreux autres ont été adaptés pour la télévision. En France, elle détient le record des ventes de romans policiers étrangers. Aujourd'hui, elle vit avec son mari John Conheeney (épousé en 1996) à Saddle River, dans le New Jersey, entourée de ses six petits-enfants…

MARY HIGGINS CLARK

La Nuit du renard

En souvenir joyeux de Warren
et pour
Marilyn, Warren, David, Carol et Patricia

Ta mère, en ce miroir que tu lui es,
rappelle le gracieux avril de son bel âge.
SHAKESPEARE, *Sonnet* n° III.

1

Il était assis, immobile devant la télévision dans la chambre 932 de l'hôtel Biltmore. Le réveil avait sonné à 6 heures, mais il était debout depuis longtemps. Le vent froid et sinistre qui faisait trembler les vitres l'avait sorti d'un sommeil agité.

Les actualités du matin avaient commencé, mais il n'avait pas monté le son. Ni les nouvelles ni les éditions spéciales ne l'intéressaient. Il voulait juste regarder l'interview.

Mal à l'aise sur sa chaise trop raide, il croisait et décroisait les jambes. Il s'était douché, rasé, et avait mis le costume de tergal vert qu'il portait en arrivant à l'hôtel la veille au soir. La pensée que le jour était enfin arrivé avait fait trembler sa main et il s'était légèrement coupé la lèvre en se rasant. Il saignait encore un peu, le goût salé du sang dans sa bouche lui donna un haut-le-cœur.

Il avait horreur du sang.

La nuit dernière, au bureau de réception de l'hôtel, il avait senti le regard du réceptionniste glisser sur ses vêtements. Il portait son pardessus sous le bras, pour dissimuler son aspect minable. Mais le costume était neuf. Il avait fait des économies pour ça. Et pourtant l'homme l'avait regardé comme un pauvre type et lui avait demandé s'il avait fait une réservation.

Il n'avait jamais rempli de fiche dans un véritable hôtel, mais

savait comment s'y prendre. « Oui, j'ai une réservation », avait-il affirmé d'un ton sec, et le réceptionniste avait paru hésiter un
25 instant ; puis comme il n'avait pas de carte de crédit et proposait de payer comptant à l'avance, le sourire sarcastique était réapparu. « Je partirai mercredi matin », avait-il précisé.

La chambre coûtait cent quarante dollars pour les trois nuits. Il ne lui restait donc plus que trente dollars. C'était bien
30 assez pour ces quelques jours et mercredi il aurait quatre-vingt-deux mille dollars.

Le visage de la femme flotta devant lui. Il cligna des paupières pour le chasser. Car ensuite viendraient les yeux, ces gros globes lumineux qui le suivaient partout, le surveillaient,
35 jamais fermés.

Il aurait bien aimé une autre tasse de café. Très tôt ce matin, il avait appelé le garçon d'étage en suivant attentivement les instructions. On lui avait apporté du café et il en restait un peu ; mais il avait lavé la tasse, la soucoupe et le verre de jus
40 d'orange, rincé la cafetière et mis le plateau par terre dans le couloir.

Un spot publicitaire se terminait. Soudain intéressé, il se pencha vers l'écran. L'interview allait commencer. Voilà. Il tourna le bouton du son vers la droite.
45 Le visage familier de Tom Brokaw, présentateur des actualités, remplit l'écran. Grave, la voix posée, il commença. « Le rétablissement de la peine capitale est devenu la question la plus brûlante et la plus controversée dans ce pays depuis la

guerre du Viêt Nam[1]. Dans cinquante-deux heures très exactement, le 24 mars à 11 h 30, aura lieu la sixième exécution de
l'année ; le jeune Ronald Thompson, âgé de dix-neuf ans,
mourra sur la chaise électrique. Nos invités… »

La caméra recula sur les deux personnes assises de part et
d'autre de Tom Brokaw. L'homme à droite avait une trentaine
d'années. Ses cheveux cendrés, parsemés de fils gris, étaient un
peu décoiffés. Il avait les mains jointes, doigts écartés et poin-
tés vers le haut. Son menton posé sur le bout des doigts lui donnait une attitude de prière qu'accentuaient des sourcils
sombres, arqués sur des yeux d'un bleu hivernal.

La jeune femme de l'autre côté se tenait très droite sur sa
chaise. Un chignon lâche retenait sur sa nuque des cheveux
couleur de miel. Ses poings serrés reposaient sur ses genoux.
Elle s'humecta les lèvres et repoussa une mèche de cheveux.

Tom Brokaw disait : « Au cours de leur précédente entrevue
sur ce plateau, nos invités avaient très clairement exposé leur
point de vue sur la peine capitale. Sharon Martin, journaliste,
est également l'auteur du best-seller *Le Crime de la peine capitale*. Steven Peterson, rédacteur en chef du magazine
L'Événement, est l'une des personnalités les plus écoutées dans
le monde des médias à encourager le rétablissement de la peine
capitale dans ce pays. »

Sa voix s'anima. Il se tourna vers Steve. « Commençons par

---

1. Conflit qui opposa, de 1954 à 1975, le Viêt Nam du Nord, soutenu par l'URSS et le Viêt Nam du
Sud, soutenu par les États-Unis d'Amérique. En 1962, l'armée américaine intervint directement
dans le conflit, mais elle fut contrainte de se retirer en 1973.

vous, monsieur Peterson. Après avoir constaté l'émotion du
public au cours des dernières exécutions, pensez-vous toujours
75 que votre position soit justifiée ? »

Steve se pencha en avant. Quand il répondit, ce fut d'une
voix très calme. « Absolument », affirma-t-il.

Le présentateur se tourna vers son autre invitée. « Et vous,
Sharon Martin, quelle est votre opinion ? »

80 Sharon bougea légèrement pour faire face à son interlocuteur. Elle était crevée. Elle avait travaillé vingt heures par jour
ce mois dernier. Elle avait contacté des gens importants – séna-
teurs, membres du Congrès[1], juges, membres d'organisations
philanthropiques[2] –, tenu des conférences dans les universités,
85 dans les clubs féminins, pressant chacun d'écrire ou de télégra-
phier au gouverneur[3] du Connecticut[4] pour protester contre
l'exécution de Ronald Thompson. La réaction obtenue avait
été énorme. Elle avait vraiment cru que le gouverneur allait
revenir sur sa décision. Elle chercha ses mots.

90 « Je pense, dit-elle, je *crois* que nous, notre pays, avons reculé
d'un pas de géant vers le Moyen Âge. » Elle souleva la pile de
journaux à côté d'elle. « Regardez les titres de ce matin.
Analysez-les ! Ils sont assoiffés de sang. » Elle les feuilleta d'un

---

1. Parlement américain composé de deux chambres : la Chambre des représentants et le Sénat.
2. Il s'agit d'associations à but humanitaire, qui, par leurs dons, aident des individus ou des com-
munautés.
3. Chef du pouvoir exécutif de l'État dans lequel il a été élu. Chaque État des États-Unis est dirigé
par un gouverneur.
4. État du Nord-Est des États-Unis, limitrophe de l'État de New York.

geste rapide. « Celui-ci... "Le Connecticut met à l'épreuve la
chaise électrique", et celui-là... "Dix-neuf ans : il meurt mercredi" et encore, "L'assassin condamné clame son innocence".
Ils sont tous pareils, du sensationnel ! de la violence ! » Elle se
mordit les lèvres, sa voix se brisa.

Steve lui jeta un regard bref. Ils venaient juste d'apprendre
que le gouverneur annonçait publiquement son refus définitif
d'accorder à Thompson un autre délai d'exécution. La nouvelle
avait anéanti Sharon. Ce serait un miracle si elle ne tombait pas
malade après. Ils n'auraient pas dû accepter de venir à l'émission aujourd'hui. La décision du gouverneur rendait la présence
de Sharon inutile, et Dieu sait si Steve aurait préféré ne pas être
là. Il devait pourtant dire quelque chose.

« Je pense que tout honnête homme déplore le sensationnel
et la nécessité de la peine de mort, dit-il. Mais n'oubliez pas
qu'on ne l'applique jamais sans prendre en considération toutes
les circonstances atténuantes. Il n'y a pas de peine capitale *obli-
gatoire*.

– Croyez-vous que toutes ces circonstances aient été prises en
considération dans le cas de Ronald Thompson, demanda vivement Brokaw, à savoir le fait qu'il venait à peine d'avoir dix-sept
ans quand il a commis ce meurtre et ne dépendait donc plus du
tribunal pour enfants ? »

Steve répondit : « Comme vous pouvez vous en douter, je ne
ferai aucun commentaire sur le cas de Thompson. Ce serait
parfaitement inopportun.

120   — Je comprends votre souci, monsieur Peterson, dit le présentateur, mais vous aviez pris position sur cette question il y a bien des années… » Il s'arrêta avant de poursuivre d'un ton impassible : « Avant que Ronald Thompson n'assassine votre femme. »

125   *Avant que Ronald Thompson n'assassine votre femme.* La brutalité des mots surprenait encore Steve. Deux ans et demi après, il ressentait encore le choc et l'atrocité de la mort de Nina, étouffée par l'inconnu qui avait pénétré chez eux, par les mains qui avaient impitoyablement tordu l'écharpe autour de son 130 cou.

S'efforçant de chasser l'image de son esprit, il regarda droit devant lui. « Il fut un temps où j'espérais que la suppression de la peine de mort dans notre pays pourrait devenir définitive. Mais, comme vous venez de le faire remarquer, bien avant la 135 tragédie qui a frappé ma propre famille, j'en étais venu à la conclusion que si nous voulions protéger le droit le plus fondamental de l'homme… La liberté d'aller et de venir sans crainte, la liberté d'être en sécurité dans nos foyers, nous devions arrêter les auteurs de violences. Malheureusement, il semble n'y 140 avoir qu'une seule manière d'arrêter des meurtriers potentiels les traiter avec l'implacabilité dont ils font preuve à l'égard de leurs victimes. Et depuis la première exécution, il y a deux ans, le nombre des meurtres a considérablement baissé dans les grandes villes de notre pays. »

145   Sharon se pencha en avant. « Vous en parlez d'une façon tel-

lement rationnelle, s'écria-t-elle. Vous rendez-vous compte que quarante-cinq pour cent des meurtres sont commis par des jeunes de moins de vingt-cinq ans qui pour la plupart ont une vie familiale désastreuse et souffrent d'un grand facteur d'insta-
150 bilité ? »

Le spectateur solitaire dans la chambre 932 de l'hôtel Biltmore quitta des yeux Steve Peterson pour contempler la jeune femme. C'était elle, l'écrivain que l'on voyait partout avec Steve. Elle ne ressemblait pas du tout à sa femme ; elle était
155 manifestement plus grande, avec un corps mince et élancé de sportive. La femme de Steve était petite et menue ; elle avait une poitrine ronde et des cheveux noirs de jais qui bouclaient sur son front et ses oreilles quand elle remuait la tête.

Les yeux de Sharon Martin lui rappelaient la couleur de
160 l'océan le jour où il était à la plage, l'été dernier. Il avait entendu dire que Jones Beach était la plage idéale pour rencontrer des filles, mais, pour lui, ça n'avait pas marché. Celle qu'il avait commencé de draguer dans l'eau s'était mise à appeler, « Bob ! », et une minute plus tard ce type s'était amené en lui
165 demandant de quoi il s'agissait. Pour finir, il avait apporté sa couverture sur le sable et s'était contenté de contempler l'océan, regardant changer les couleurs. Vert. C'était cela. Un vert troublant, moucheté de bleu. Il aimait les yeux de cette couleur.

Que disait Steve ? Ah ! oui, qu'il avait pitié des victimes et
170 non de leurs meurtriers, qu'il avait pitié de « ceux qui n'ont pas les moyens de se défendre » !

« Ma sympathie va aussi vers eux », s'écria Sharon. Mais ce n'est pas l'un ou l'autre. Ne comprenez-vous pas que l'emprisonnement à vie serait une peine suffisante pour tous les
175 Ronald Thompson de ce monde ? » Elle oubliait Tom Brokaw, elle oubliait les caméras et, une fois encore, s'efforçait de convaincre Steve. « Comment pouvez-vous... vous si compatissant... vous qui donnez tant de prix à la vie... vouloir jouer le rôle de Dieu ? » demanda-t-elle. « Comment quelqu'un peut-
180 il prétendre jouer le rôle de Dieu ? »

La discussion prenait le même tour qu'il y a six mois, quand ils s'étaient rencontrés à cette émission. Tom Brokaw finit par dire : « Notre temps d'antenne est bientôt terminé. Pouvons-nous conclure en disant que malgré les rassemblements, les
185 émeutes dans les prisons, les manifestations d'étudiants qui ont lieu régulièrement dans tout le pays, vous persistez à soutenir, monsieur Peterson, que la vive régression du meurtre gratuit justifie la peine de mort ?

— Je crois au droit moral... au devoir... de la société de se
190 protéger elle-même, et au devoir du gouvernement de protéger la liberté sacrée de ses citoyens, déclara Steve.

— Sharon Martin ? » Brokaw se tourna vers elle.

« Je crois la peine de mort dénuée de sens, indigne de l'homme civilisé. Je crois que nous pouvons préserver la sécu-
195 rité des foyers et de la rue en mettant les grands criminels hors d'état de nuire, en leur infligeant des peines rapides et sûres, en votant les emprunts qui permettront de créer les centres de

délinquants nécessaires et de rémunérer le personnel employé.
Je crois que c'est notre respect pour la vie, pour *toute* vie, qui
200 est la preuve finale que nous agissons en tant qu'individus et en
tant que société. »

Tom Brokaw conclut en hâte. « Sharon Martin, Steven
Peterson, merci de vous être joints à nous sur ce plateau.

Nous reprendrons le cours de nos émissions après cette
205 annonce… »

La télévision dans la chambre 932 du Biltmore s'éteignit net.
Un long moment, l'homme robuste et musclé dans son costume à carreaux verts resta assis le regard fixé sur l'écran obs-
curci. Une fois de plus, il repensa à son plan : d'abord porter les
210 photos et la valise dans la pièce secrète de Grand Central
Station[1], et en dernier lieu y emmener Neil, le fils de Steve
Peterson, cette nuit même. Mais, auparavant, il devait prendre
une décision. Sharon Martin serait chez Steve ce soir. Elle
devait garder Neil jusqu'au retour de son père.
215 Il avait pensé l'éliminer sur place.

Mais le pourrait-il ? Elle était si belle.

Il revit ses yeux, la couleur de l'océan, troublante, tendre.

Il lui avait semblé qu'en regardant les caméras, elle regardait
vers lui.
220 On aurait dit qu'elle l'appelait.

Peut-être l'aimait-elle ?

---

1. Grand Central Station : gare principale de New York. (*N.d.T.*).

Si elle ne l'aimait pas, il serait facile de se débarrasser d'elle.

Il la laisserait à Grand Central avec le gosse mercredi matin.

À 11 h 30, quand la bombe éclaterait, de Sharon Martin, non plus, il ne resterait rien.

2

Ils quittèrent ensemble le studio, marchant à quelques pas l'un de l'autre. La cape de tweed de Sharon pesait lourd sur ses épaules. Elle avait les pieds et les mains glacés. Elle enleva ses gants et constata que la bague ancienne avec une pierre de lune
5 que lui avait donnée Steve pour Noël avait une fois de plus sali son doigt. Certaines peaux ont un taux d'acidité tel qu'elles ont toujours ce problème au contact de l'or.

Steve la dépassa et lui ouvrit la porte. Ils marchèrent dans le petit matin aigre. Il faisait très froid et la neige commençait à
10 tomber, épaisse, frappant leurs visages de ses flocons glacés.

« Je vais t'appeler un taxi, dit-il.

– Non. Je préfère marcher.

– C'est idiot. Tu as l'air morte de fatigue.

– Cela m'éclaircira les idées. Oh ! Steve, comment peux-tu
15 être si positif… si sûr de toi… si sévère !

– Ne recommençons pas, chérie.

– Nous devons recommencer !

– Non, pas maintenant. » Steve la regarda, à la fois impatient et inquiet. Sharon avait les yeux brillants, striés de rouge ; le
20 maquillage de télévision n'avait pas camouflé la pâleur qu'accentuait maintenant la neige fondant sur ses joues et son front.

« Tu devrais rentrer te reposer, dit-il. Tu en as besoin.

– Il faut que je rende mon papier.

– Bon, essaye de dormir quelques heures. Pourras-tu venir à

25 la maison vers six heures moins le quart ?

– Steve, je ne suis pas sûre…

– Moi si. Nous ne nous sommes pas vus depuis trois semaines. Les Lufts comptent sortir pour leur anniversaire et je veux être à la maison ce soir avec toi et avec Neil. »

30 Ignorant les gens qui se pressaient dans les immeubles de Rockefeller Center, Steve prit le visage de Sharon entre ses mains. Elle avait un air triste et bouleversé. Il dit d'un ton grave : « Je t'aime, Sharon, tu le sais. Tu m'as horriblement manqué ces dernières semaines. Il faut que nous parlions de
35 nous deux.

– Steve, nous n'avons pas les mêmes idées. Nous… »

Il se pencha et l'embrassa. Ses lèvres restaient froides. Il sentit son corps se contracter. Se séparant d'elle, il héla un taxi. Quand la voiture se gara le long du trottoir, il ouvrit la porte et
40 donna au chauffeur l'adresse du *News Dispatch*. Avant de refermer, il demanda : « Je peux compter sur toi ce soir ? »

Elle hocha la tête sans rien dire. Steve attendit que le taxi tourne dans la Cinquième avenue et marcha rapidement en direction de l'ouest. Il avait dormi au Gotham Hotel la nuit
45 dernière, car il devait être au studio à 6 h 30, et il désirait téléphoner à Neil avant son départ pour l'école. Il s'inquiétait chaque fois qu'il devait s'absenter. Neil faisait encore des cauchemars, ses crises d'asthme le réveillaient souvent. Mme Lufts appelait toujours immédiatement le médecin, mais néan-
50 moins…

L'hiver était si rude, si humide. Au printemps, peut-être, lorsqu'il pourrait sortir, Neil reprendrait des forces. Il était toujours si pâle.

Le printemps ! Mon Dieu, c'était le printemps ! L'équinoxe vernal[1] s'était installé cette nuit et l'hiver était officiellement terminé. Qui l'aurait supposé étant donné les prévisions météorologiques ?

Au bout de la rue, Steve tourna en direction du nord. Il se souvenait de sa première rencontre avec Sharon, six mois auparavant. Quand il était venu la chercher chez elle, le premier soir, elle avait eu envie de marcher jusqu'au restaurant la « Tavern on The Green » en passant par Central Park[2]. Il l'avait prévenue qu'il faisait un peu plus froid, que c'était le premier jour d'automne.

« Merveilleux ! s'était-elle exclamée. Je commençais justement à en avoir assez de l'été. » Pendant les premiers mètres, ils étaient restés presque silencieux. Il admirait sa façon de marcher, d'accorder si bien son pas au sien, sa mince silhouette bien prise dans le tailleur ceinturé dont la couleur s'harmonisait avec ses cheveux. Il se souvenait qu'une brise fraîche faisait tomber les premières feuilles et que le soleil couchant accentuait le bleu profond du ciel d'automne.

« Par une nuit comme celle-là, je pense toujours à cet air de

---

1. Équinoxe de printemps (21 mars). Période de l'année où le jour a une durée égale à celle de la nuit.
2. Le parc le plus connu de New York.

l'opérette *Camelot,* lui avait-elle dit. Vous savez, *Si jamais je te*
75 *quittais.* » Elle avait chantonné doucement : « Comment partir
en automne, je ne saurai jamais. Je t'ai vu resplendir dès la mor-
sure de l'automne. Je te connais en automne et ne peux m'en
aller… » Elle avait une jolie voix de contralto.

Si jamais je te quittais…

80 Était-il tombé amoureux d'elle à cette minute même ?

La soirée avait été si parfaite. Ils s'étaient attardés à bavarder
après le dîner, tandis qu'autour d'eux les gens entraient et sortaient.

De quoi avaient-ils parlé ? De tout. Son père était ingénieur
85 dans une compagnie pétrolière. Ses deux sœurs étaient nées à
l'étranger. Elles étaient maintenant mariées.

« Comment y avez-vous échappé ? » Il devait poser la question. Tous deux savaient bien qu'elle signifiait en réalité : « Y a-
t-il quelqu'un dans votre vie ? »

90 Mais il n'y avait personne. Elle avait passé la plupart de son
temps à voyager pour son ancien journal avant de devenir édi-
torialiste. C'était intéressant et très amusant et les sept années
qui avaient suivi l'université s'étaient écoulées sans qu'elle s'en
aperçoive.

95 Ils étaient rentrés chez elle à pied et, au second carrefour,
s'étaient pris par la main. Elle l'avait invité à prendre un dernier
verre, mettant une très légère emphase[1] dans « dernier verre ».

Pendant qu'il préparait les boissons, elle avait allumé le petit

---

1. Exagération pompeuse.

bois dans la cheminée et ils étaient restés assis côte à côte à
100 regarder le feu.

Steve gardait un souvenir intense de cette nuit-là, de la façon
dont le feu faisait briller l'or de ses cheveux, jetait des ombres
sur son profil droit, illuminait son rare et beau sourire. Il avait
failli la prendre dans ses bras, mais l'avait simplement embras-
105 sée doucement en partant. « Samedi, si vous êtes libre... » Il
avait attendu.

« Je suis libre.

– Je vous appellerai dans la matinée. »

Et sur le chemin du retour, il avait su que la solitude infinie
110 de ces deux dernières années allait peut-être se dissiper. Si
jamais je te quittais... Ne me quitte pas, Sharon.

Il était huit heures moins le quart quand il pénétra au 1 347
de l'avenue des Amériques. Les employés de *L'Événement*
n'avaient pas pour habitude d'être matinaux. Les couloirs
115 étaient déserts. Saluant le gardien devant l'ascenseur, Steve
monta dans son bureau du trente-sixième étage et téléphona
chez lui.

Mme Lufts répondit. « Oh ! Neil va très bien ! Il est en train
de prendre son petit déjeuner, de grignoter, devrais-je dire.
120 Neil, c'est ton père. »

Neil prit l'appareil. « Hello, papa, quand rentres-tu à la maison ?

– À 8 h 30. J'ai une réunion à 5 heures de l'après-midi.

Les Lufts vont toujours au cinéma, n'est-ce pas ?

125 — Oui, je crois.

— Sharon sera à la maison avant 6 heures afin qu'ils puissent partir.

— Je sais, tu me l'as dit. » La voix de Neil était neutre.

« Bon. Passe une bonne journée, mon petit. Et couvre-toi
130 bien. Il commence à faire froid ici. Est-ce que vous avez déjà de la neige ?

— Non, c'est juste un peu couvert.

— Bon. À ce soir.

— Au revoir, papa. »

135 Steve fronça les sourcils. Il avait du mal à se rappeler le temps où Neil était un enfant plein d'entrain et de joie de vivre. La mort de Nina avait tout changé. Il voulait que Neil et Sharon se rapprochent l'un de l'autre. Sharon faisait vraiment tout ce qu'elle pouvait pour briser la réserve de Neil, mais il ne cédait
140 pas d'un pouce. Pas encore, du moins.

Du temps. Tout prenait du temps. Avec un soupir, Steve se tourna vers la table qui se trouvait derrière son bureau et prit l'éditorial sur lequel il avait travaillé la nuit précédente.

BIEN LIRE

Chapitre 2
- **Quel cadeau de Noël Steve Peterson a-t-il donné à Sharon Martin ?**
- **De quelle maladie Neil souffre-t-il ?**

3

L'occupant de la chambre 932 quitta le Biltmore à 9 h 30. Il sortit sur la Quarante-quatrième rue et prit à l'est vers la Deuxième avenue. Le vent vif, porteur de neige, pressait les passants, les faisait se recroqueviller, le cou enfoui dans leurs
5 cols relevés.

C'était un temps qui lui convenait, le genre de temps où personne ne prête attention à ce que vous faites.

Sa première halte fut une boutique de fripier sur la Deuxième avenue, après la Trente-quatrième rue. Négligeant
10 les autobus qui se succédaient à quelques minutes d'intervalle, il fit à pied les quatorze blocs[1]. Marcher était un bon exercice, et il était essentiel de rester en forme.

La boutique était vide à l'exception de la vieille vendeuse qui lisait d'un air morne le journal du matin.

15 « Vous désirez quelque chose de particulier ? demanda-t-elle.

– Non. Je jette juste un coup d'œil. » Il repéra les cintres des manteaux de femme et s'en approcha. Fouillant parmi les vêtements usagés, il choisit un manteau de laine gris froncé, très ample et qui lui parut assez long. Sharon Martin était plutôt
20 grande, se dit-il. Il y avait un rayon de foulards pliés près des cintres. Il prit le plus grand, un rectangle d'un bleu délavé.

La femme fourra ses achats dans un sac en plastique.

---

1. Pâtés de maisons, groupes d'immeubles entre des rues perpendiculaires.

Le magasin de surplus militaire était à côté. C'était commode. Au rayon du camping, il acheta un grand sac de marin
25 en toile épaisse. Il le choisit avec le plus grand soin, suffisamment grand pour contenir le garçon, suffisamment épais pour que l'on ne puisse pas deviner ce qu'il contenait, suffisamment large pour laisser assez d'air quand la corde serait nouée.

Dans un supermarché de la Première avenue, il acheta six
30 rouleaux de larges bandes de coton et deux pelotes de corde. Il ramena tous ses achats au Biltmore. Le lit de la chambre était fait et il y avait des serviettes de toilette propres dans la salle de bains.

Des yeux, il s'assura que la femme de ménage n'avait pas tou-
35 ché au placard : ses autres chaussures étaient dans la position exacte où il les avait laissées, l'une dépassant à peine l'autre, à deux doigts de la vieille valise noire à double serrure debout dans le coin.

Il ferma la porte de la chambre à clé et mit les paquets sur le
40 lit. Avec d'infinies précautions, il sortit la valise du placard et la posa au pied du lit. Il prit une clé dans son portefeuille et ouvrit la valise.

Il en vérifia minutieusement le contenu : les photos, la poudre, le réveil, les fils métalliques, le détonateur, le couteau
45 de chasse, et le revolver. Satisfait, il referma la valise.

Il quitta la chambre, emportant la valise et le sac en plastique. Cette fois, il traversa le hall inférieur du Biltmore et prit la galerie souterraine qui menait au niveau supérieur de Grand

Central Station. Le flot matinal des voyageurs de banlieue était
passé, mais il y avait encore beaucoup de monde. Les gens s'empressaient au départ et à l'arrivée des trains, traversaient la gare
pour rejoindre la Quarante-deuxième rue ou Park Avenue, s'attardaient dans les boutiques de la galerie, les guichets de pari
mutuel, les self-services et les kiosques à journaux.

D'un pas alerte, il descendit vers le niveau inférieur et se
retrouva sur le quai 112 où arrivaient et partaient les trains de
Mount Vernon. Il n'y avait pas de train annoncé avant dix-huit
minutes et le quai était désert. Un rapide coup d'œil l'assura
qu'aucun garde ne regardait dans sa direction, et il disparut
dans les escaliers qui descendaient sur le quai.

Le quai tournait en U au bout de la voie ferrée. De l'autre
côté, une rampe menait dans les profondeurs de la gare.
Contournant la voie, il marcha vers la rampe. Ses mouvements
devenaient plus rapides, furtifs. Les bruits changeaient dans cet
autre univers. Au-dessus, la gare bourdonnait des allées et
venues de milliers de voyageurs. Ici, un générateur trépidait,
des ventilateurs ronflaient l'eau suintait sur le sol humide. Les
formes silencieuses, étiques[1], de quelques chats miteux se faufilaient subrepticement dans le tunnel qui passait non loin de là
sous Park Avenue. Une rumeur sourde et continue provenait de
la voie d'évitement où les trains venaient tourner et souffler
avant de prendre leur départ.

Il poursuivit sa descente progressive jusqu'au pied d'un esca-

---

1. Excessivement maigres.

lier métallique, gravit les marches à pas feutrés, posant avec
75 application un pied l'un après l'autre. Un garde venait de temps
à autre inspecter l'endroit. La lumière était très faible, mais on
ne savait jamais…

Au bout du petit palier se dressait une lourde porte en fer. Il
posa délicatement la valise et le sac par terre, chercha la clé dans
80 son portefeuille. Pressé, nerveux, il l'introduisit dans la serrure.
Le pêne[1] céda avec réticence et la porte s'ouvrit.

Il faisait très noir à l'intérieur. Il tâtonna à la recherche de
l'interrupteur et, sans le lâcher, se baissa pour tirer la valise et le
sac dans la pièce. La porte se referma sans bruit.

85 L'obscurité était totale. Il pouvait à peine deviner les
contours de la pièce. Une odeur de moisi dominait. Avec un
long soupir, l'intrus s'efforça de se décontracter. Il prêta l'oreille
aux bruits de la gare mais ils étaient trop éloignés, et on ne les
discernait qu'en faisant un effort pour les écouter.

90 Tout allait bien.

Il poussa l'interrupteur et une lumière lugubre envahit la
pièce. Un néon poussiéreux éclairait le plafond et les murs
lépreux, projetant de grandes ombres obscures dans les coins.
La pièce était en forme de L, une pièce en ciment, avec des
95 murs en ciment d'où pendaient des lambeaux écaillés de peinture grise. À gauche de la porte se trouvaient deux énormes
vieux bacs à vaisselle. L'eau en gouttant des robinets avait creusé
des rigoles de rouille dans l'épaisse croûte de saleté. Au milieu

---

1. Pièce mobile d'une serrure qui permet de bloquer ou d'ouvrir une porte.

de la pièce, des planches irrégulières et étroitement clouées enfermaient un appareil en forme de cheminée, un monte-plats. Une porte étroite à l'extrême droite du L était entre-bâillée, révélant des cabinets crasseux.

Il savait qu'ils fonctionnaient. Il était venu la semaine dernière dans cette pièce, pour la première fois depuis vingt ans, et avait vérifié la lumière et la tuyauterie. Quelque chose l'avait poussé à venir ici, quelque chose lui avait rappelé cette pièce quand il avait conçu son plan.

Un vieux lit de camp bancal penchait contre le mur du fond, un cageot retourné à côté. Le lit et le cageot l'ennuyaient. Quelqu'un, un jour, avait découvert la pièce et s'y était installé. Mais la poussière sur le lit et le relent d'humidité étaient la preuve que l'endroit était resté fermé depuis des mois, peut-être même des années.

Il n'était pas venu ici depuis l'âge de seize ans, plus de la moitié de sa vie. Cette pièce servait alors à l'Oyster Bar. Situé directement sous la cuisine de ce restaurant, le vieux monte-plats transportait des montagnes de vaisselle graisseuse destinée à être lavée dans les deux grands éviers, puis séchée et remontée.

Il y a des années, la cuisine de l'Oyster Bar avait été refaite et équipée de machines à laver. Et on avait condamné la pièce. C'était aussi bien. Qui voudrait travailler dans ce trou infect ?

Mais elle pouvait encore servir.

Quand il avait cherché où cacher le fils de Peterson jusqu'au paiement de la rançon, il s'était souvenu de cette pièce. À l'exa-

125 men, elle lui avait paru parfaite pour son plan. Du temps où il
y travaillait, les mains gonflées, irritées par les détergents, l'eau
et les grands torchons mouillés, la gare fourmillait de gens bien
habillés qui rentraient chez eux, dans leurs voitures et leurs
maisons de luxe, ou qui venaient s'asseoir au restaurant devant
130 des assiettes pleines de crevettes, de clams, d'huîtres et de pois-
sons grillés, qu'il devait ensuite nettoyer sans que personne ne
lui prêtât jamais attention.

Il ferait en sorte que chacun, dans Grand Central, à New
York, *dans le monde entier*, le remarque, lui. Après mercredi,
135 jamais plus on ne l'oublierait.

Il lui avait été facile d'entrer dans la pièce. Une empreinte de
cire de la vieille serrure rouillée. Ensuite, il avait fabriqué une
clé. À présent, il pouvait aller et venir à sa guise.

Cette nuit, Sharon Martin et le gosse seraient là, avec lui.
140 Grand Central Station. La gare la plus animée du monde. Le
meilleur endroit au monde pour cacher quelqu'un.

Il éclata de rire. Il pouvait rire maintenant. Il se sentait
lucide, fort, en pleine forme. Les murs lépreux, le lit bancal,
l'eau suintante et les planches fendues l'excitaient.

145 Ici, il était le maître, l'organisateur. Il avait tout prévu pour
avoir son argent. Il allait clore les yeux pour toujours. Il ne pouvait plus continuer à rêver de ces yeux. Il ne le supportait plus.
Ils étaient devenus un réel danger.

Mercredi. Mercredi matin à 11 h 30, dans exactement qua-
150 rante-huit heures. Il s'envolerait pour l'Arizona où personne ne

le connaissait. Il n'était plus en sécurité à Carley. On y posait trop de questions.

Mais là-bas, avec l'argent… les yeux disparus… et si Sharon l'aimait, il l'emmènerait avec lui.

Il porta la valise devant le lit de camp et la posa avec soin à plat sur le sol. Il l'ouvrit, en retira le petit magnétophone et l'appareil-photo qu'il glissa dans la poche gauche de son vieux pardessus brun déformé. Le couteau de chasse et le revolver dans la poche droite. Aucun renflement n'était visible à travers l'épaisseur du tissu.

Il prit le sac en plastique, en disposa méthodiquement le contenu sur le lit. Le manteau, le foulard, la corde, le sparadrap et les bandes. Il les fourra dans le sac de marin. Puis il retira le paquet de photos géantes soigneusement enroulées, les déroula, les étala, lissant, aplatissant la courbure de chacune. Son regard s'attarda. Un sourire de réminiscence, rêveur, étira ses lèvres minces.

Il appliqua les trois premières photos sur le mur, au-dessus du lit de camp, les fixa avec du sparadrap. Il contempla la quatrième avant de l'enrouler de nouveau lentement.

Pas encore, décida-t-il.

Le temps passait. Par précaution, il éteignit la lumière avant d'entrouvrir la porte de quelques centimètres. Il écouta. Il n'y avait pas un bruit de pas.

Se glissant dehors, il descendit sans bruit les marches métalliques et passa en hâte devant le générateur trépidant, les venti-

lateurs ronflants, le tunnel béant, remonta la rampe, contourna
la voie de Mount Vernon, monta au niveau inférieur de Grand
Central Station. Là, il se mêla à la foule, silhouette musclée
180 d'un homme dans la force de l'âge, le torse bombé, la démarche
raide. Dans son visage gercé, boursouflé, aux pommettes
saillantes, aux lèvres minces et serrées, les paupières lourdes ne
dissimulaient qu'à moitié des yeux pâles au regard fureteur.

Un billet à la main, il se pressa vers le niveau supérieur d'où
185 partait le train pour Carley, Connecticut.

BIEN LIRE

CHAPITRE 3
- **Dans quelle ville du Connecticut séjourne le criminel ?**
- **Dans quelle autre ville et à quel endroit précis se situe sa cachette ?**
- **Qui est, selon vous, représenté sur la quatrième photo ?**

4

Neil attendait le car de l'école au coin de la rue. Il savait que Mme Lufts le regardait par la fenêtre. Il détestait cela. Aucun de ses amis n'était surveillé par sa mère comme il l'était par Mme Lufts. On aurait dit qu'il était au jardin d'enfants et non à la grande école.

Si jamais il pleuvait, il était forcé d'attendre l'arrivée du car à la maison. Il détestait cela aussi. Il avait l'air d'une poule mouillée. Il avait bien essayé de l'expliquer à son père, mais celui-ci n'avait pas compris. Il avait simplement répondu que Neil devait faire attention à cause de ses crises d'asthme.

Sandy Parker était en huitième. Il habitait une rue plus loin, mais prenait le car à cet arrêt. Il voulait toujours s'asseoir à côté de Neil. Neil aurait préféré qu'il se mette autre part. Sandy parlait toujours de choses dont Neil ne voulait pas parler.

Au moment où le car arrivait, Sandy apparut tout essoufflé, ses livres glissant de ses bras. Neil tenta de se faufiler vers une place dans le fond, mais Sandy l'appela : « Ici, Neil. Il y a deux places. » Le car était bruyant. Tous les enfants parlaient le plus haut possible. Sandy ne parlait pas fort, mais on ne manquait pas un seul des mots qu'il prononçait.

Il était surexcité. À peine assis, il annonça : « On a vu ton père aux actualités, au petit déjeuner.

– Mon père ? » Neil secoua la tête. « Tu te fiches de moi ?

– Non, c'est vrai. La dame que j'ai vue chez toi y était aussi,
Sharon Martin. Ils se disputaient.

– Pourquoi ? » Neil n'avait pas envie de poser de questions. Il
n'était jamais sûr de pouvoir croire Sandy.

« Parce qu'elle croit qu'il ne faut pas tuer les criminels et que
ton père pense le contraire. Mon père dit qu'il a raison. Il dit
que le type qui a tué ta mère doit griller. » Sandy répéta le mot
avec emphase : « *Griller !* »

Neil se tourna vers la fenêtre. Il appuya son front contre la
vitre froide. Il avait envie d'être à ce soir. Il n'aimait pas rester
seul avec les Lufts. Ils étaient gentils avec lui, mais ils se disputaient beaucoup ; M. Lufts allait au bar du coin, et Mme Lufts
se mettait en fureur, même si elle essayait de le dissimuler
devant Neil.

« Tu n'es pas content qu'ils tuent Ronald Thompson mercredi ? insista Sandy.

– Non… enfin… je n'y pense pas », fit Neil à voix basse.

Ce n'était pas vrai. Il y pensait. Il en rêvait aussi, toujours le
même rêve. Il jouait avec ses trains en haut dans sa chambre.
Maman était à la cuisine, occupée à ranger les provisions. Il
commençait à faire nuit. Un de ses trains avait déraillé et il avait
coupé le courant.

C'était à ce moment qu'il avait entendu un bruit bizarre,
comme un cri, mais pas très fort. Il avait descendu les escaliers
en courant. Il faisait presque noir dans le salon, mais il l'avait
vue. Maman. Ses bras essayaient de repousser quelqu'un. Elle

faisait des bruits affreux, étouffés. L'homme serrait quelque chose autour de son cou.

Neil était resté sur le pas de la porte. Il voulait l'aider mais il ne pouvait pas bouger. Il voulait appeler au secours, mais il ne pouvait pas émettre un son. Il s'était mis à respirer comme maman, des drôles de gargouillements, et puis ses genoux étaient devenus tout mous.

L'homme s'était retourné en l'entendant et il avait laissé tomber maman. Neil tombait aussi. Il sentait qu'il tombait. Ensuite, la pièce était devenue plus claire. Maman était allongée par terre. Sa langue sortait, sa figure était bleue, ses yeux fixes. L'homme était agenouillé près d'elle maintenant ; il avait les mains sur sa gorge. Il avait levé les yeux vers Neil et s'était enfui, mais Neil avait pu bien voir son visage.

Couvert de sueur et terrifié. Neil avait dû tout raconter aux policiers et reconnaître l'homme au procès. Ensuite, papa avait dit : « Essaye d'oublier, Neil. Souviens-toi de tous les jours heureux avec maman. » Mais il ne pouvait pas oublier. Il faisait toujours le même rêve et il se réveillait avec une crise d'asthme.

Maintenant, papa allait peut-être se marier avec Sharon. Sandy lui avait raconté que tout le monde disait que son père allait se remarier. Sandy disait qu'une femme n'a pas envie des enfants des autres, surtout quand ils sont souvent malades. M. et Mme Lufts parlaient tout le temps de partir en Floride. Neil se demandait si papa le laisserait aux Lufts quand il épouserait Sharon. Il espérait que non. Malheureux, il regarda par la fenêtre, tellement perdu dans ses pensées que Sandy dut lui donner un coup de coude quand le car s'arrêta devant l'école.

BIEN LIRE

CHAPITRE 4

• Pourquoi Neil avait-il coupé le courant lors de l'assassinat de sa mère ?

• Quelle différence remarquez-vous dans le décor après que Neil soit tombé ? En quoi ce détail est-il important ?

5

Le taxi freina en crissant devant l'immeuble du journal *News Dispatch* sur la Quarante-deuxième rue est. Sharon fouilla dans son sac, sortit deux dollars et régla le chauffeur.

La neige avait momentanément cessé de tomber mais il faisait de plus en plus froid et le trottoir était glissant.

Elle se rendit tout de suite à la salle de rédaction, déjà bourdonnante des préparatifs de l'édition de l'après-midi. Il y avait une note dans son casier. Le rédacteur en chef adjoint désirait la voir immédiatement.

Troublée par l'urgence du message, elle traversa en hâte la salle bruyante. Il était seul dans son petit bureau encombré. « Entrez et fermez la porte. » Il lui fit signe de s'asseoir. « Vous avez votre papier[1] pour aujourd'hui ?

– Oui.

– Vous encouragez à multiplier les appels pour inciter le gouverneur Greene à commuer la peine de Thompson, n'est-ce pas ?

– Bien sûr. J'y ai pensé. Je vais changer l'introduction.

Le fait que Mme Greene ait dit qu'elle refusait d'accorder un autre délai d'exécution peut nous aider. Cela risque de pousser encore plus de gens à l'action. Nous avons encore quarante-huit heures.

---

1. Article, dans le jargon journalistique.

– Laissez tomber. »

Sharon le regarda, médusée. « Comment ça, "laissez tom-
25 ber" ? Vous m'avez toujours soutenue dans cette affaire.

– J'ai dit : laissez tomber. Après avoir pris sa décision,
Mᵐᵉ Greene a elle-même appelé le vieux et l'a envoyé au diable,
déclarant que nous faisions délibérément du sensationnel pour
faire vendre le journal. Elle a dit qu'elle n'était pas non plus par-
30 tisane de la peine capitale, mais qu'elle n'avait aucun droit d'intervenir dans le jugement de la Cour sans nouvelles preuves.
Elle a ajouté que si nous voulions faire campagne pour modi-
fier la Constitution, c'était notre droit, et qu'elle nous soutien-
drait. Mais, par contre, que nos pressions pour qu'elle inter-
35 vienne dans un cas particulier prouvaient une conception fan-
taisiste de la justice. Le vieux a fini par lui donner raison. »

Sharon sentit son estomac se tordre comme si on l'avait bat-
tue. Pendant quelques secondes, elle eut peur de vomir. Serrant
les lèvres, elle lutta contre le spasme qui lui contractait la gorge.
40 Le rédacteur lui lança un regard inquiet. « Ça va, Sharon ? Vous
êtes toute pâle. »

Elle refoula difficilement le goût d'amertume.

« Ça va.

– Je peux trouver quelqu'un pour assurer le reportage sur la réu-
45 nion de demain. Vous devriez vous reposer pendant quelques jours.

– Non. » Le débat à l'Assemblée législative du Massachusetts
portait sur l'abolition de la peine de mort dans l'État. Elle
tenait à y assister.

« Comme vous voulez. Remettez votre papier et rentrez chez vous. » Sa voix prit un ton compatissant. « Je suis désolé, Sharon. Un amendement constitutionnel[1] prendra des années et je pensais que si nous obtenions que Mme Greene soit la première à accorder une commutation de peine capitale, on aurait pu suivre la même démarche à chaque fois. Mais je comprends sa position. »

Sharon lança : « Et moi, je comprends que le meurtre légalisé est loin d'être contesté, si ce n'est dans l'abstrait. » Sans attendre sa réaction, elle se leva et quitta la pièce. De retour à son bureau, elle prit dans la poche de sa sacoche les feuilles dactylographiées de l'article sur lequel elle avait travaillé une grande partie de la nuit. Elle déchira soigneusement les pages en deux, en quatre, et en huit. Elle les regarda voltiger dans la corbeille à papiers défoncée.

Plaçant une feuille de papier vierge sur la machine à écrire, elle commença à taper. « Une fois de plus, la Société va exercer un privilège récemment reconquis, le droit de tuer. Il y a près de deux cents ans, le philosophe français Voltaire[2] écrivait : "Je ne propose pas sans doute l'encouragement du meurtre, mais le moyen de le punir sans un meurtre nouveau."

« Si vous pensez que la peine de mort doit être abolie par la Constitution… »

---

1. Modification d'un article de la Constitution.
2. Écrivain et philosophe français du siècle des Lumières (1694-1778), auteur, entre autres, de *Zadig* (1747), *Candide* (1759) et du *Traité sur la tolérance* (1763).

Elle écrivit deux longues heures sans bouger, coupant des paragraphes entiers, rajoutant des phrases, corrigeant. L'article terminé, elle le retapa, le remit à la rédaction, quitta le journal et héla un taxi. « Quatre-vingt-quinzième rue, juste après Central Park West, s'il vous plaît », dit-elle.

Le taxi tourna dans l'avenue des Amériques et entra dans Central Park South. Sharon contemplait d'un air sombre les nouveaux flocons de neige qui se posaient sur l'herbe. Si cela continuait, demain les enfants viendraient faire de la luge.

Le mois dernier, Steve avait apporté ses patins à glace et ils étaient allés patiner à la patinoire Wollman. Neil devait l'accompagner. Après le patinage, Sharon avait projeté d'aller au zoo et de dîner au restaurant la « Tavern on the Green ». Mais, à la dernière minute, Neil avait prétexté qu'il ne se sentait pas bien et il était resté à la maison. Il ne l'aimait pas. C'était évident.

« Voilà, mademoiselle.

– Comment ? Oh ! excusez-moi ! » Ils s'engageaient dans la Quatre-vingt-quinzième rue. « La troisième maison à gauche. » Elle habitait le rez-de-chaussée sur jardin d'un immeuble de trois étages en pierre brune qui avait été rénové.

Le taxi s'arrêta devant la porte. Le chauffeur, un homme mince et grisonnant, lui jeta un regard interrogateur par-dessus l'épaule. « Ça va donc si mal ? Vous avez l'air à plat. »

Elle esquissa un sourire. « C'est le temps, je suppose. » Un œil sur le compteur, elle chercha de la monnaie dans sa poche et laissa un généreux pourboire.

Le chauffeur tendit le bras en arrière pour lui ouvrir la porte. « Bon sang, avec un temps pareil, vous allez voir la tête des gens aux heures de pointe ! Et si jamais il se met à neiger pour de bon… Si vous voulez mon avis, vous feriez mieux de rester chez vous.

– Je dois partir dans le Connecticut ce soir.

– J'aime autant que ce soit vous que moi. Merci, m'dame. »

Angie, sa femme de ménage qui passait deux matins par semaine, venait visiblement de partir. Il flottait une légère odeur de cire ; la cheminée avait été balayée, les plantes arrosées et soignées. Comme toujours, l'appartement offrait à Sharon un accueil calme et chaleureux. Les tons bleus et rouges du vieux tapis d'Orient de sa grand-mère avaient joliment passé. Elle avait recouvert en bleu le canapé et le fauteuil achetés d'occasion, travail qu'elle avait fait avec amour pendant quatre week-ends, dont elle s'était plutôt bien sortie. Quant aux tableaux et gravures sur les murs et au-dessus de la cheminée, elle les avait trouvés petit à petit chez les brocanteurs, dans les salles de vente ou au cours de ses voyages en Europe.

Steve aimait cette pièce. Il remarquait à chaque fois le moindre changement. « Tu as un vrai don pour arranger une maison », lui disait-il.

Elle entra machinalement dans la chambre et commença à se déshabiller. Elle allait prendre une douche, se faire une tasse de thé et essayer de dormir un peu. Pour l'instant, elle était incapable de penser de manière cohérente.

Il était presque midi quand elle se mit au lit et elle régla la sonnerie du réveil sur 15 h 30. Le sommeil fut long à venir.

125 Ronald Thompson. Elle était tellement sûre que le gouverneur commuerait sa peine. Il ne faisait aucun doute qu'il était coupable, et le nier lui avait certainement nui. Mais, à l'exception d'une autre histoire sérieuse quand il avait quinze ans, son casier judiciaire était vierge. Et il était si jeune.

130 Steve. C'étaient des gens comme Steve qui faisaient l'opinion publique. C'était la réputation d'intégrité de Steve, sa loyauté, qui lui attiraient l'attention du public.

Aimait-elle Steve ?

Oui.

135 Beaucoup ?

Oui, infiniment.

Avait-elle envie de l'épouser ? Ils allaient devoir en parler ce soir. Elle savait que c'était la raison pour laquelle Steve voulait qu'elle reste chez lui cette nuit. Et il désirait tellement que Neil

140 s'attache à elle. Mais ce n'était pas facile ; on ne force pas l'affection. Neil était sur ses gardes avec elle, si peu confiant. Est-ce parce qu'il ne l'aimait pas, ou réagissait-il ainsi avec toutes les femmes qui détournaient son père de lui ? Elle n'aurait su le dire.

Aimerait-elle vivre à Carley ? Elle aimait tant New York, elle

145 l'aimait sept jours sur sept. Mais Steve n'accepterait pas de faire venir Neil en ville.

Elle commençait à peine à réussir comme écrivain. Son livre en était à la sixième édition. Refusé par toutes les grandes maisons d'édition, il avait été directement publié en livre de poche.

50 Mais les critiques et les ventes s'étaient révélées exceptionnellement bonnes.

Était-ce vraiment le moment de se marier ? De se marier avec
un homme dont le fils la rejetait ?

Steve. Inconsciemment, elle toucha son visage, se rappelant
55 la chaleur des grandes mains douces quand il l'avait quittée ce
matin. Ils étaient si désespérément amoureux l'un de l'autre…

Mais comment accepterait-elle le côté inflexible, obstiné de
son caractère ?

Elle finit par s'assoupir. Presque aussitôt, elle se mit à rêver.
160 Elle écrivait un article. Elle était sur le point de le terminer.
C'était important de le terminer. Mais elle avait beau frapper de
toutes ses forces sur les touches de la machine, pas un mot ne
s'imprimait sur le papier. C'est alors que Steve entrait. Il tirait
un jeune homme par le bras. Elle s'efforçait toujours de faire
165 venir les mots sur le papier. Steve obligeait le garçon à s'asseoir.
« Je suis navré, lui répétait-il, mais c'est nécessaire. Vous devez
comprendre que c'est nécessaire. » Et tandis que Sharon tentait
en vain de crier, Steve entravait de chaînes les poignets et les
chevilles du jeune homme et tendait la main vers l'interrupteur.
170 Le son d'une voix rauque la réveilla, la sienne, qui hurlait :
« Non… non… non… »

BIEN LIRE

CHAPITRE 5
• **Le gouverneur a-t-il accepté d'accorder un délai d'exécution à
Ronald Thompson ? Pourquoi ?**
• **Dans quel autre État des États-Unis se déroule un débat sur la
peine de mort ?**

6

À six heures moins cinq, dans les rues de Carley, Connecticut, quelques rares personnes s'engouffraient dans les magasins, sans se soucier d'autre chose que d'échapper au froid neigeux de la nuit.

L'homme, immobile dans l'ombre à l'angle du parking du restaurant Cabin, passait parfaitement inaperçu. Le visage cinglé par la neige, il scrutait sans cesse les alentours. Il était là depuis bientôt vingt minutes et il avait les pieds glacés.

Agacé, il changea de position, et le bout de son soulier heurta le sac de toile à ses pieds. Il tâtonna les armes dans la poche de son pardessus. Elles étaient là, sous sa main. Il hocha la tête, satisfait.

Les Lufts allaient arriver d'un moment à l'autre. Il avait téléphoné au restaurant et s'était fait confirmer la réservation pour 6 heures. Ils avaient l'intention de dîner avant d'aller voir *Autant en emporte le vent* de Selznick. Le film se jouait au Carley Square Theater, juste de l'autre côté de la rue. La séance de 4 heures était déjà commencée. Ils iraient à celle de 7 h 30.

Il se raidit. Une voiture entrait dans le parking. Il recula derrière la bordure d'épicéas. C'était leur break. Il les regarda se garer près de l'entrée du restaurant. Le conducteur sortit et contourna la voiture pour aider sa femme à marcher sur le bitume glissant. Courbés contre le vent, accrochés l'un à l'autre, le pas maladroit, les Lufts se hâtaient vers la porte du restaurant.

Il attendit qu'ils soient bien entrés pour ramasser son sac. En quelques foulées, il fit le tour du parking, prenant soin de rester caché par le massif d'arbres. Il traversa la rue et courut derrière le cinéma.

Une cinquantaine de voitures étaient garées. Il se dirigea vers une Chevrolet marron foncé, vieille de huit ans, discrètement garée dans le coin le plus reculé.

Ouvrir la porte ne lui prit qu'une minute. Il se glissa sur le siège, mit la clef dans le contact et tourna. Le moteur ronfla à régime régulier. Il eut un sourire imperceptible et, après un dernier regard aux alentours déserts, fit démarrer la voiture. La rue était vide et il passa devant le cinéma sans allumer les phares. Quatre minutes plus tard, la vieille berline marron s'engageait dans l'allée circulaire de la maison des Peterson sur Driftwood Lane et se garait derrière une petite Vega rouge.

7

Le trajet de Manhattan[1] à Carley prenait habituellement moins d'une heure, mais les prévisions météorologiques alarmantes avaient poussé les habitants de la banlieue à quitter New York plus tôt. Avec la densité de la circulation et les plaques de verglas sur les autoroutes, Sharon mit presque une heure vingt pour arriver chez Steve. Mais elle se souciait peu de cette lenteur exaspérante. Elle pensait seulement à ce qu'elle allait dire à Steve. « Cela ne peut pas marcher pour nous… Nous n'avons pas les mêmes idées… Neil n'acceptera jamais… Ce serait plus simple de ne plus nous voir. »

La maison de Steve, une maison de style colonial en bois, blanche avec des volets noirs, oppressait Sharon. La lumière de la véranda était trop crue. Les arbustes le long des murs étaient trop hauts. Sharon savait que Steve et Nina y avaient à peine vécu quelques semaines avant la mort de la jeune femme, et que lui n'avait fait aucune des transformations projetées en l'achetant.

Elle gara sa voiture après les marches du perron et se prépara inconsciemment au feu roulant de l'accueil de Mme Lufts et à la froideur de Neil. Mais ce serait la dernière fois. Cette pensée accrut sa mélancolie.

De toute évidence, Mme Lufts surveillait son arrivée. La porte d'entrée s'ouvrit dès que Sharon descendit de voiture. « Mademoiselle Martin, mon Dieu, ça fait plaisir de vous voir. »

---

1. Quartier de New York où se concentrent les sièges sociaux des grandes entreprises.

La silhouette trapue de la femme emplissait le seuil de la porte. Son visage aux traits menus, ses yeux brillants et curieux lui donnaient l'air d'un écureuil. Elle portait un lourd manteau de drap rouge et des bottillons de caoutchouc.

« Bonjour, madame Lufts. » Sharon la précéda dans la maison. Mme Lufts avait cette habitude de se tenir toujours si près de vous qu'on avait à chaque fois l'impression d'étouffer. Elle recula juste assez pour laisser passer Sharon.

« C'est vraiment gentil à vous de venir, dit-elle. Voilà, donnez-moi votre cape. J'adore les capes. Elles vous donnent un air charmant et féminin, vous ne trouvez pas ? »

Sharon posa son sac et son nécessaire de voyage dans l'entrée. Elle retira ses gants. « Sans doute, oui, je n'y ai jamais pensé. » Elle jeta un coup d'œil dans le salon. « Oh !... »

Neil était assis, jambes croisées, sur le tapis, des magazines épars autour de lui, une paire de ciseaux à bouts ronds à la main. Ses cheveux, du même blond cendré que ceux de son père, lui retombaient sur le front, dégageant son cou mince et vulnérable. Ses maigres épaules pointaient sous la chemise de flanelle marron et blanche. Il était très pâle, excepté les traces rouges autour des immenses yeux bruns pleins de larmes.

« Neil, dis bonjour à Sharon », ordonna Mme Lufts. Il leva les yeux, indifférent. « Bonjour, Sharon. » Sa voix était basse et tremblante.

Il semblait si petit, si triste, si décharné. Sharon faillit le prendre dans ses bras, mais elle savait qu'il la repousserait.

50   Mme Lufts toussota. « Je veux bien être pendue si je comprends. Il s'est mis à pleurer il y a quelques minutes à peine. Et il refuse de dire pourquoi. On ne sait jamais ce qui se passe dans cette petite tête. Bon, vous ou son père vous en tirerez peut-être quelque chose. » Sa voix monta d'une octave. « Billll !... »

55   Sharon sursauta, les tympans transpercés. Sans plus attendre, elle alla rejoindre Neil dans le salon. « Qu'es-tu en train de découper ? demanda-t-elle.

– Oh ! rien, des espèces de photos d'animaux ! » Neil ne la regardait plus. Elle savait qu'il était gêné qu'on l'ait vu pleurer.

60   « Je prendrais volontiers un verre de sherry, et puis je pourrais t'aider si tu veux. Tu as envie d'un Coca ou de quelque chose ?

– Non. » Neil hésita, ajouta comme à regret : « Merci.

– Servez-vous, dit Mme Lufts. Faites comme chez vous. Vous
65 connaissez la maison. J'ai préparé tout ce qui était marqué sur la liste que M. Peterson avait laissée : le steak, la vinaigrette, les asperges et la glace. Tout est dans le réfrigérateur. Je m'excuse d'être aussi pressée, mais nous allons au restaurant avant le cinéma. Bill !...

70   – J'arrive, Dora. » Le ton de la voix était contrarié. Bill Lufts montait du sous-sol. « Je vérifiais les fenêtres, dit-il. Je voulais voir si elles étaient bien fermées. Bonjour, mademoiselle Martin.

– Bonjour, monsieur Lufts. Comment allez-vous ? » C'était
75 un homme d'une soixantaine d'années, petit, assez gros, aux

yeux d'un bleu délavé. La couperose faisait des taches révéla-
trices sur les joues et les ailes du nez. Sharon se souvint que
Steve s'inquiétait du penchant de Bill Lufts pour la boisson.

« Bill, tu vas te dépêcher, oui ? » Sa femme donnait des signes
80 d'impatience. « Tu sais bien que je déteste avaler mon repas en
quatrième vitesse et nous allons être en retard. La seule fois où
tu me sors, c'est le jour de notre anniversaire ; tu pourrais au
moins t'activer.

– Bon ! bon ! » Bill soupira et fit un signe de tête vers Sharon.
85 « À tout à l'heure, mademoiselle Martin.

– Amusez-vous bien. » Sharon le suivit dans l'entrée. « Et,
ah ! oui, bon anniversaire !

– Prends ton chapeau, Bill. Tu vas attraper la crève. Quoi ?
Oh ! merci, merci, mademoiselle Martin ! Dès que je serai assise
90 bien tranquille devant mon assiette, alors je commencerai à
trouver que c'est un anniversaire. Mais pour le moment, avec
toute cette bousculade…

– Dora, c'est toi qui as voulu voir ce film.

– Bon. Je suis prête. Amusez-vous bien tous les deux. Neil,
95 montre ton carnet de notes à Sharon. Il travaille très bien ; tu
seras bien sage, n'est-ce pas, Neil ? Je lui ai donné un goûter
pour tenir jusqu'au dîner, mais il n'y a presque pas touché. Il a
un appétit d'oiseau. Ça va, Bill, ça va, j'arrive. »

Ils s'en allèrent enfin. Sharon frissonna au courant d'air gla-
100 cial qui s'engouffra dans l'entrée avant qu'elle ne referme la
porte derrière eux. Elle retourna dans la cuisine, ouvrit le réfri-

gérateur et prit la bouteille de sherry. Elle hésita, sortit un carton de lait. Neil avait bien dit qu'il ne voulait rien, mais elle
allait lui préparer un chocolat chaud.

105   Pendant que le lait chauffait, elle but son sherry à petites gorgées et jeta un coup d'œil autour d'elle. Mme Lufts faisait de son
mieux, mais elle ne savait pas tenir une maison et la cuisine
n'était pas très nette. Il y avait des miettes de pain autour du
grille-pain et sur le buffet. Le dessus de la cuisinière avait besoin
110   d'un sérieux nettoyage. En fait, toute la maison avait besoin
d'être retapée.

Le dos de la propriété donnait sur la mer, sur Long Island
Sound. « Il faudrait couper ces arbres qui bouchent la vue,
pensa Sharon, fermer la véranda par des baies vitrées pour
115   agrandir le salon, abattre une grande partie des cloisons et faire
un coin pour le petit déjeuner… » Elle se reprit. Ce n'était pas
ses affaires. C'était seulement que la maison et Neil et même
Steve avaient un air tellement abandonné.

Mais ce n'était pas à elle de les changer. La pensée de ne plus
120   voir Steve, de ne plus attendre ses coups de téléphone, de ne
plus sentir ses bras forts et doux autour d'elle, de ne plus voir
cet air soudain insouciant envahir son visage quand elle plai-
santait, l'emplit d'un sentiment désolé de solitude. C'est sans
doute ce que l'on ressent lorsqu'il faut quitter quelqu'un,
125   pensa-t-elle. Que ressentait Mme Thompson, sachant que son
unique enfant allait mourir après-demain ?

Elle connaissait le numéro de téléphone de Mme Thompson.

Elle l'avait interviewée quand elle s'était décidée à s'occuper du
cas de Ron. Durant son dernier voyage, elle avait maintes fois
130 essayé de la joindre pour lui annoncer que beaucoup de gens
très importants avaient promis d'intervenir auprès du gouverneur. Mais elle ne l'avait jamais trouvée chez elle. Sans doute
parce que Mme Thompson était elle-même en train de faire une
pétition auprès des habitants de Fairfield County.

135   Pauvre femme. Elle avait tant espéré de la visite de Sharon,
mais elle avait eu l'air bouleversée en apprenant que la journaliste ne croyait pas en l'innocence de Ron.

Mais quelle mère pourrait croire son fils capable d'un
meurtre? Mme Thompson était peut-être chez elle aujourd'hui.
140 Peut-être serait-elle heureuse de parler à quelqu'un qui avait
tenté de sauver Ron?

Sharon baissa la flamme sous la casserole, alla vers le téléphone accroché au mur de la cuisine et composa le numéro.
On décrocha à la première sonnerie. La voix de
145 Mme Thompson était étonnamment calme.

« Allô!

– Madame Thompson, ici Sharon Martin. Je voulais vous
dire à quel point je suis navrée, et vous demander s'il y a
quelque chose que je puisse faire…

150 – Vous en avez fait assez, mademoiselle Martin. » L'amertume dans la voix de la femme surprit Sharon. « Si mon fils
meurt mercredi, sachez que je vous tiens pour responsable. Je
vous avais demandé de ne pas vous en mêler.

— Madame Thompson, je ne comprends pas…

155   — Je veux dire, dans tous les articles que vous avez écrits, vous répétiez qu'aucun doute ne subsistait sur la culpabilité de Ronald mais que là n'était pas la question. Mais c'était *la* question, mademoiselle Martin ! » La voix monta d'un ton. « C'est *la* question ! Il y avait énormément de gens qui connaissaient

160   mon fils, qui savaient qu'il était incapable de faire du mal à qui que ce soit, qui s'efforçaient d'obtenir sa grâce. Mais vous… vous avez empêché le gouverneur d'examiner son cas uniquement sur les faits… Nous n'abandonnons pas, et je crois que Dieu m'épargnera, mais si jamais mon fils meurt, je ne réponds

165   pas de ce que je vous ferai. »

La communication fut coupée. Stupéfaite, Sharon regarda fixement le récepteur qu'elle tenait dans sa main. Mme Thompson pouvait-elle vraiment croire ?... Elle raccrocha machinalement l'appareil.

170   Le lait bouillait dans la casserole. D'un geste mécanique, elle prit la boîte de Nesquick dans le placard et en versa une pleine cuillerée à café dans un bol. Elle ajouta le lait, remua et mit la casserole dans l'évier.

Encore sous le coup de l'accusation de Mme Thompson, elle

175   s'avança vers le salon.

On sonnait à la porte.

Neil se précipita avant qu'elle ne puisse l'arrêter. « C'est peut-être papa. » Il semblait soulagé.

Il ne veut pas se trouver seul avec moi, pensa Sharon. Elle

l'entendit faire jouer la double serrure et une sensation d'alarme la traversa. « Neil, attends, cria-t-elle. Demande qui c'est. Ton père a sa clé. »

Elle posa précipitamment le bol de chocolat et son verre de sherry sur la table près de la cheminée et courut dans l'entrée.

Neil lui obéit. Une main sur le bouton de la porte, il hésitait. Il cria : « Qui est-ce ?

– M. Bill Lufts est-il là ? demanda une voix. J'apporte le générateur qu'il a commandé pour le bateau de M. Peterson.

– Oh ! c'est très bien ! dit Neil à Sharon. M. Lufts l'attendait. »

Il tourna la poignée de la porte. À peine entrouverte, celle-ci fut violemment repoussée, plaquant Neil contre le mur. Interdite, Sharon regarda l'homme pénétrer dans la maison et refermer la porte derrière lui d'un geste fulgurant. Neil tomba par terre en suffoquant. Instinctivement, Sharon se précipita vers lui. Elle l'aida à se relever, et, un bras passé autour de l'enfant, fit face à l'intrus.

Deux impressions très distinctes se gravèrent dans son esprit. La première fut le regard fixe, étincelant, de l'inconnu. La seconde, le revolver à canon long et mince qu'il pointait vers sa tête.

BIEN LIRE

CHAPITRE 7
• Que reproche Madame Thompson à Sharon Martin ?
• De quoi semble-t-elle la menacer ?

8

La réunion dans la salle de conférences de *L'Événement* se prolongea jusqu'à 19 h 30. Le sujet principal de l'entretien portait sur le rapport que Nielson venait de présenter. Il était très favorable. Deux sur trois des lecteurs interviewés âgés de vingt-cinq à quarante ans et ayant fait des études supérieures préféraient *L'Événement* à *Time* ou à *Newsweek*. En outre, la diffusion avait dépassé de quinze pour cent celle de l'année dernière et la nouvelle publicité régionale marchait bien.

À la fin de la réunion, Bradley, le directeur de la publication, se leva. « Je crois que nous pouvons être satisfaits de ces statistiques, dit-il. Nous avons travaillé dur pendant près de trois ans, mais nous avons réussi. Ce n'est pas facile de lancer un magazine ces temps-ci et, pour ma part, je désire dire qu'à mon avis, la direction créatrice de Steve Peterson a été le facteur décisif de notre succès. »

Après la réunion, Steve descendit en ascenseur avec Bradley. « Merci, Brad, dit-il, c'était très généreux de votre part. »

Le plus âgé des deux hommes haussa les épaules. « Ce n'était que juste. Nous avons réussi, Steve. Nous allons enfin commencer à gagner décemment notre vie. Ce n'est pas trop tôt. Je sais que cela n'a pas été facile pour vous. »

Steve eut un sourire sardonique. « Non, en effet. »

La porte de l'ascenseur s'ouvrit sur le hall principal. « Bonsoir, Brad. Je file. Je veux attraper le train de 19 h 30.

– Une minute, Steve. Je vous ai vu aux actualités ce matin.

– Oui.

– Je vous ai trouvé très bon. Mais Sharon aussi. Et personnellement, j'avoue que je partage ses opinions.

– Beaucoup de gens également.

– Je l'aime bien, Steve. Elle est vraiment astucieuse… Et fichtrement belle aussi. Une fille formidable.

– C'est vrai.

– Steve, je sais ce que vous avez traversé ces deux dernières années. Je ne veux pas me mêler de ce qui ne me regarde pas, mais Sharon serait bien pour vous… et pour Neil. Ne laissez pas les conflits, si forts soient-ils, se dresser entre vous deux.

– C'est mon souhait le plus vif, répondit calmement Steve. Et maintenant, au moins, je peux offrir à Sharon autre chose qu'un type complètement fauché avec charge de famille.

– Allons, elle a une sacrée chance de vous avoir, vous et Neil ! Venez, ma voiture est dehors. Je vous dépose à Grand Central.

– Épatant. Sharon est à la maison et je ne voudrais pas rater le train. »

La limousine de Bradley était devant la porte. Le chauffeur se faufila rapidement à travers les embouteillages du centre de la ville. Steve se renversa dans le siège et soupira.

« Vous avez l'air éreinté, Steve. Cette affaire Thompson vous a rudement éprouvé. »

Steve haussa les épaules. « C'est exact. Tout a resurgi.

Tous les journaux, dans le Connecticut, ressortent la mort de

Nina. Je sais que les enfants en parlent à l'école.

Je m'inquiète de ce que peut entendre Neil. Et je suis navré pour la mère de Thompson... pour lui aussi.

– Pourquoi n'emmenez-vous pas Neil pendant quelques
55 jours, jusqu'à ce que tout soit terminé ? »

Steve réfléchit. « Je devrais le faire. Ce serait sans doute une bonne chose. »

La limousine s'arrêta sur Vanderbilt Avenue, devant Grand Central Station. Bradley Robertson secoua la tête.

60 « Vous êtes trop jeune pour vous en souvenir, Steve, mais dans les années trente, Grand Central était la plaque tournante de tous les transports de ce pays. Il y avait même un feuilleton à la radio... » Il ferma les yeux.

« Grand Central Station, carrefour d'un million de vies pri-
65 vées, c'était le slogan. »

Steve rit. « Et vint ensuite l'âge du jet. » Il ouvrit la porte. « Merci de m'avoir déposé. »

Sortant sa carte d'abonnement, il traversa rapidement la gare. Il avait cinq minutes avant le départ du train et il voulait
70 téléphoner chez lui pour prévenir Sharon qu'il prenait bien le train de 19 h 30.

Il eut un geste de lassitude. « Ne te raconte pas d'histoires, pensa-t-il. Tu as simplement envie de lui parler, de t'assurer qu'elle n'a pas changé d'avis et qu'elle est bien là. » Il entra dans
75 une cabine téléphonique. Il n'avait pas assez de monnaie et appela en P.C.V.

Le téléphone sonna une fois… deux… trois fois.

La téléphoniste intervint. « Je fais votre numéro, mais ça ne répond pas.

— Il y a sûrement quelqu'un. Essayez encore, s'il vous plaît.

— Bien, monsieur. »

La sonnerie continua, harcelante. À la cinquième fois, la téléphoniste revint en ligne. « Ça ne répond toujours pas, monsieur. Voulez-vous rappeler plus tard ?

— Mademoiselle, soyez gentille de vérifier le numéro. Êtes-vous certaine d'avoir fait le 203 565 1313 ?

— Je vais le composer encore une fois, monsieur. »

Steve contemplait l'appareil dans sa main. Où pouvaient-ils donc être ? Si Sharon n'était pas venue, les Lufts avaient peut-être demandé aux Perry de garder Neil.

Non. Sharon lui aurait téléphoné si elle avait décidé de ne pas venir chez lui. À moins que Neil n'ait eu une nouvelle crise d'asthme… et s'il avait fallu le transporter d'urgence à l'hôpital ?

Cela n'aurait rien d'étonnant s'il avait entendu parler de l'exécution de Thompson à l'école.

Neil avait des cauchemars de plus en plus fréquents ces temps-ci.

Il était 19 h 29. Le train partait dans une minute. Il le manquerait s'il se mettait à téléphoner au docteur, à l'hôpital ou aux Perry, et devrait attendre quarante-cinq minutes avant le prochain.

La ligne était peut-être en dérangement à cause du mauvais temps. On ne s'en apercevait pas tout de suite, parfois. Steve composa le numéro des Perry, puis changea d'idée. Il raccrocha, traversa la gare au pas de course. Dévalant quatre à quatre les escaliers qui menaient au quai, il monta dans le train au moment où les portes se refermaient.

Au même instant, un homme et une femme passaient devant la cabine téléphonique qu'il venait de quitter. La femme portait un long manteau gris déformé. Un foulard d'un bleu crasseux lui couvrait la tête. L'homme avait un bras passé autour d'elle. De l'autre main, il agrippait un gros sac de toile kaki.

BIEN LIRE

CHAPITRE 8
- Pourquoi le passé de la gare « Grand Central » est-il évoqué ?
- Qui sont, selon vous, « la femme », « l'homme » ?
- Que porte ce dernier dans le gros sac ?

9

Sharon regardait fixement les mains puissantes qui tenaient le revolver, les yeux fureteurs qui glissaient du salon aux escaliers et s'attardaient sur son corps.

« Que voulez-vous ? » murmura-t-elle. Au creux de son bras, elle sentait le corps de Neil agité de violents soubresauts. Elle resserra son étreinte, le pressa contre elle.

« Vous êtes Sharon Martin. » C'était une constatation. La voix était monocorde, sans inflexion. Sharon sentit une boule lui serrer la gorge. Elle fit un effort pour avaler.

« Que voulez-vous ? » répéta-t-elle. Le léger sifflement continu dans la respiration de Neil... et si la peur lui donnait une de ses crises d'asthme ? Elle essaya de se montrer coopérative. « Je dois avoir quatre-vingt-dix dollars dans mon sac...

– Fermez-la. »

Le ton uniforme la glaça. L'inconnu laissa tomber le sac qu'il portait. C'était un grand sac de toile kaki, du genre sac de marin. Il fouilla dans sa poche et en tira une pelote de corde et un rouleau de larges bandes. Il les laissa tomber à côté d'elle. « Bandez les yeux du gosse et attachez-le, ordonna-t-il.

– Non ! Je ne peux pas faire ça !

– Vous feriez mieux de le faire ! »

Sharon baissa les yeux sur Neil. Il dévisageait l'homme. Ses yeux étaient vitreux, les pupilles énormes. Elle se souvint qu'après la mort de sa mère, il était resté dans un état de choc profond.

25 « Neil… je… » Comment l'aider, le rassurer ?

« Assieds-toi. » L'ordre s'adressait à Neil, tranchant. L'enfant leva un regard suppliant vers Sharon, et s'assit sans protester sur la dernière marche de l'escalier.

Sharon s'agenouilla à côté de lui. « Neil, n'aie pas peur. Je 30 suis avec toi. » À mains tremblantes, elle saisit l'une des bandes et l'enroula autour de ses yeux, l'attachant derrière la tête.

Elle leva les yeux. L'inconnu fixait Neil. Le revolver était pointé sur lui. Elle entendit un déclic ; attira Neil contre elle, lui faisant un bouclier de son corps. « Non… non… pas ça. »

35 L'inconnu la regarda ; il abaissa lentement le revolver, le laissant pendre au bout de son bras. Il avait failli tuer Neil, pensat-elle. Il était prêt à le tuer.

« Attachez-le, Sharon. » Il y avait une sorte de familiarité dans le ton de commandement.

40 Les mains tremblantes, elle obéit. Elle attacha les poignets de l'enfant, essayant de serrer le moins possible pour ne pas couper la circulation. Et une fois les mains de l'enfant liées, elle les pressa entre les siennes.

L'homme passa derrière elle, coupa la corde avec son cou-
45 teau. « Dépêchez-vous… attachez-lui les pieds. »

L'énervement perçait dans sa voix. Elle se hâta d'obéir. Les genoux de Neil tremblaient si fort qu'il avait du mal à garder les jambes jointes. Elle enroula la corde autour de ses chevilles et la noua.

50 « Bâillonnez-le ! »

– Il va s'étouffer, il est asthmatique… » La protestation mourut sur ses lèvres. Le visage de l'homme avait changé, il était plus pâle, tendu. Ses pommettes hautes battaient sous la peau tirée. Il était sur le point de perdre son sang-froid. Désespérément, elle bâillonna la bouche de Neil, laissant le tissu le plus lâche qu'elle put. Pourvu qu'il ne s'étrangle pas…

Une main la sépara brutalement de l'enfant. Elle tomba à la renverse. L'homme se penchait sur elle, enfonçait un genou dans son dos. Il lui tira les bras en arrière. La corde lui scia les poignets. Elle ouvrit la bouche pour se plaindre, sentit un tampon de tissu l'asphyxier. Il serra brutalement une bande de gaze sur sa bouche et ses joues, l'attacha derrière sa tête.

Elle ne pouvait plus respirer. S'il vous plaît… Non… Les mains glissaient sur ses cuisses, s'attardaient. Il lui joignait les jambes ; la corde mordit dans le cuir souple des bottes.

Elle se sentit soulevée. Sa tête retomba en arrière. Qu'allait-il faire d'elle ?

La porte d'entrée s'ouvrit. L'air froid et humide lui cingla le visage. Elle pesait soixante kilos, mais le ravisseur descendit à la hâte les marches glissantes du perron comme si elle était aussi légère qu'une plume. Il faisait si sombre. Il avait sans doute éteint les lumières de l'extérieur. Elle sentit ses épaules heurter quelque chose de froid, de métallique. Une voiture. Elle s'efforça d'inspirer profondément par le nez ; d'habituer ses yeux à l'obscurité. Il fallait garder les idées claires, ne pas s'affoler, réfléchir.

Le grincement d'une porte qu'on ouvre. Sharon se sentit tomber. Sa tête rebondit contre un cendrier ouvert. Ses genoux et ses chevilles encaissèrent le choc quand elle heurta le plan-
80 cher. Il flottait une odeur de moisi. Elle était à l'arrière d'une voiture.

Elle entendit le crissement des pas s'éloigner. L'homme retournait dans la maison. Neil ! Qu'allait-il faire à Neil ? Sharon chercha de toutes ses forces à libérer ses mains. La dou-
85 leur monta le long de ses bras. La corde pénétrait dans ses poignets. Elle revit la façon dont l'intrus avait regardé Neil, dont il avait relâché le cran de sécurité du revolver.

Les minutes passèrent. Je vous en prie, mon Dieu, je vous en supplie... Un bruit de porte. Le crissement des pas qui se rap-
90 prochent de la voiture. La porte avant droite qui s'ouvre. Ses yeux s'habituaient à l'obscurité. Dans l'ombre, elle percevait sa silhouette. Il portait quelque chose... le sac de toile. Oh ! mon Dieu, Neil était dans le sac ! Elle en était sûre

Il se penchait dans la voiture, jetait le sac sur le siège, le
95 repoussait sur le plancher. Sharon entendit le son mat et sourd. Il allait blesser Neil. Il allait lui faire mal. La porte se refermait. Les pas faisaient le tour de la voiture. La porte du conducteur s'ouvrait, se refermait avec un bruit sec. Les ombres bougeaient. Elle entendait une respiration rêche. Il se penchait sur elle, la
100 regardait.

Sharon sentit quelque chose tomber sur elle, quelque chose qui lui grattait la joue... une couverture ou un manteau. Elle bougea la tête, cherchant à se dégager du relent âcre, suffocant, de transpiration.

05   Le moteur ronfla. La voiture démarra.

    Se concentrer sur les directions. Se souvenir de chaque détail. Plus tard, la police voudrait savoir. La voiture tournait à gauche dans la rue. Il faisait froid, si froid. Sharon frissonna et le tremblement resserra les nœuds, enfonça plus profondément les

10 cordes dans ses jambes, ses bras, ses poignets. Ses membres protestaient. Arrête de bouger ! Reste calme ! Ne t'affole pas !

    La neige. Il neigeait toujours, il y aurait des traces pendant un certain temps. Mais non. Il y avait trop de neige fondue mêlée aux flocons. Elle l'entendait sur les vitres. Où allaient-

15 ils ?

    Le bâillon. Elle suffoquait. Respirer lentement par le nez. Neil. Comment respirait-il dans le sac ? Il devait étouffer.

    La voiture accéléra. Où les emmenait-il ?

BIEN LIRE

CHAPITRE 9
- **Quand se déroule cette scène par rapport à celle du chapitre précédent ? Pourquoi ?**
- **Comment apparaît le ravisseur ?**

10

Roger Perry jetait un regard distrait par la fenêtre du salon sur Driftwood Lane. Il faisait un temps de chien et c'était bon d'être à la maison. Il était rentré depuis un quart d'heure et la neige tombait de plus en plus fort.

Bizarre, toute la journée un sentiment d'appréhension l'avait rongé. Glenda n'était pas bien depuis deux semaines. C'était ça. Il s'amusait souvent à lui dire qu'elle faisait partie de ces femmes qui embellissent à chacun de leurs anniversaires. Ses cheveux, aujourd'hui d'un beau gris argenté, mettaient en valeur des yeux couleur de bleuet et un teint ravissant. Elle avait la taille 44 quand les garçons étaient petits, mais il y a dix ans elle avait minci jusqu'au 38. « Pour faire bonne figure sur mes vieux jours », plaisantait-elle. Mais, ce matin, en lui portant son café au lit, il avait remarqué à quel point elle était pâle, combien son visage avait maigri. Il avait téléphoné au docteur de son bureau et tous deux avaient convenu que c'était l'exécution de mercredi qui la tourmentait. Son témoignage avait contribué à faire condamner le jeune Ronald Thompson.

Roger secoua la tête. C'était une histoire atroce. Atroce pour ce malheureux garçon, pour tous ceux qui y étaient impliqués. Steve… le petit Neil… la mère de Thompson… Glenda. Glenda ne supportait pas cette épreuve. Elle avait eu un infarctus tout de suite après avoir témoigné au procès. Roger repoussa la pensée qu'une seconde attaque pouvait être mortelle. Glenda n'avait que cinquante-huit ans. Maintenant que les garçons étaient partis, il voulait vivre ces années avec elle. Il en était incapable sans elle.

Il était heureux qu'elle ait enfin accepté de prendre une femme de ménage. Mme Vogler devait commencer demain matin et viendrait tous les jours de 9 heures à 13 heures. Ainsi, Glenda pourrait se reposer sans se soucier de la maison.

Il se retourna en entendant Glenda entrer dans la pièce.

Elle portait un petit plateau.

« J'allais le faire, protesta-t-il.

– Ça ne fait rien. Tu as l'air d'en avoir besoin. » Elle lui tendit un whisky et se tint affectueusement à ses côtés devant la fenêtre.

« J'en ai besoin, en effet. Merci, chérie. » Il remarqua qu'elle buvait un Coca. Si Glenda ne prenait pas un verre de whisky avec lui, cela ne signifiait qu'une seule chose.

« Tu as eu mal, aujourd'hui ? » Ce n'était pas une question.

« Un peu.

– Combien de trinitrines as-tu pris ?

– Seulement deux. Ne t'inquiète pas, je vais bien. Oh ! regarde ! C'est bizarre !

– Quoi ? » Ne change pas de sujet, pensa Roger.

« La maison de Steve. Les lumières de l'extérieur sont éteintes.

– Voilà pourquoi elle me semblait si sombre », remarqua Roger. Il s'arrêta. « Pourtant, je mettrais ma main au feu qu'elles étaient allumées quand je suis rentré.

– Je me demande qui a pu éteindre. » Glenda était troublée. « Dora Lufts est si nerveuse. Tu devrais peut être y faire un saut…

– Oh ! je ne peux pas faire ça, chérie ! Je suis sûr qu'il y a une
55 explication très simple. »

Elle soupira. « Je suppose. C'est seulement que… eh bien, tout ce qui est arrivé m'obsède tellement ces temps-ci.

– Je sais. » Il passa un bras réconfortant autour de ses épaules, sentit la tension de tout son corps. « Assieds-toi et détends-toi…
60 – Attends, Roger. Regarde ! » Elle se pencha en avant.

« Il y a une voiture qui sort de chez Steve. Les phares ne sont pas allumés. Je me demande qui…

– Maintenant, arrête de te demander et viens t'asseoir. » Le ton de Roger était ferme. « Je vais chercher du fromage.
65 – Le brie est sur la table. » Ignorant la pression affectueuse de la main de Roger sur son coude, Glenda chercha ses lunettes dans sa longue jupe molletonnée. Les glissant sur son nez, elle se pencha à nouveau et observa attentivement le contour sombre et calme de la maison d'en face. Mais la voiture qu'elle
70 avait vue sortir de l'allée des Peterson avait déjà dépassé la fenêtre et disparaissait au bout de la rue, dans la neige tourbillonnante.

BIEN LIRE

CHAPITRE 10
• **De quelle maladie souffre Glenda Perry ?**
• **Que remarque-t-elle chez ses voisins ?**

11

« Après tout, demain est un autre jour. » Accroupie sur la dernière marche de l'escalier, un soupçon d'espoir dans la voix, Scarlett O'Hara[1] murmurait les derniers mots, et la musique s'amplifia en crescendo tandis que la dernière image du film se dissipait dans une longue vue de Tara.

Marian Vogler soupira. La musique mourut lentement et les lumières de la salle se rallumèrent. On ne fait plus de film comme ça, pensa-t-elle. Elle ne voudrait jamais voir aucune suite à *Autant en emporte le vent*. Ça ne pourrait être qu'une déception.

Elle se leva à contrecœur. Il était temps de revenir sur terre. Son visage avenant, parsemé de taches de rousseur, reprit peu à peu son expression préoccupée tandis qu'elle remontait l'allée vers la sortie.

Chacun des enfants avait besoin de nouveaux vêtements. Dieu merci, Jim avait fini par accepter qu'elle prenne cette place de femme de ménage.

Il pouvait s'arranger pour se faire conduire à l'usine et lui laisser la voiture. Elle déposerait les enfants à l'école et aurait le temps de faire le ménage chez elle avant d'aller chez les Perry. Elle commençait demain. Ça la rendait un peu nerveuse. Elle n'avait pas travaillé depuis douze ans… depuis la

---

1. Héroïne d'*Autant en emporte le vent* (1936), œuvre unique de la romancière américaine Margaret Mitchell (1900-1949) qui fut adaptée au cinéma en 1940.

naissance du petit Jim. Mais s'il y a une chose qu'elle savait, c'était comment briquer une maison.

25   Elle quitta la chaleur du cinéma pour le froid mordant de ce soir de mars. Frissonnant, elle tourna à droite et marcha d'un pas vif. De minuscules gouttes de neige fondue mêlées à la neige lui piquaient le visage et elle se blottit dans le col de fourrure râpée de son manteau.

30   Elle avait laissé la voiture dans le parking derrière le cinéma. Dieu soit loué, ils avaient décidé de dépenser l'argent pour la faire réparer. Elle avait huit ans, mais la carrosserie était encore bonne et, comme le disait Jim, mieux valait dépenser quatre cents dollars pour la faire remettre en état que d'acheter une 35 mauvaise occasion pour le même prix.

Marian avait marché si vite qu'elle précédait de loin la foule qui sortait du cinéma. Impatiente, elle se hâta dans le parking. Jim avait promis de préparer le dîner et elle avait faim.

Mais cela lui avait fait du bien de sortir. Il avait senti qu'elle 40 était déprimée et lui avait dit : « Trois dollars, c'est ni la fortune ni la ruine, et je m'occuperai des enfants. Amuse-toi bien, mon chou, et t'en fais pas pour l'argent. »

Ses paroles résonnaient encore aux oreilles de Marian pendant qu'elle ralentissait le pas en fronçant les sourcils. Elle était 45 sûre d'avoir garé la voiture par là, à droite. Elle se souvenait d'avoir vu la publicité dans la vitrine de la banque, celle qui disait : « Nous disons *oui* à votre emprunt. » Tu parles, pensa-t-elle. *Oui*, si tu n'en as pas besoin, *non* si tu en crèves.

Elle *avait* garé la voiture par là. Elle *l'avait* garée là. Elle pouvait voir la vitrine de la banque, éclairée à présent, la publicité visible même à travers la neige.

Dix minutes plus tard, Marian appelait Jim du poste de police. Refoulant les larmes de colère et de désespoir qui se pressaient dans sa gorge, elle hoqueta : « Jim... Jim... non... je vais bien... mais Jim, il y a un... un *salaud* qui nous a volé la voiture. »

12

La neige tombait de plus en plus dru. Tout en conduisant, il étudia une fois de plus son plan. À cette heure, on avait dû s'apercevoir de la disparition de la voiture. La femme avait sans doute parcouru une partie du parking pour s'assurer qu'elle ne s'était pas trompée d'endroit. Ensuite, elle avait appelé la police ou téléphoné chez elle. Le temps qu'on envoie un message radio aux voitures de patrouille, il serait hors de portée de ces fouineurs de flics du Connecticut.

D'ailleurs, qui pouvait s'intéresser à ce tas de ferraille? Les flics eux-mêmes n'en reviendraient pas quand ils entendraient un appel pour une voiture volée de deux cents dollars.

Avoir Sharon Martin pour lui seul! Sa peau en luisait d'excitation. Il se souvint de la bouffée de chaleur qui l'avait envahi quand il l'avait attachée. Elle était très mince, mais la courbe de ses cuisses et de ses hanches était douce. Il s'en était aperçu à travers l'épaisse jupe de laine. Elle avait eu l'air hostile et épouvanté quand il l'avait portée à la voiture, mais il était sûr qu'elle avait délibérément blotti sa tête contre lui.

Il avait pris l'autoroute du Connecticut, puis l'autoroute sud River Parkway et ensuite celle de Cross County en direction de l'autoroute Henry Hudson. Il se sentait en sécurité sur les routes à grande circulation. Mais, plus il approchait du périphérique West Side vers le centre de Manhattan, plus il prenait

du retard. Supposons, supposons seulement qu'ils soient déjà
en train de rechercher la voiture !

Les autres conducteurs roulaient lentement. Les imbéciles !
Ils avaient peur des routes glissantes, peur de prendre des
risques. Et ils le retardaient, lui créaient des ennuis. Le battement vibrait sous sa pommette. Il le sentit s'accélérer, pressa son
doigt dessus. Il avait espéré arriver à la gare au plus tard à
19 heures, avant que ne s'écoule le flot des voyageurs de banlieue. Ils seraient passés inaperçus.

Il était 19 h 10 quand il avait quitté le périphérique du West
Side sur la Quarante-sixième rue. Il longea un demi-bloc à l'est,
et vira rapidement dans une impasse qui aboutissait à un entre-
pôt. Là, il n'y avait pas de gardien et il en avait pour une minute
à peine.

Il stoppa la voiture, éteignit les phares. Une neige poudreuse,
fine, lui piqua les yeux et la figure quand il ouvrit la porte.
Froid. Il faisait diablement froid.

Ses yeux perçants firent le tour du parking. Tout était
sombre. Satisfait, il tendit la main à l'arrière de la voiture et
attrapa le manteau qu'il avait jeté sur Sharon. Il sentit sur lui
l'éclat foudroyant de ses yeux. Avec un petit rire, il sortit son
minuscule appareil-photo et prit un instantané. Le flash aveu-
gla la jeune femme. Il tira ensuite de sa poche intérieure une
lampe électrique, allongea la main tout au fond de la voiture, et
alluma.

Il fit jouer l'étroit pinceau lumineux dans les yeux de Sharon,

50 le balayant à deux centimètres de son visage, de haut en bas, jusqu'à ce qu'elle ferme les paupières et tente de détourner la tête.

C'était bon de la taquiner. Avec un ricanement bref, muet, il la saisit par les épaules et la mit à plat ventre. Quelques rapides 55 coups de couteau tranchèrent les cordes de ses poignets et de ses chevilles. Un faible soupir, étouffé par le bâillon, un tremblement de tout le corps...

« Ça fait du bien, n'est-ce pas, Sharon ? murmura-t-il. À présent, je vais ôter le bâillon. Un seul cri, et le gosse y passe. 60 Compris ? »

Il n'attendit pas son signe d'acquiescement pour couper le tissu noué derrière sa tête. Sharon recracha le tampon de gaze. Elle retint à peine un gémissement. « Neil... Je vous en supplie... » Son murmure était presque inaudible. « Il va étouf- 65 fer...

– Ça dépend de vous. » L'inconnu la fit sortir et la soutint debout près de la voiture. Sharon perçut vaguement la neige sur sa figure. Elle était trop étourdie. Ses bras et ses jambes étaient rompus. Elle chancela, sentit qu'il la retenait rudement.

70 « Mettez ça. » La voix était différente à présent... pressée.

Elle tendit la main, toucha un tissu rugueux, graisseux... le manteau qu'il avait jeté sur elle. Elle leva le bras. L'homme lui enfila une manche, puis l'autre.

« Mettez ce foulard. »

75 Il était si sale. Elle essaya de le plier. Il était trop épais, en

laine. Ses doigts arrivèrent tant bien que mal à le nouer sous le menton.

« Retournez dans la voiture. Plus vite nous irons, plus vite le gosse sera libéré du bâillon. » Il la poussa brutalement sur le siège avant. Le sac de toile kaki était par terre. Elle trébucha, tâchant de ne pas le heurter avec ses bottes. Penchée en avant, elle parcourut le sac de ses mains, sentit le contour de la tête de Neil.

La corde n'était pas attachée. Au moins, Neil avait de l'air. « Neil, Neil, je suis là, tout ira bien, Neil... »

L'avait-elle senti bouger ? Ô mon Dieu, faites qu'il ne s'étouffe pas !

L'inconnu fit vivement le tour de la voiture, monta à la place du conducteur, tourna la clé de contact. La voiture démarra prudemment.

Nous sommes dans le centre! Cette constatation surprit Sharon, l'aida à reprendre ses esprits. Elle devait rester calme. Elle devait faire tout ce qu'ordonnait l'homme. La voiture approchait de Broadway[1]. Elle voyait l'horloge de Times Square. 19 h 20 Il n'était que 19 h 20.

La veille à cette heure-ci, elle venait juste de rentrer de Washington. Elle avait pris une douche, mis des côtelettes de mouton sur le feu et ouvert une bouteille de chablis. Elle était fatiguée et tendue et voulait se reposer avant d'écrire son article.

Et elle pensait à Steve ; combien elle avait souffert de ne pas le voir pendant ces trois semaines de séparation.

---

1. Quartier de New York où se concentrent de très nombreuses salles de spectacle.

Il avait téléphoné. Le son de sa voix lui avait procuré un étrange mélange de plaisir et d'angoisse. Mais il avait été bref, presque impersonnel. « Hello… je voulais seulement m'assurer que tu étais bien rentrée. Il paraît qu'il fait un temps détestable à Washington et que ça vient vers nous. Je te retrouverai au studio. » Il s'était tu et avait ajouté : « Tu m'as manqué. N'oublie pas que tu restes avec nous ce soir. »

Elle avait raccroché, encore plus impatiente de le revoir après lui avoir parlé ; et, néanmoins, elle se sentait déprimée et inquiète. Que désirait-elle en fait ? Qu'allait-il penser en rentrant à la maison et en découvrant qu'ils n'étaient pas là ? Oh ! Steve !

Ils s'arrêtèrent à un feu rouge sur la Sixième avenue. Une voiture de patrouille arrivait à leur hauteur. Sharon dévisagea le jeune conducteur qui repoussait sa casquette sur son front. Il jeta un coup d'œil par la fenêtre et leurs yeux se croisèrent. La voiture démarra. Elle garda les yeux fixés sur le policier, voulant le forcer à la regarder, à se rendre compte que quelque chose n'allait pas.

Elle sentit un objet pointu lui entrer dans les côtes et tourna la tête. L'inconnu tenait son couteau à la main.

« Si jamais on nous suit, vous le prenez en premier. J'ai tout mon temps pour le gosse. »

Il avait un ton neutre, glacial. La voiture de patrouille était juste derrière eux. Le gyrophare s'était mis à clignoter. La sirène mugit. « Non ! s'il vous plaît… » D'un coup d'accélérateur, elle les dépassa et disparut au bloc suivant.

Ils descendirent la Cinquième avenue. Il y avait très peu de piétons. Il faisait trop mauvais, trop froid, pour marcher dans New York.

La voiture vira à gauche sur la Quarante-quatrième rue. Où les emmenait-il ? La Quarante-quatrième était une impasse. Elle s'arrêtait devant Grand Central. L'ignorait-il ?

L'homme passa deux blocs, jusqu'à Vanderbilt Avenue et prit à droite. Il se gara près de l'entrée de l'hôtel Biltmore, juste en face de la gare.

« On est arrivés, prononça-t-il à voix basse. Nous allons rentrer dans la gare. Vous marcherez près de moi. Ne tentez rien. Je vais porter le sac, et si quelqu'un nous remarque, j'y enfonce le couteau. » Il observait Sharon. Ses yeux luisaient à nouveau. Le battement palpitait sur sa joue. « Compris ? »

Elle hocha la tête. Neil l'entendait-il ?

« Attendez une minute. » Il l'examinait. Il plongea la main dans la boîte à gants et en sortit une paire de lunettes noires. « Mettez ça. »

Il ouvrit la porte, jeta un regard autour de lui et sortit rapidement. La rue était déserte. Seuls quelques taxis stationnaient devant la gare. Personne pour les voir ou faire attention à eux.

Il va nous faire prendre un train, pensa Sharon. Nous serons à des kilomètres avant que l'on commence à nous rechercher.

Elle sentit une douleur cuisante dans sa main gauche. La bague ! La pierre de lune que Steve lui avait offerte pour Noël… Elle s'était tournée sur le côté quand il lui avait attaché les

mains. La monture ancienne en or lui avait entaillé le doigt. Presque sans y penser, Sharon fit glisser l'anneau. Elle eut juste
155 le temps de le glisser à moitié dans le coussin du siège avant que la porte ne s'ouvrît.

Elle vacilla sur le trottoir glissant. L'homme agrippa son poignet d'une main et inspecta l'intérieur de la voiture. Il se pencha, ramassa le bâillon qu'il avait ôté de sa bouche, les cordes
160 coupées. Sharon retint sa respiration. Mais il ne remarqua pas la bague.

Il se baissa, souleva le sac de marin, tira sur la corde et noua les deux bouts. Neil allait étouffer dans ce sac fermé.

« Regardez. » Elle fixa des yeux la lame à peine camouflée
165 dans la large manche du pardessus. « Elle est pointée sur le cœur du gosse. Faites un geste et c'est pour lui. »

« Allons-y. » Son autre main posée sur son coude, il la força à traverser la rue à ses côtés. Ils formaient l'image d'un couple que le froid presse vers la gare, indéfinissable, anonyme, dans
170 de pauvres vêtements usagés, avec un sac de toile pour tout bagage.

Même derrière les lunettes noires, les lumières de la gare firent ciller Sharon. Ils étaient dans la galerie supérieure qui surplombe le hall principal. Il y avait un kiosque à journaux à
175 quelques pas sur leur gauche. Le vendeur leur jeta un regard indifférent. Ils descendirent au premier niveau. L'énorme affiche Kodak attira l'attention de Sharon. Elle disait : « Capturez la beauté là où vous la trouvez. »

Elle retint un rire nerveux. *Capturez ? Capturez ?* L'horloge. La fameuse horloge au-dessus du bureau de renseignements au milieu de la gare. On la voyait mal maintenant que l'on avait construit les guichets de la Caisse d'épargne. Sharon avait lu quelque part que lorsque les six lumières rouges au bas de l'horloge se mettaient à clignoter, elles indiquaient une urgence aux forces de police privée de Grand Central. Que penseraient-ils s'ils savaient ce qui se passait à cette minute même ?

Il était 19 h 29. *Steve prenait le train de 19 h 30.* Il était ici en ce moment dans un train, dans cette gare, un train qui l'emmènerait dans une minute. Steve, avait-elle envie de hurler… Steve…

Les doigts d'acier s'enfoncèrent dans son bras. « Par ici. » Il la forçait à descendre l'escalier vers le niveau inférieur. L'heure de pointe était passée. Il n'y avait pas grand monde au niveau principal… il y en avait encore moins dans l'escalier. Si elle tentait de tomber… d'attirer l'attention sur eux ? Non… elle ne pouvait pas prendre ce risque, pas avec le bras de fer qui entourait le sac, pas avec le couteau prêt à plonger dans Neil…

Ils avaient atteint le niveau inférieur. Vers la droite, elle apercevait l'entrée de l'Oyster Bar. Elle y avait retrouvé Steve pour un rapide déjeuner le mois dernier. Assis au bar, ils avaient commandé deux potages aux huîtres bien chauds… Steve, trouve-nous, viens à notre secours…

Elle se sentit poussée vers la gauche. « Par ici maintenant… pas si vite… » Voie 112. Le panneau indiquait : « Mount Vernon

205 20 h 10. » Un train venait juste de partir. Pourquoi allait-il là ?

À gauche de la rampe qui descendait sur la voie, Sharon remarqua une misérable vieille femme. Elle tenait à la main un sac à provisions et était attifée d'une veste d'homme sur une jupe de laine en loques. Des bas de coton épais lui retombaient
210 sur les jambes. La femme la regardait fixement. Relevait-elle quelque chose d'anormal ?

« Avancez… »

Ils descendaient la rampe vers le quai 112. Leurs pas résonnaient, bruit métallique sur les marches de fer. Le murmure des
215 voix s'estompait, un courant d'air froid et humide balayait la chaleur de la gare.

Le quai était désert.

« Par ici. » Il la forçait à marcher plus vite, à contourner le bout du quai, là où se terminait la voie ferrée, à descendre une
220 seconde rampe. De l'eau ruisselait tout près. Où allaient-ils ? Les verres noirs l'empêchaient de bien y voir. Des vibrations rythmées… une pompe… un compresseur… ils s'enfonçaient dans les profondeurs de la gare… très loin sous terre. Qu'allait-il faire d'eux ? Elle entendait le grondement sourd des
225 trains… il devait y avoir un tunnel pas très loin.

Le sol continuait à descendre. Le passage s'élargissait. Ils se trouvaient dans un endroit grand comme la moitié d'un terrain de football ; un endroit rempli de tuyaux énormes, de conduits, de moteurs ronflants. Sur la gauche, à environ cinq ou six
230 mètres, s'élevait un escalier étroit.

« Montez vite ! » Il respirait avec difficulté à présent.

Elle l'entendait haleter derrière elle. Elle grimpa l'escalier, comptant inconsciemment les marches... dix... onze... douze... Elle était sur un petit palier face à une grosse porte métallique.

« Poussez-vous. » Elle sentit la lourdeur de son corps contre elle et eut un mouvement de recul. Il posa le sac et lui jeta un bref coup d'œil. Dans la faible lumière, les gouttes de sueur luisaient sur son front. Il sortit une clé, l'introduisit dans la serrure. Un grincement, et la poignée tourna. Il ouvrit la porte, la poussa devant lui. Elle l'entendit grogner en soulevant à nouveau le sac de toile. La porte se referma sur eux. Dans la froideur humide de l'obscurité, elle entendit le déclic d'un interrupteur.

Une demi-seconde, et un néon poussiéreux clignota au-dessus de leurs têtes.

Sharon parcourut des yeux la pièce repoussante de saleté. Des éviers pleins de rouille, une cage de planches clouées, un lit de camp affaissé, un cageot retourné, une vieille valise noire par terre.

« Où sommes-nous ? Que nous voulez-vous ? » Sa voix n'était qu'un murmure mais elle résonna dans ce cachot.

Son ravisseur ne répondit pas. La bousculant, il se rua sur le lit de camp, y déposa le sac de marin et fléchit les bras. Tombant à genoux, Sharon s'acharna sur la corde du sac.

Elle parvint enfin à la dénouer, sépara les bords du sac, les rabattit, cherchant le petit corps recroquevillé. Elle libéra la tête de Neil. Saisissant des deux mains le bâillon, elle le tira sous le menton.

260　Neil suffoqua, cherchant l'air, pantelant, hoquetant. Elle entendit le sifflement de sa respiration, perçut les sursauts de sa poitrine. La tête de l'enfant au creux de son bras, elle s'apprêtait à tirer sur le bandeau qui lui couvrait les yeux.

« Laissez ça. » L'ordre était tranchant, brutal.

265　« Je vous en prie, s'écria-t-elle. Il est malade… il va avoir une crise d'asthme. Ayez pitié de lui. »

Elle leva les yeux et se mordit les lèvres, retenant un cri.

Au-dessus du lit de camp, trois immenses photos étaient épinglées sur le mur.

270　Une jeune femme qui courait, les mains tendues en avant ; elle regardait derrière son épaule, la terreur peinte sur son visage… la bouche tordue en un hurlement.

Une femme blonde, étendue près d'une voiture, les jambes repliées sous elle.

275　Une très jeune fille aux cheveux noirs, une main posée sur sa gorge, un regard de détachement étonné dans ses yeux fixes.

BIEN LIRE

CHAPITRE 12
- **Que fait Sharon avec la bague offerte par Steve ? Dans quel but ?**
- **Qui Sharon remarque-t-elle à gauche de la rampe qui descend sur la voie ? Cette remarque peut-elle être importante pour la suite ?**

13

Longtemps auparavant, Lally avait été institutrice dans le Nebraska. Le jour où elle s'était retrouvée à la retraite et seule, elle avait voulu visiter New York. Elle n'était jamais revenue chez elle.

Le soir de son arrivée à Grand Central Station fut le tournant de sa vie. Désorientée, apeurée, elle avait traversé l'immense hall de gare, son unique valise à la main ; elle avait levé les yeux et s'était arrêtée. Elle était sans doute l'une des seules personnes à avoir immédiatement remarqué que le ciel de la grande voûte avait été peint à l'envers. Les étoiles situées à l'orient étaient à l'occident.

Elle avait éclaté de rire, ses lèvres entrouvertes sur deux énormes dents de devant. Les gens avaient tourné la tête dans sa direction, et avaient rapidement poursuivi leur chemin. Leur réaction l'avait enchantée. Chez elle, si on avait vu Lally lever les yeux au ciel et éclater de rire toute seule, toute la ville en aurait parlé le lendemain.

Elle avait mis sa valise à la consigne et était montée se débarbouiller dans les toilettes pour femmes du niveau principal. Après avoir défroissé sa vieille jupe de laine marron, boutonné son gros cardigan, elle s'était peignée, mouillant et aplatissant ses cheveux courts et gris autour de son large visage au menton fuyant.

Pendant les six heures suivantes, Lally avait exploré la gare,

25 prenant un plaisir enfantin à regarder les mouvements affairés et pressés de la foule. Elle avait mangé au bar de l'un des petits snacks bon marché, fait du lèche-vitrines dans les galeries qui menaient aux hôtels et avait fini par s'installer dans la salle d'attente principale.

30 Fascinée, elle avait regardé une jeune femme allaiter son bébé affamé, contemplé un jeune couple passionnément enlacé, suivi une partie de cartes que disputaient quatre joueurs.

La foule diminuait, enflait, diminuait, sous les signes du zodiaque. Il était presque minuit lorsqu'elle remarqua un 35 groupe installé là depuis un bon bout de temps. Six hommes et une toute petite femme à tête d'oiseau qui parlaient avec une familiarité propre aux vieux amis.

La femme s'était aperçue qu'elle les observait et elle s'était dirigée vers elle. « Tu es nouvelle ici ? » Sa voix était rauque mais 40 aimable. Un peu plus tôt, Lally l'avait vue prendre un journal dans une poubelle.

« Oui, dit-elle.

– Tu sais où aller ? »

Lally avait réservé une chambre dans une auberge de jeu-45 nesse, mais une sorte d'instinct l'avait fait mentir. « Non.

– Tu viens d'arriver ?

– Oui.

– Tu as de l'argent ?

– Pas beaucoup. » Autre mensonge.

50 « Bon. T'en fais pas. On va te montrer. On est des habitués. »

Du bras, elle désignait le groupe derrière elle.

« Vous habitez près d'ici, alors ? » avait demandé Lally.

Un sourire avait lui bizarrement dans les yeux de la femme, découvrant une rangée de dents gâtées. « Non, nous habitons ici. Je m'appelle Rosie Bidwell. »

Tout au long de ses soixante-deux tristes années, Lally n'avait jamais eu de véritable amie. Ce que changea Rosie Bidwell. Très vite Lally fut acceptée comme l'une des leurs. Elle se débarrassa de sa valise et, comme Rosie, fourra tout ce qu'elle possédait dans des sacs à provisions.

Elle apprit les coutumes… se nourrir pour presque rien dans les libres-services, prendre une douche de temps en temps dans les bains publics de Greenwich Village, dormir dans les asiles, ou dans les hôtels à un dollar la nuit, ou encore au centre de l'Armée du Salut.

Ou… dans sa pièce à Grand Central.

C'était le seul secret que Lally n'avait pas confié à Rosie. Exploratrice infatigable, elle s'était familiarisée avec chaque coin de sa gare. Elle montait les escaliers derrière les portes orange des quais et se promenait dans la zone sombre et caverneuse entre le sol du niveau supérieur et le plafond du niveau inférieur. Elle avait découvert l'escalier dérobé qui reliait les deux toilettes pour dames, et quand celle du bas était fermée pour réparations, elle se glissait souvent dans cet escalier et passait la nuit là, à l'insu de tout le monde.

Elle s'amusait même à marcher le long de la voie ferrée du

tunnel, sous Park Avenue, aplatie contre la paroi de béton quand un train passait en rugissant, partageant des miettes de nourriture avec les chats affamés qui rôdaient dans le tunnel.

80 Mais un endroit la fascinait plus particulièrement dans les profondeurs de la gare ; les gardes l'appelaient Sing-Sing. Au milieu des compresseurs, aérateurs, conduits de ventilation, générateurs qui trépidaient, grinçaient, gémissaient, on avait l'impression de faire partie du vrai battement de cœur de la 85 gare. La porte sans inscription en haut de l'étroit escalier de Sing-Sing l'intriguait. Avec circonspection, elle l'avait fait remarquer à l'un des gardes qui était devenu un bon ami. Rusty avait répondu que ce n'était qu'un misérable trou qu'on utilisait autrefois pour faire la vaisselle de l'Oyster Bar et qu'elle 90 n'avait rien à faire là-dedans. Mais elle l'avait embêté jusqu'à ce qu'il lui montre la pièce.

L'endroit l'avait ravie. Les murs et le plafond lépreux, l'odeur de moisi, ne l'incommodaient pas. La pièce était grande. La lumière et les éviers fonctionnaient. Il y avait même un petit 95 placard avec un cabinet de toilette. Elle avait immédiatement su que cet endroit comblerait le seul besoin qui lui restait, celui d'une intimité occasionnelle et totale.

« Chambre et bains, avait-elle dit. Rusty, laisse-moi dormir ici. »

100 Il avait eu l'air abasourdi. « Pas question ! On me foutrait à la porte. » Mais elle l'avait harcelé tant et si bien qu'il lui avait permis d'y passer une nuit. Puis, un jour, elle s'était arrangée

pour lui dérober la clé quelques heures et elle en avait fait faire un double en cachette. Quand Rusty avait pris sa retraite, elle avait fait de cette pièce, sa pièce.

Petit à petit, Lally y avait transporté quelques affaires, un vieux lit de camp délabré, un matelas défoncé, un cageot.

Elle s'était mise à y séjourner régulièrement. C'était ce qu'elle préférait au monde, dormir dans le ventre obscur de Grand Central, recroquevillée au plus profond de sa gare, entendre le rugissement sourd et le roulement des trains diminuer à mesure qu'avançait la nuit, pour s'amplifier à nouveau dans le matin glacial.

Parfois, couchée là, elle se souvenait du *Fantôme de l'Opéra*[1] qu'elle enseignait à ses élèves. « Et, sous ce bel Opéra doré, il y avait un autre monde, leur disait-elle, un monde noir et mystérieux, un monde de souterrains, d'égouts, et d'humidité, où un homme pouvait se dérober au monde entier. »

Le seul nuage à l'horizon, sa seule crainte, était qu'un jour on démolisse la gare. Quand le Comité pour la protection de Grand Central avait organisé la manifestation, Lally était restée inaperçue dans un coin, mais elle avait applaudi à tout rompre lorsque des célébrités comme Jackie Onassis[2] avaient déclaré que Grand Central Terminal faisait partie de la tradition new-yorkaise et qu'elle ne pouvait pas être détruite.

---

1. Roman policier de Gaston Leroux (1868-1927), journaliste et écrivain français. Le personnage principal du *Fantôme de l'Opéra* (1910) est le célèbre détective Rouletabille.
2. Veuve du président américain John Kennedy qui, après l'assassinat de son mari, épousa en secondes noces le riche armateur grec Aristote Onassis.

Mais bien que l'on ait classé la gare monument historique, Lally savait que beaucoup de gens cherchaient encore à la faire démolir. Non, Seigneur, s'il vous plaît, pas ma gare !

Elle n'utilisait jamais sa pièce pendant l'hiver. Il y faisait trop
130 froid et trop humide. Mais du mois de mai au mois de septembre, elle y séjournait environ deux fois par semaine, juste assez peu souvent pour n'éveiller ni l'attention des gardes, ni la curiosité de Rosie.

Six années avaient passé, les meilleures de la vie de Lally. Elle
135 avait fini par connaître tous les gardes, les vendeurs de journaux, les guichetiers. Elle reconnaissait les visages des habitués, ceux qui prenaient tel train à telle heure. Elle en était même arrivée à distinguer les visages des buveurs invétérés qui rentrent toujours chez eux par le dernier train, se pressant d'un pas
140 incertain vers leur quai.

Ce lundi soir, Lally avait rendez-vous avec Rosie dans la salle d'attente principale. Elle avait beaucoup souffert de son arthrite durant l'hiver. C'était la seule raison qui l'avait empêchée de se rendre dans sa pièce. Mais cela faisait six mois maintenant, et
145 soudain elle ne pouvait attendre plus longtemps. Je vais juste descendre voir à quoi elle ressemble, pensa-t-elle. S'il n'y faisait pas trop froid, elle pourrait peut-être même y dormir cette nuit. Mais c'était peu probable.

Elle descendit péniblement les escaliers vers le niveau infé-
150 rieur. Il y avait peu de monde. Elle marchait sans se presser, attentive aux policiers. Elle ne pouvait prendre le risque qu'on

la vît se diriger vers la pièce. Jamais ils ne la laisseraient y rester, même les types les plus gentils.

Elle remarqua une famille avec trois enfants. Charmants. Elle aimait les enfants et avait été une bonne institutrice. Une fois qu'elle avait essuyé les quolibets de ses élèves sur sa laideur, elle s'entendait généralement bien avec eux. Non qu'elle désirât le retour de ces jours-là, pas pour tout l'or du monde.

Elle s'apprêtait à descendre tranquillement la rampe vers la voie 112, lorsque son attention fut attirée par les lambeaux d'une doublure rouge qui dépassait d'un vieux manteau gris.

Lally reconnut le manteau. Elle l'avait essayé chez un fripier de la Deuxième avenue la semaine dernière. Il ne pouvait y en avoir deux pareils, pas avec cette doublure. Sa curiosité éveillée, elle observa le visage de la femme qui portait le manteau et s'étonna de voir à quel point elle était jeune et jolie sous le foulard et les lunettes noires.

L'homme qui l'accompagnait… Lally l'avait déjà vu dans la gare. Elle remarqua les coûteuses bottes en cuir de la fille, le genre de bottes que portent les gens qui prennent la ligne du Connecticut.

Drôle d'assemblage, pensa-t-elle. Un vieux manteau d'occasion et ces bottes. De plus en plus intriguée, elle regarda le couple traverser la gare. Le sac que portait l'homme avait l'air très lourd. Elle fronça les sourcils en les voyant descendre sur la voie 112. Il n'y avait pas de train avant quarante-cinq minutes. Étrange, pensa-t-elle. Pourquoi attendre sur le quai ? Il y fait glacial.

Elle haussa les épaules. Voilà qui tranchait la question. Elle ne pouvait pas se rendre dans sa pièce s'ils restaient sur le quai à la regarder. Elle devait attendre demain.

Refoulant sa déception, Lally se dirigea avec résignation vers la salle d'attente principale à la recherche de Rosie.

180

BIEN LIRE

CHAPITRE 13

• Quel rôle pourrait jouer Lally dans l'intrigue ? Pourquoi ?

• Dans quel but le roman intitulé *Le Fantôme de l'Opéra* est-il évoqué ?

• Que vous inspire le personnage de Lally ? Est-elle plutôt sympathique ou plutôt antipathique ?

14

« Parle, Ron, parle, bon Dieu ! » L'avocat aux cheveux noirs appuya sur le bouton « enregistrement ». Le lecteur de cassette était sur la couchette entre les deux hommes.

« Non. » Ron Thompson se mit debout, traversa nerveusement l'étroite cellule et s'arrêta devant les barreaux de la fenêtre. Il se détourna rapidement. « Même la neige a l'air sale ici, dit-il, sale, grise et froide. Vous voulez enregistrer ça ?

— Non. » Bob Kurner se leva et mit son bras sur les épaules du garçon. « Ron, je t'en prie.

— À quoi bon ? À quoi bon ? » Ses lèvres de jeune garçon se mirent à trembler. Il changea d'expression, prit l'air soudain juvénile et sans défense. Il se mordit vivement les lèvres, se frotta les yeux d'une main. « Bob, vous avez fait tout ce que vous pouviez… je le sais. Il n'y a rien d'autre à faire maintenant.

— Rien, si ce n'est donner au gouverneur une raison d'accorder une remise de peine, ne serait-ce qu'un délai d'exécution… Ron, ne serait-ce qu'un délai.

— Mais vous avez essayé… cette journaliste, Sharon Martin si elle n'a pu rien obtenir avec toutes les pétitions qu'elle a recueillies…

— Au diable cette foutue Sharon Martin ! » Bob Kurner serra les poings. « Qu'ils aillent au diable, tous ces faiseurs de bonnes œuvres incapables de se tirer une épine du pied ! Elle a tout

25 bousillé, Ron. Nous étions sur le point d'obtenir une pétition, une vraie, venant de gens qui te connaissent, de gens qui savent que tu es incapable de faire du mal à qui que ce soit, et elle s'est mise à proclamer dans tout le pays que, bien entendu, tu étais coupable, mais que tu ne devais pas mourir. Elle a tout fait pour
30 qu'il soit impossible au gouverneur de t'accorder une remise de peine – *impossible.*

– Alors, pourquoi perdre son temps ? Si cela ne sert à rien, si c'est sans espoir, je ne veux plus parler de toute cette histoire maintenant !

35 – Tu dois le faire ! » La voix de Bob Kurner s'adoucit tandis qu'il regardait le jeune homme droit dans les yeux. Ils reflétaient une droiture et une honnêteté irrésistibles. Bob se souvint de ses propres dix-neuf ans. C'était il y a dix ans et il était étudiant à Villanova. Ron espérait s'inscrire à l'Université… au
40 lieu de cela, il allait mourir sur la chaise électrique. Les deux années de prison n'avaient pas réussi à amollir son corps musclé. Il faisait régulièrement de la gymnastique en cellule, il était tellement discipliné. Mais il avait perdu dix kilos et son visage était blanc comme de la craie.

45 « Écoute, dit Bob, il doit y avoir quelque chose qui m'a échappé…

– Rien ne vous a échappé.

– Ron, je t'ai défendu, mais tu *n'as pas* tué Nina Peterson et tu *as été* condamné… Si nous pouvions seulement donner une
50 pièce à conviction au gouverneur… une raison valable de lui

permettre de t'accorder un délai d'exécution. Nous avons quarante-huit heures... rien que quarante-huit heures.

– Vous venez juste de dire qu'elle ne voulait pas m'accorder de remise de peine. »

Bob Kurner se pencha et arrêta le lecteur de cassette. « Ron, peut-être ne devrais-je pas te le dire. Dieu sait si c'est une tentative hasardeuse. Mais, écoute-moi. Quand tu as été condamné pour le meurtre de Nina Peterson, un tas de gens ont pensé que tu étais coupable de ces deux autres meurtres qui sont restés énigmatiques. Tu t'en souviens ?

– Ils m'ont assez cuisiné là-dessus.

– Tu allais à l'école avec la fille Carfolli. Tu enlevais la neige devant la maison de Mme Weiss. Il était normal que l'on te questionne. C'est une procédure classique. Et après ton arrestation, il n'y a plus eu de meurtre – *jusqu'à ces derniers temps*. Ron, il y a eu deux autres meurtres de jeunes femmes dans Fairfield County le mois dernier. Si nous pouvons établir quelque chose, un doute, comparaître avec un élément qui évoquerait un lien entre le meurtre de Nina Peterson et les autres... »

Il entoura le garçon de son bras. « Ron, je sais combien cela t'est pénible. Je ne peux que deviner ce que tu endures. Mais tu m'as dit que tu te remémorais continuellement ce jour. Peut-être y a-t-il quelque chose... quelque chose qui ne t'a pas semblé important, un détail. Si tu voulais seulement *parler*. »

Ron s'écarta, se dirigea vers la couchette et s'assit. Il pressa sur le bouton « enregistrement » et tourna la tête de façon à enregistrer clairement ses paroles. Les sourcils froncés, la voix hachée, il commença : « Je travaillais cet après-midi après l'école au marché Timberly. Mme Peterson faisait ses courses. M. Timberly venait de me dire qu'il était obligé de me congédier à cause du temps libre dont j'avais besoin pour m'entraîner au football. Elle l'entendit. Quand je l'aidais à charger ses provisions dans sa voiture, elle me dit… »

15

Le train entra en gare de Carley à 21 heures. Entre-temps, l'impatience fiévreuse de Steve avait fait place à une inquiétude profonde, torturante. Il aurait dû téléphoner au docteur. Si Neil était malade, Sharon l'avait sûrement emmené chez lui pour qu'on lui fasse une piqûre. Voilà sans doute pourquoi le téléphone ne répondait pas.

Sharon était venue. Il en était certain. Elle n'aurait pas changé d'avis sans le prévenir.

Il y avait peut-être eu des coupures sur les lignes téléphoniques. Et s'il avait manqué le train, Dieu sait quand le prochain serait parti. Le conducteur avait parlé de voies ferrées impraticables à cause du gel.

Quelque chose était arrivé. Il le sentait. Il le savait.

Mais c'était peut-être l'approche de l'exécution qui le rendait si inquiet, agité. Seigneur, le journal du soir avait ressorti toute l'affaire. La photo de Nina en première page. Le titre : « Un jeune homme va mourir pour avoir brutalement assassiné une jeune mère dans le Connecticut. »

La photo de Thompson à côté de celle de la jeune femme. Un garçon à l'air gentil. Difficile de le croire capable d'un meurtre aussi horrible.

La photo de Nina. Cent fois pendant le trajet Steve s'était surpris à la regarder. Les journalistes avaient tous réclamé une photographie à l'époque du meurtre, mais il n'aurait jamais dû

25 les laisser reproduire celle-ci. C'était sa photo préférée ; un instantané qu'il avait pris avec le vent dans ses boucles noires autour de son visage et son petit nez droit qu'elle fronçait toujours un peu quand elle riait. Et l'écharpe nouée souplement autour du cou. Il n'avait réalisé que plus tard que c'était
30 l'écharpe dont Thompson s'était servi pour l'étrangler.

Ô Seigneur !

Steve fut le premier à se ruer sur le quai quand le train s'arrêta enfin à Carley une heure et demie après le départ. Dévalant les escaliers glissants du quai, il fonça dans le parking et s'es-
35 crima à essuyer la neige du pare-brise de sa voiture. Une mince couche de glace lui résistait. Impatiemment, il ouvrit le coffre et prit le dégivrant et le grattoir.

La dernière fois qu'il avait vu Nina vivante, elle l'avait conduit au train. Il avait remarqué que le pneu de secours était
40 sur la roue avant droite. Elle avait alors avoué qu'elle avait crevé la veille au soir, et qu'elle roulait sur la roue de secours.

Furieux, il s'était emporté contre elle. « Tu ne devrais pas rouler avec ce pneu complètement fichu. Bon sang, chérie, ta négligence te tuera. »
45 *Te tuera !*

Elle lui avait promis d'aller chercher tout de suite l'autre pneu. Devant la gare, il s'apprêtait à sortir de la voiture sans l'embrasser, mais elle s'était penchée vers lui, caressant sa joue d'un baiser, et lui avait dit avec cet habituel petit rire dans la
50 voix : « Passe une bonne journée, Grincheux, je t'aime. »

Il ne lui avait pas répondu, il ne s'était même pas retourné, courant pour attraper son train. Il avait hésité à lui téléphoner du bureau, mais s'était dit qu'il valait mieux qu'elle le crût réellement mécontent. Il s'inquiétait à son sujet. Elle était par trop insouciante. L'avant-veille au soir, en rentrant tard du bureau, il les avait trouvés endormis, elle et Neil, la porte d'entrée ouverte.

Il n'avait donc pas téléphoné, il ne s'était pas réconcilié avec elle. Et quand il était descendu du train de 17 h 30 ce soir-là, Roger Perry l'attendait à la gare, l'attendait pour le conduire chez lui et lui annoncer que Nina était morte.

Près de deux années avaient passé. Deux années de solitude et de chagrin, jusqu'au matin, il y a six mois, où on l'avait présenté à l'autre invitée des actualités télévisées, Sharon Martin.

Le pare-brise était suffisamment nettoyé maintenant. Steve monta dans sa voiture, tourna la clé, et, donnant à peine au moteur le temps de démarrer, appuya sur l'accélérateur.

Il n'avait qu'un désir, rentrer chez lui et retrouver Neil en bonne santé. Il voulait que Neil soit à nouveau heureux. Il voulait embrasser Sharon, la tenir contre lui. Cette nuit, il voulait l'entendre bouger dans la chambre d'invités, savoir qu'elle était tout près. Tout finirait par s'arranger. Rien ne devait plus se mettre entre eux deux.

Steve mit quinze minutes pour faire le trajet au lieu des cinq habituelles. Les routes n'étaient qu'une plaque de glace. À un stop, il appuya sur le frein et la voiture glissa jusqu'au milieu du croisement. Heureusement, il n'y avait personne dans l'autre sens.

Il tourna enfin sur Driftwood Lane. La rue lui sembla inhabituellement sombre. Cela venait de sa maison – les lumières
80 étaient éteintes ! Un sentiment de terreur le raidit de la tête aux pieds. Sans tenir compte du verglas, il enfonça l'accélérateur et la voiture fit un bond en avant et vira en dérapant. Il s'engagea dans l'allée et s'arrêta brutalement derrière la voiture de Sharon. Grimpant précipitamment les marches, il introduisit la clé dans
85 la serrure et ouvrit la porte d'entrée. « Sharon… Neil, appela-t-il. Sharon… Neil… »

Le silence glacé contrastait avec la chaleur de l'entrée. « Sharon… Neil », appela-t-il à nouveau.

Il regarda dans le salon. Des papiers jonchaient le sol. Neil
90 avait dû faire des découpages ; il y avait des ciseaux et des bouts de papier sur une page ouverte. Un bol de chocolat et un verre de sherry encore pleins étaient posés sur la petite table basse près de la cheminée. Steve se rua dessus, tâta le bol. Le chocolat était froid. Il se précipita dans la cuisine, remarqua la casse-
95 role dans l'évier, bondit dans l'entrée et entra dans le petit bureau. Il était également vide. Un feu luisait dans la cheminée. Il avait demandé à Bill de l'allumer avant de partir.

Ne sachant plus ce qu'il cherchait, Steve revint en courant du bureau dans l'entrée et aperçut le nécessaire de voyage de
100 Sharon et son sac à main. Il ouvrit la porte du placard. Sa cape était là ! Pourquoi était-elle sortie sans même prendre le temps de la passer ? Neil ! Neil avait sans doute eu une de ces violentes

crises, une de celles qui viennent si soudainement qu'elles le font suffoquer.

Steve fonça sur le téléphone sur le mur de la cuisine. Les numéros d'urgence – hôpital, police, pompiers, leur médecin privé – étaient très lisiblement inscrits. Il appela en premier le cabinet du docteur. L'infirmière était encore là. « Non, monsieur Peterson, nous n'avons pas eu d'appel concernant Neil. Y a-t-il quelque chose ?… »

Il raccrocha sans explication.

Il appela le service des urgences à l'hôpital. « Nous n'avons eu aucun appel… »

Où étaient-ils ? Que leur était-il arrivé ? Sa respiration se précipitait. Il regarda la pendule murale. 21 h 20. Près de deux heures depuis qu'il avait essayé d'appeler chez lui.

Ils étaient partis depuis au moins ce temps-là. Les Perry ! Peut-être étaient-ils chez les Perry. Sharon s'était peut-être réfugiée chez eux si Neil ne se sentait pas bien.

Steve tendit à nouveau la main vers le téléphone. Mon Dieu, faites qu'ils soient chez les Perry. Faites que tout aille bien !

C'est alors qu'il le vit. Le message sur l'ardoise des commissions. Écrit à la craie. En lettres épaisses, inégales.

« Si vous voulez retrouver votre fils et votre amie vivants, attendez les instructions. » Les mots suivants étaient soulignés d'un trait épais. « *Ne prévenez pas la police.* » Le message était signé : « Renard. »

16

Dans le bureau du F.B.I.[1] au centre de Manhattan, Hugh Taylor soupira en refermant le tiroir de son bureau. Dieu, il ferait bon rentrer à la maison, pensa-t-il. Presque 21 h 30, la circulation serait par conséquent fluide. Mais le mauvais temps avait bousillé le périphérique du West Side et le pont devait être impraticable à l'heure actuelle.

Il se leva et s'étira. Il avait les épaules et le cou rompus. Pas même cinquante ans, et j'ai l'impression d'en avoir quatre-vingts, se dit-il. Foutue journée. Une autre tentative de vol de banque, la Chase cette fois-ci, sur Madison et la Quarante-huitième. Un caissier avait réussi à donner l'alerte et ils avaient embarqué les auteurs du vol, mais pas avant que le gardien n'ait été touché. Le pauvre type était dans un état critique, il avait peu de chances de s'en sortir.

Le visage d'Hugh se durcit. De pareils criminels devraient être enfermés une fois pour toutes.

Mais pas exécutés. Hugh enfila son manteau. C'était l'une des raisons pour lesquelles il s'était senti si déprimé aujourd'hui. Le jeune Thompson. Il ne pouvait en détacher son esprit : le cas Peterson, il y a deux ans. Hugh avait été chargé de l'enquête. Avec son équipe, il avait filé Thompson dans le motel en Virginie où ils l'avaient arrêté.

---

1. Sigle du Federal Bureau of Investigation. Le F. B. I. est un organisme puissant, chargé, aux États-Unis, de la police fédérale.

Le garçon avait constamment nié avoir tué Nina Peterson. Même en sachant qu'il n'avait qu'une seule chance de sauver sa peau, s'en remettre à l'indulgence de la Cour, il n'avait cessé de nier.

Hugh frissonna. Il n'y pouvait rien. Cela ne faisait aucun doute. Et après-demain, Ronald Thompson serait exécuté.

Hugh sortit dans le hall, appela l'ascenseur.

Crevé. Il était littéralement crevé.

Une demi-minute plus tard, une cabine s'arrêtait à son étage. La porte s'ouvrit. Il entra, poussa le bouton « M ».

Il entendit crier son nom, tendit automatiquement le bras, empêchant la porte de se refermer. Une cavalcade vers l'ascenseur. Hank Lamont, l'un de ses plus jeunes agents, lui saisissait le bras.

« Hugh ! » Il était hors d'haleine. « Steve Peterson au téléphone... vous savez... le mari de Nina Peterson... le jeune Thompson...

— Je sais qui c'est, aboya Hugh. Qu'est-ce qu'il veut ?

— C'est son fils, il dit que son fils et cette journaliste, Sharon Martin, ont été kidnappés. »

17

« Qui a pris ces photos ? » La peur perçait dans la voix de Sharon et elle se rendit compte qu'elle avait tort de se trahir ainsi. Elle croisa le regard de l'homme et vit qu'elle l'avait alarmé. Ses lèvres se pinçaient, le battement sur sa pommette
5 s'accélérait. Instinctivement, elle ajouta : « Je veux dire, elles sont tellement réalistes. »

La tension se relâcha un peu. « Je les ai peut-être trouvées. »
Elle se souvint du flash qui l'avait aveuglée dans la voiture.

« À moins que vous ne les ayez prises vous-même. » On pou-
10 vait déceler un semblant de compliment.

« Peut-être. »

Elle sentit sa main toucher ses cheveux, s'attarder sur sa joue. N'aie pas l'air d'avoir peur, se dit-elle frénétiquement. Elle tenait encore la tête de Neil dans son bras. Il commençait à
15 trembler. Des sanglots éclataient sous le sifflement aigu de l'asthme.

« Neil, ne pleure pas, supplia-t-elle. Tu vas te faire du mal. » Elle leva les yeux vers leur ravisseur. « Il est terrorisé. Détachez-le.

20 — M'aimerez-vous si je le fais ? » Il pressa sa jambe contre sa hanche comme elle s'agenouillait près du lit de camp.

« Bien sûr, je vous aimerai, mais je vous en prie. » Elle repoussait doucement les mèches blondes et moites sur le petit front.

« Laissez ça ! » Sa main d'acier sur la sienne l'empêchait de libérer Neil du bandeau.

« Je ne voulais pas. » Elle prenait un ton conciliant.

« Bon. Pour un petit moment. Mais les mains seulement. Et d'abord, étendez-vous. »

Elle se raidit. « Pourquoi ?

– Je ne peux pas vous laisser tous les deux détachés. Lâchez le gosse. »

Il n'y avait qu'à obéir. Cette fois-ci, il lui attacha les jambes des genoux aux chevilles, et la fit asseoir sur le lit.

« Je ne vous attacherai les mains qu'avant de m'en aller, Sharon. » C'était une concession. Sa voix s'attarda sur son nom.

Avant de s'en aller ? Allait-il les laisser seuls ici ? Il se penchait sur Neil, coupait les cordes de ses poignets. Neil écarta les mains. Elles battirent l'air. Il respirait par à-coups ; le sifflement devenait plus intense, constant.

Sharon l'attira contre elle, l'enveloppa dans le vieux manteau gris qu'elle portait encore. Le petit corps tremblant se débattit, essayant de se dégager.

« Neil, arrête ! Calme-toi ! fit-elle d'un ton sévère. Rappelle-toi ce que ton père te dit lorsque tu as une crise. Rester très calme et respirer très lentement. » Elle leva les yeux. « S'il vous plaît, pourriez-vous lui donner un verre d'eau ? »

Sous l'éclairage poussiéreux et irrégulier, l'ombre de l'homme, sombre et marbrée sur le ciment du mur, semblait fragmentée par la peinture écaillée. Il hocha la tête et se dirigea vers le vieil évier rouillé. Le robinet cracha un filet d'eau dans un gargouillement saccadé.

Profitant de ce qu'il avait le dos tourné, Sharon examina les photos. Deux des femmes étaient mortes ou mourantes ; l'autre essayait d'échapper à quelque chose ou à quelqu'un. Leur avait-il fait ça ? Quelle sorte de fou était-il ? Pourquoi les avait-il kidnappés, elle et Neil ? C'était risqué de leur faire traverser la gare. Cet homme avait tout préparé dans les moindres détails. Pourquoi ?

Neil suffoquait. Il se mit à tousser, sa toux rauque faisait un bruit atroce.

Le ravisseur tourna la tête, un gobelet en carton à la main. Le bruit de la toux semblait le perturber. Sa main tremblait lorsqu'il tendit le verre à Sharon. « Faites-lui arrêter ce truc », dit-il.

Sharon porta le gobelet aux lèvres de l'enfant. « Bois, Neil. » Il avala avidement. « Non, doucement. Maintenant, calme-toi. » Neil but toute l'eau, soupira. Elle sentit le corps menu se détendre peu à peu. « Voilà. »

L'homme se penchait sur elle. « Vous êtes gentille, Sharon, dit-il. C'est pour cela que je suis tombé amoureux de vous. Parce que vous n'avez pas peur de moi, n'est-ce pas ?

– Non, bien sûr que non. Je sais que vous ne nous voulez pas de mal. » Elle parlait d'un ton dégagé, comme s'il s'agissait d'une simple conversation. « Mais pourquoi donc nous avoir amenés ici ? »

Sans répondre, il s'avança vers la valise noire, la souleva avec le plus grand soin et la posa par terre à peu de distance de la porte. S'accroupissant près du sac, il l'ouvrit.

« Qu'y a-t-il là-dedans ? demanda Sharon.

– Quelque chose que je dois faire avant de m'en aller.

– Où allez-vous ?

– Ne posez pas tant de questions, Sharon.

– Je m'intéressais seulement à vos projets. » Elle regarda les doigts fouiller dans la valise. Ils avaient une vie à part, une existence particulière au cours de laquelle ils maniaient avec adresse les fils métalliques et la poudre.

« Je ne peux pas parler quand je fais ce travail. On doit être extrêmement prudent avec la nitroglycérine[1], même moi. »

Sharon resserra son étreinte autour de Neil. Ce fou manipulait des explosifs à quelques mètres d'eux. S'il commettait la moindre erreur, s'il heurtait quoi que ce soit… Elle se souvenait du petit immeuble de pierre brune qui avait explosé à Greenwich Village[2]. Elle n'avait pas classe ce jour-là, et elle faisait des courses à New York à quelques blocs de là quand la déflagration avait éclaté. Elle se souvenait de la masse de décombres, des monceaux de pierre et de bois éclatés. Ces gens-là aussi croyaient qu'ils savaient manier les explosifs.

Priant Dieu, elle le regardait faire. Elle le regardait, concentré sur son travail, et elle avait des crampes dans les jambes, l'humidité lui pénétrait dans la peau et son oreille s'accordait

1. Explosif puissant qui entre dans la composition de la dynamite.
2. Quartier intellectuel et artistique de New York.

peu à peu au grondement étouffé des trains. Le sifflement dans la poitrine de Neil avait pris une certaine cadence ; rapide, haletante, mais moins frénétique.

L'homme se releva enfin. « Ça va, fit-il satisfait.

105 — Qu'allez-vous en faire ?

— C'est votre baby-sitter.

— Que voulez-vous dire ?

— Je dois vous laisser jusqu'à demain. Je ne peux pas prendre le risque de vous perdre, vous comprenez ?

110 — Comment pourriez-vous nous perdre, si nous restons ici seuls et attachés.

— Une chance sur un million, sur dix millions que quelqu'un tente d'entrer dans cette pièce pendant mon absence…

— Combien de temps allez-vous nous garder ici ?

115 — Jusqu'à mercredi. Sharon, ne posez pas tant de questions. Je vous dirai ce que je veux que vous sachiez.

— Excusez-moi. C'est seulement que je ne comprends pas.

— Je ne peux permettre à personne de vous trouver. Mais il faut que je m'en aille. Si la porte est piégée et que quiconque

120 essaye d'entrer… »

Non. C'était un cauchemar. Elle n'entendait pas cela. C'était impossible.

« Ne vous en faites pas, Sharon. Demain soir, Steve Peterson va me donner quatre-vingt-deux mille dollars, et tout sera fini.

125 — Quatre-vingt-deux mille dollars ?

— Oui. Et mercredi matin, nous partirons, vous et moi.

Je laisserai un mot expliquant où trouver le gosse. »

Quelque part au loin résonna le faible écho d'un rugissement, un silence, un autre rugissement.

Il traversa la pièce. « Je suis désolé, Sharon. » Il repoussa brusquement Neil de ses bras, le laissa tomber sur le lit de camp. Avant qu'elle n'ait pu faire un geste, il lui tira les mains derrière le dos. Il fit glisser le manteau avant de lui lier les poignets.

Il se tourna vers Neil. « Ne le bâillonnez pas, je vous en prie, implora-t-elle. S'il a une attaque... vous ne pourrez pas avoir l'argent... vous devez prouver qu'il est vivant. Je vous en prie... je... je... vous aime. Vous êtes tellement intelligent. »

Il la regardait, hésitant.

« Vous... vous connaissez mon nom, mais vous ne m'avez pas dit le vôtre. J'aimerais bien pouvoir penser à vous. »

Il lui prit le visage entre ses deux mains. Elles étaient calleuses, rudes. Impossible de les imaginer si habiles à manipuler les fils. Il se pencha sur elle. Son souffle était aigre, chaud. Elle supporta son baiser, brutal, sur ses lèvres, humide, s'attardant sur sa joue, son oreille. « Je m'appelle Renard, murmura-t-il d'une voix enrouée. Répétez mon nom, Sharon.

— Renard. »

Il attacha les poignets de Neil et le tira à côté d'elle. Il y avait tout juste assez de place pour eux deux sur le lit. Les mains de Sharon étaient coincées contre le mur. Il jeta sur eux le vieux manteau crasseux et resta debout à les examiner. Ses yeux allaient du lit au monte-plats.

« Non. » Il avait l'air contrarié, hésitant.« Je ne peux pas prendre le risque que quelqu'un vous entende. »

155   Il les bâillonna à nouveau, mais pas tout à fait aussi serré cette fois-ci. Elle n'osa pas protester. L'énervement le gagnait à nouveau.

Et elle sut immédiatement pourquoi. Lentement, avec des précautions inquiétantes, il attachait un mince fil de métal à

160   quelque chose dans la valise et le tirait vers la porte. Il allait attacher le fil à la porte. Et si quelqu'un entrait, le détonateur se déclencherait !

Elle entendit le déclic de l'interrupteur ; la lumière lugubre vacilla avant de s'éteindre. La porte s'ouvrit et se releva sans

165   bruit. Un court instant, sa silhouette se découpa dans l'obscurité, et il disparut.

La pièce était désespérément sombre et le silence oppressant n'était rompu que par la respiration difficile de Neil et le grondement sourd, intermittent, d'un train qui entrait dans le tun-

170   nel.

BIEN LIRE

CHAPITRE 17

• Pourquoi, selon vous, Neil a-t-il toujours les yeux bandés ?

• À combien de francs s'élève la rançon demandée par le ravisseur ? Faites vous-même la conversion, sachant qu'un dollar vaut environ six francs et quarante centimes.

• Pourquoi les deux otages n'ont-ils aucune possibilité de fuite ?

18

Roger et Glenda Perry décidèrent de regarder les informations de 23 heures au lit. Elle avait déjà pris son bain et proposa de lui préparer un grog pendant qu'il se douchait.

« Excellente idée, mais je t'en prie, ne te mets pas à bricoler dans la maison. » Il vérifia le verrou de la cuisine et monta au premier étage. La douche était chaude, revigorante, délicieusement agréable. Il enfila son pyjama rayé bleu, replia le grand couvre-lit, et alluma les lampes de chevet.

Juste avant de se mettre au lit, il alla à la fenêtre. Même par un temps comme aujourd'hui, ils aimaient tous les deux sentir l'air frais de la nuit dans la pièce. Il jeta un regard distrait vers la maison de Peterson. Les lumières étaient allumées, à l'extérieur et à l'intérieur. À travers les flocons de neige, il apercevait des voitures garées dans l'allée.

Glenda entra dans la chambre, un bol bouillant à la main. « Qu'est-ce que tu regardes, Roger ? »

Il se retourna, décontenancé. « Rien. Mais ne t'inquiète plus pour la lumière éteinte chez Steve. Sa maison brille comme un sapin de Noël.

— Il doit y avoir du monde chez lui. Eh bien, Dieu soit loué, nous ne sommes pas dehors ce soir. » Elle posa le bol sur la table de nuit, enleva sa robe de chambre et se glissa dans le lit. « Oh ! je suis fatiguée ! » Son visage s'altéra, prit un air préoccupé. Elle s'immobilisa.

25   « Tu as mal ?

    – Oui.

    – Ne bouge pas. Je vais chercher tes pilules. » Maîtrisant mal le tremblement de ses doigts, il prit le flacon de trinitrine et la regarda glisser une pilule sous sa langue et fermer les yeux. Une

30 minute plus tard, elle soupira : « Oh ! ça m'a fait mal cette fois-ci ! Mais c'est passé maintenant. »

    Le téléphone sonna. Exaspéré, Roger tendit la main vers l'appareil. « Si c'est pour toi, je dis que tu dors, grommela-t-il. Il y a des gens qui… » Il souleva l'écouteur. Son « oui » fut cas-

35 sant.

    Sa voix changea immédiatement, prit un ton soucieux.

    « Steve… Qu'y a-t-il ? Non. Non. Rien. Bien sûr. Oh ! mon Dieu ! Je viens tout de suite. »

    Sous l'œil interrogateur de Glenda, il raccrocha l'appareil et

40 lui prit les mains. « Quelque chose est arrivé chez Steve, dit-il avec précaution. Neil et Sharon ont… disparu. J'y vais, je serai de retour le plus tôt possible.

    – Roger…

    – Je t'en prie, Glenda. Pour me faire plaisir, reste tranquille.

45 Tu sais que tu n'as pas été bien ces jours-ci. Je t'en prie. »

    Il enfila un gros chandail, passa un pantalon sur son pyjama et glissa ses pieds dans des mocassins. Il venait juste de fermer la porte d'entrée lorsqu'il entendit le téléphone sonner de nou-veau. Glenda décrochera, pensa-t-il, et il sortit en courant dans

50 les tourbillons de neige. Il coupa à travers la pelouse, traversa la

rue et monta l'allée des Peterson. Il était à peine conscient du froid qui mordait ses chevilles nues et lui coupait la respiration.

Haletant, le cœur battant à tout rompre, il gravit les marches du perron. La porte s'ouvrit sur un homme à l'air très soigné, les traits marqués et les cheveux grisonnants. « Monsieur Perry, je suis Hugh Taylor, du F.B.I. Nous nous sommes rencontrés il y a deux ans. »

Roger se souvint de ce jour où Ronald Thompson avait renversé Glenda en s'enfuyant de cette maison ; ce jour où elle était entrée ici pour trouver le corps de Nina.

« En effet. » Secouant la tête, il entra dans le salon. Steve se tenait debout près de la cheminée, les mains cramponnées l'une à l'autre. Les yeux rougis, Dora Lufts sanglotait sur le canapé. Bill Lufts était assis à côté d'elle, les épaules courbées, l'air accablé.

Roger alla vers Steve et le prit par les épaules. « Steve, mon Dieu, je ne sais que dire.

— Roger, merci d'être venu si vite.

— Depuis quand ont-ils disparu ?

— Nous ne savons pas exactement. C'est sans doute arrivé entre 18 heures et 19 h 30.

— Sharon et Neil étaient seuls ici ?

— Oui. Ils… » La voix de Steve se brisa. Il se reprit rapidement. « Ils étaient seuls.

— Monsieur Perry, l'interrompit Hugh Taylor. Pourriez-vous nous donner quelque indication ? Avez-vous remarqué des inconnus dans le voisinage, des voitures inhabituelles, un fourgon, un camion – que sais-je ? Vous souvenez-vous d'un détail insolite ? »

Roger se laissa tomber sur une chaise. Réfléchir. Il y *avait*
quelque chose. Mais quoi ? Ah ! oui ! « Les lumières de l'extérieur ! »

Steve se tourna vers lui, tendu. « Bill affirme qu'elles étaient allumées quand ils sont sortis, lui et Dora. Elles étaient éteintes quand je suis rentré. Qu'avez-vous remarqué ? »

Roger se remémora l'emploi du temps précis de sa soirée. Il
avait quitté son bureau à 17 h 10, il était entré dans son garage à 17 h 40. « Vos lumières étaient sûrement allumées quand je suis arrivé chez moi, vers 17 h 40, dit-il à Steve, sinon je l'aurais remarqué. Glenda a préparé un verre. À peine un quart d'heure plus tard, nous avons regardé par la fenêtre et Glenda s'est aperçue que votre maison était dans l'obscurité. »

Il fronça les sourcils. « En fait, l'horloge venait de sonner peu de temps avant, donc il devait être à peu près 18 h 5. » Il s'arrêta. « Glenda a dit quelque chose à propos d'une voiture qui sortait de chez vous.

— Une voiture ! Quelle sorte de voiture ? l'interrompit Hugh Taylor.

— Je n'en sais rien. Glenda ne l'a pas mentionné. Je tournais le dos à la fenêtre.

— Êtes-vous sûr de l'heure ? »

Roger regarda Hugh dans les yeux. « Absolument. » Il se rendit compte qu'il avait du mal à donner un sens réel aux événements. Glenda avait-elle vraiment vu une voiture qui emmenait

Sharon et Neil? Neil et Sharon enlevés! Un pressentiment ne les aurait-il pas prévenus? Mais si! Il se souvint de la vive inquiétude de Glenda devant la fenêtre, la façon dont elle lui avait demandé d'aller voir. Et il l'avait mise en garde contre ses réactions excessives.

Glenda!

Qu'allait-il lui raconter? Il se tourna vers Hugh Taylor. « Ma femme va être bouleversée. »

Hugh hocha la tête. « Je comprends. Et M. Peterson estime que nous pouvons parfaitement lui dire la vérité. Mais il est vital qu'il n'y ait aucune publicité autour de cette histoire. Nous ne voulons pas alarmer le ou les ravisseurs.

— Bien sûr.

— Il faut que vous agissiez le plus normalement possible. Deux vies en dépendent.

— Deux vies… » Dora Lufts éclata en sanglots brefs, affreux. « Mon petit Neil… et cette si jolie fille. Je ne peux pas le croire, pas après Mme Peterson.

— Calme-toi, Dora. » La voix geignarde de Bill Lufts était suppliante.

Roger vit le visage de Steve se contracter.

« Monsieur Perry, connaissez-vous Mlle Martin? demanda Hugh Taylor.

— Oui, j'ai rencontré Sharon plusieurs fois, ici et chez moi. À présent, puis-je retourner auprès de ma femme?

— Bien sûr. Nous aimerions lui parler au sujet de cette voiture. J'ai un autre agent avec moi. Je peux l'envoyer.

130   – Non. Je préfère y aller moi-même. Elle ne va pas très bien et elle tient tellement à Neil. »

Roger pensa : je parle pour ne rien dire. Je n'y crois pas. Ce n'est pas possible. Pas possible. Steve. Comment Steve peut-il le supporter ? Il lança un regard de pitié vers le jeune homme.

135 Steve était apparemment calme, mais les marques de souffrance qui s'estompaient peu à peu, depuis quelques mois, réapparaissaient dans la pâleur grise du visage, les rides soudain creusées du front, les lignes autour de la bouche. « Vous devriez prendre un verre ou un café, Steve, suggéra-t-il. Vous avez l'air épuisé.

140   – Un café, peut-être. »

Dora se redressa. « Je vais le préparer, avec des sandwiches. Ô mon Dieu, quand je pense !… Neil… Mais pourquoi donc suis-je sortie au cinéma ce soir ? Si quelque chose arrive à ce petit, je ne le supporterai pas. Non, je ne pourrai pas le supporter. »

145 Bill Lufts plaqua sa main sur la bouche de sa femme. « Pour une fois dans ta vie, tais-toi, cria-t-il. Ferme-la ! » Il y avait une sorte de férocité, d'amertume dans sa voix. Roger s'aperçut que Hugh Taylor examinait intensément le couple.

Les Lufts ? Les suspectait-il ? Non. Jamais. Impossible.

150 Il était dans l'entrée quand on carillonna à la porte. Ils sursautèrent tous et l'agent qui inspectait la cuisine franchit l'entrée d'un bond, bouscula Roger et ouvrit la porte.

Glenda se tenait sur le seuil, les cheveux et la figure trempés par la neige. Les pieds nus dans ses pantoufles de satin. Seule sa robe de chambre de lainage rose la protégeait du vent froid et perçant. Elle était blême. Ses pupilles étaient fixes et dilatées. Dans sa main, elle serrait une feuille de carnet. Elle tremblait de tous ses membres.

Roger courut à elle, la retint juste avant qu'elle ne s'écroule. Il la serra contre lui.

« Roger, le téléphone… » Elle sanglotait. « Il m'a dit de l'écrire. Il m'a dit de le répéter après lui. Il a dit, ne vous trompez pas ou… ou… Neil… »

Hugh lui arracha le papier de la main et lut à voix haute. « Dites à Steve Peterson s'il veut revoir son fils et son amie vivants, d'être à la cabine téléphonique de la station Esso, à la sortie 22 de l'autoroute Merritt demain matin à 8 heures. Il aura des instructions pour la rançon. »

Hugh fronça les sourcils. Le dernier mot était illisible. « Quel est ce mot, Mᵐᵉ Perry ? demanda-t-il.

– Il me l'a fait relire… Je pouvais à peine écrire… Il était tellement impatient… C'est Renard. C'est ça. Il l'a répété. » La voix de Glenda monta. Son visage se tordit. Elle s'écarta de Roger, crispa ses mains sur sa poitrine. « Il… il essayait de déguiser sa voix… mais quand il a répété ce nom… Roger, *j'ai déjà entendu cette voix. C'est quelqu'un que je connais.* »

BIEN LIRE

CHAPITRE 18
• **Quel rôle a joué Glenda dans l'« affaire » Ronald Thompson ?**
• **Quel rôle s'apprête-t-elle à prendre dans celle de la disparition de Neil et Sharon ?**

19

Avant de quitter la prison de Somers, Bob Kurner téléphona à Kathy Moore pour la prévenir qu'il la retrouverait à son bureau.

Kathy était l'assistante de l'avocat général chargé du tribunal pour enfants de Bridgport, et ils s'étaient connus quand il y exerçait la fonction d'avocat de l'Assistance judiciaire. Ils sortaient ensemble depuis trois mois et Kathy avait passionnément participé à sa lutte pour sauver Ronald Thompson.

Elle l'attendait à la réception avec la dactylo qu'il lui avait demandée. « Marge dit qu'elle restera toute la nuit si nécessaire. Qu'as-tu obtenu de lui ?

— Beaucoup, répondit Bob. Je lui ai fait répéter son histoire quatre fois. Il y en a pour deux bonnes heures. »

Marge Evans tendit la main. « Donnez-le-moi », dit-elle d'un ton décidé. Elle installa le lecteur de cassette sur son bureau, coinça ses grosses hanches dans la chaise pivotante, inséra la cassette marqué d'un I dans l'appareil et la rembobina jusqu'au début. La voix de Ron Thompson, haletante et basse, commença : « Je travaillais cet après-midi après l'école au marché Timberly... »

Marge appuya sur le bouton « Off » et dit : « Okay ! vous pouvez faire autre chose, je m'en occupe. — Merci, Marge. » Bob se tourna vers Kathy. « Tu as les dossiers ?

— Oui, ils sont dans mon bureau. » Il la suivit dans le petit réduit encombré qu'elle occupait. Il n'y avait rien sur sa table de travail excepté quatre dossiers intitulés « Carfolli », « Weiss », « Ambrose », « Callahan ».

« Les rapports de police sont sur le dessus. Ken Brooks serait furieux, s'il l'apprenait, Bob. En fait, il me renverrait sûrement... »

Ken Brooks était l'avocat général. Bob s'assit devant la table et prit le premier dossier. Avant de l'ouvrir, il regarda Kathy. Elle était vêtue d'une salopette et d'un gros pull-over. Un ruban retenait ses cheveux noirs sur la nuque. Elle avait davantage l'air d'une étudiante de dix-huit ans que d'une avocate de vingt-cinq. Mais dès la première fois où il s'était trouvé confronté à elle au cours d'un procès, Bob n'avait jamais fait l'erreur de sous-estimer Kathy. C'était une bonne avocate avec un esprit rigoureux et analytique et une véritable passion pour la Justice.

« Je sais le risque que tu prends, Kathy. Mais si nous arrivions à trouver un lien entre ces meurtres et celui de Nina Peterson... Une nouvelle preuve est notre seule chance de sauver Ron. »

Kathy tira une chaise de l'autre côté de la table et attrapa deux des dossiers. « Bon, d'ailleurs, si nous découvrons un rapport entre ces cas, Ken Brooks oubliera que je t'ai communiqué nos dossiers. Les journaux sont sur son dos en ce moment. Ce matin, ils appelaient les deux derniers meurtres, "Les Meurtres du radiotéléphone".

– Pourquoi ?

— La fille Callahan et Mme Ambrose avaient toutes les deux
des radiotéléphones et elles ont demandé de l'aide.
Mme Ambrose était perdue, et n'avait presque plus d'essence.
Barbara Callahan avait un pneu éclaté.

55 — Et il y a deux ans, Mme Weiss et Jean Carfolli ont été assassinées une nuit où elles conduisaient seules sur des routes
désertes.

— Mais cela ne prouve rien. Quand Jean et Mme Weiss ont été
tuées, les journaux ont publié des articles sur les "Meurtres de
60 l'homme de l'autoroute". C'est la course au titre à sensation.

— Qu'en penses-tu, toi ?

— Je ne sais pas quoi penser. Après l'arrestation de Ron
Thompson pour le meurtre de Peterson, il n'y a plus eu de
femmes assassinées dans Fairfield County, jusqu'au mois der-
65 nier. Aujourd'hui, nous avons deux morts inexpliquées. Mais
on a dénombré d'autres meurtres de ce type dans le pays. Ces
radios sont formidables, bien que ce soit de la démence de la
part d'une femme de lancer sur les ondes qu'elle est seule sur
une route déserte et que sa voiture est en panne. C'est une
70 invitation à tous les dingues de la région qui l'entendent.
Seigneur, ils ont eu un cas à Long Island, l'an dernier. Un gosse
de quinze ans qui avait l'habitude de prendre la fréquence de
la police et de se rendre aux endroits critiques. On a fini par
l'attraper alors qu'il poignardait une femme qui avait demandé
75 de l'assistance.

— Je persiste à croire qu'il existe une relation entre ces quatre

cas et qu'ils sont plus ou moins liés au cas de Nina Peterson, dit
Bob. Appelle ça un pressentiment, appelle ça s'accrocher à tout
ce qu'on trouve, appelle ça comme tu voudras. Mais aide-moi.

– C'est bien ce que je compte faire. Comment allons nous
procéder ?

– Il faut d'abord établir une liste : lieu, temps, cause de la
mort, arme utilisée, conditions atmosphériques, type de voiture, antécédents familiaux, témoignages, où se dirigeaient les
victimes, d'où venaient-elles. Dans les deux derniers cas, nous
calculerons le temps écoulé entre le message qu'elles ont envoyé
par radiotéléphone et celui où l'on a retrouvé leur corps.
Quand nous aurons terminé, nous comparerons chaque élément avec les circonstances de la mort de Nina Peterson. Si
nous ne trouvons rien, nous reprendrons tout sous un autre
angle. »

Ils se mirent au travail à 20 h 10. À minuit, Marge entra
avec quatre piles de feuilles de papier. « Terminé, dit-elle. Je les
ai tapées avec trois interlignes afin de pouvoir relever plus facilement les contradictions entre chaque version. Vous savez,
écouter ce garçon vous brise le cœur. Je suis dactylo juridique
depuis vingt ans et j'ai entendu un bon nombre de déballages,
mais je sais reconnaître le son de la vérité, et ce garçon dit la
vérité. »

Bob eut un sourire las. « Si seulement vous étiez le gouverneur, Marge, dit-il. Merci beaucoup.

– Qu'avez-vous trouvé, vous deux ? »

Kathy secoua la tête. « Rien. Absolument rien.

– Eh bien, ces pages vous révéleront peut-être un indice. Si
105 je vous apportais du café ? Je parie que vous n'avez dîné ni l'un
ni l'autre. »

Quand elle revint dix minutes plus tard, Bob et Kathy
étaient chacun penchés sur deux piles de feuilles. Bob lisait à
voix haute. Ils comparaient les copies ligne par ligne.

110 Marge posa les cafés et s'en alla sans rien dire. Un gardien la
laissa sortir de l'immeuble. Emmitouflée dans la chaleur de son
gros manteau d'hiver, elle s'arma de courage pour affronter la
traversée du parking balayé par la neige et se prit à prier : « Je
vous en prie, Seigneur, s'il y a une chose à trouver dans ces
115 pages qui puisse aider ce garçon, faites que ces deux-là la trouvent. »

Bob et Kathy travaillèrent jusqu'à l'aube. « Il faut nous sépa-
rer maintenant, dit alors Kathy. Je dois rentrer à la maison,
prendre une douche et m'habiller. On m'attend au tribunal à
120 8 heures. Et, de toute façon, je ne veux pas que l'on te voie
ici. »

Bob acquiesça. Les mots se brouillaient dans sa tête. Ils
avaient maintes fois comparé les quatre versions du récit de
Ron sur ses activités le jour du meurtre. Ils s'étaient concentrés
125 sur le temps écoulé entre le moment où Nina Peterson lui avait
parlé au marché Timberly et celui où il s'était enfui de chez elle.
Il n'y avait pas une seule contradiction significative. « Pourtant,
il devrait y avoir quelque chose, s'entêta Bob. Je les emmène

avec moi et laisse-moi prendre les listes que nous avons établies
sur les quatre autres cas.

– Tu ne peux pas emporter les dossiers.

– Je sais. Mais nous avons peut-être laissé passer un élément
dans nos comparaisons.

– Nous n'avons rien laissé passer, Bob. » Kathy parlait d'une
voix douce.

Il se leva. « Je vais tout recommencer à mon bureau. Je veux
comparer ces quatre cas avec la copie du procès. »

Kathy l'aida à ranger les papiers dans son porte-documents.
« N'oublie pas le magnétophone et les cassettes, dit-elle.

– Non. » Il l'entoura de son bras. Un instant, elle s'appuya
contre lui. « Je t'aime, Kath.

– Je t'aime.

– Si seulement nous avions plus de temps, s'écria-t-il. C'est
cette damnée peine capitale. Bon Dieu, comment douze personnes en sont-elles venues à déclarer que ce gosse devait mourir ! Quand on trouvera, si jamais on le trouve, le véritable
meurtrier, ce sera trop tard pour Ron. »

Kathy se frotta le front. « Au début, j'ai approuvé le rétablissement de la peine capitale. Je plains les victimes, bien plus que
les coupables. Mais hier, nous avions un gosse au tribunal pour
enfants. Il avait quatorze ans et en paraissait onze ; un môme
avec la peau sur les os. Les deux parents alcooliques invétérés. Ils
ont déposé une plainte contre lui quand il avait sept ans. *Sept
ans.* Il a fait un tas de centres de jeunes délinquants depuis. Et il

155 continue de se sauver. Cette fois-ci, la mère a déposé une plainte que le père réfute. Ils sont séparés et il veut garder l'enfant.

– Que s'est-il passé ?

– J'ai gagné, si l'on peut dire. J'ai insisté pour qu'il soit renvoyé dans un foyer de jeunes et le juge m'a approuvée. Le père
160 est tellement bousillé par l'alcool qu'il n'a plus l'usage de ses facultés. Le gosse a tenté de s'échapper de la salle d'audience ; l'officier de police a dû le saisir à bras-le-corps pour le rattraper. Il est devenu hystérique et s'est mis à crier : « Je vous hais tous. Pourquoi ne puis-je avoir une maison comme les autres
165 enfants ? « Psychologiquement, il est touché à un tel point qu'il est sans doute déjà trop tard pour le sauver. S'il tue quelqu'un dans cinq ou six ans, le ferons-nous passer sur la chaise électrique ? En aurons-nous le droit ? » Des larmes de fatigue brillaient dans ses yeux.

170 « Je sais, Kath. Et pourtant, pourquoi avons-nous choisi ce métier ? Peut-être aurions-nous dû être plus malins. Cela vous fout complètement en l'air. » Il se pencha et l'embrassa sur le front. « Je te téléphonerai plus tard. »

Dans son bureau, Bob mit la bouilloire remplie d'eau sur la
175 plaque chauffante. Quatre tasses de café noir et fort dissipèrent la sensation de brouillard. Il s'aspergea le visage d'eau froide et s'assit devant sa grande table. Il disposa en ordre les piles de feuilles, jeta un coup d'œil au réveil. Il était 7 h 30. Il lui restait à peine vingt-huit heures avant l'exécution. Voilà pourquoi son
180 cœur battait si fort, pourquoi sa gorge se serrait.

Non. C'était plus qu'une impression d'urgence. Quelque chose l'obsédait. *Nous avons laissé passer quelque chose,* pensa-t-il.

Cette fois-ci, ce n'était pas une illusion. C'était une certitude.

20

Longtemps après que les Perry furent rentrés chez eux et les Lufts remontés dans leur chambre, Steve et Hugh Taylor restèrent assis à la table de la salle à manger.

Avec calme et efficacité, les autres agents avaient relevé toutes les empreintes dans la maison et cherché partout, à l'intérieur et à l'extérieur, des indices du ravisseur. Mais la seule trace était le message griffonné sur le tableau.

« Les empreintes sur le verre et le bol correspondront sans doute à celles qui sont sur le sac de Sharon Martin », dit Hugh à Steve.

Steve hocha la tête. Il avait la bouche âpre et sèche. Quatre tasses de café, plusieurs cigarettes d'affilée. Il avait cessé de fumer à trente ans, mais s'y était remis après la mort de Nina. C'est Hugh Taylor qui lui avait redonné la première cigarette. Un semblant de sourire, sardonique et sans joie, releva les coins de sa bouche. « C'est vous qui m'avez redonné le goût du tabac », fit-il, en allumant une autre cigarette.

Hugh approuva. Si quelqu'un avait jamais eu besoin d'une cigarette, cette fois-là c'était bien Steve. Et aujourd'hui, son fils ! Hugh se souvint qu'il était assis à cette même table avec Steve, lorsqu'un illuminé avait téléphoné pour lui communiquer un message de la part de Nina. Le message disait : « Dites à mon mari de faire attention. Mon fils est en danger. » C'était le matin même de l'enterrement de Nina.

Hugh tressaillit à ce souvenir. Pourvu que Steve n'y pense pas. Il examina les notes qu'il avait prises. « Il y a un téléphone public dans une cabine à la station Esso, dit-il à Steve. Nous allons le brancher sur écoute, ainsi que le vôtre et celui des Perry. Quand vous parlerez à Renard, faites l'impossible pour le garder en ligne. Cela nous permettra de le repérer et d'enregistrer sa voix. Ce serait une chance inespérée si Mme Perry pouvait se rappeler qui est cet homme en l'entendant à nouveau.

– Et si elle s'était laissé emporter par son imagination ? Vous avez vu à quel point elle était bouleversée.

– Tout est possible. Mais elle me fait l'effet d'une femme équilibrée et elle était très affirmative. De toute façon, montrez-vous coopératif. Dites à Renard que vous voulez une preuve que Sharon et Neil sont sains et saufs, qu'il vous faut un message d'eux, sur cassette ou sur bande magnétique. Quelle que soit la somme qu'il demande, promettez-la-lui, mais insistez sur le fait que vous ne paierez qu'en possession de la preuve exigée.

– Ne risque-t-on pas de le contrarier ? » Steve s'étonna d'avoir l'air si détaché.

« Non. Mais ça nous garantira qu'il ne va pas s'affoler et… » Hugh serra les lèvres. Il savait que Steve avait compris. Il prit son bloc-notes.

« Recommençons à partir du début. Combien de personnes connaissaient le programme de cette maison, ce soir ; qui savait que les Lufts devaient sortir, que Sharon Martin devait venir ?

— Je ne sais pas.

— Les Perry ?

— Non. Je ne les avais pas vus depuis une semaine, si ce n'est pour un rapide bonjour.

55 — Donc, il n'y avait que les Lufts, Sharon Martin et vous-même ?

— Et Neil.

— Évidemment. Se pourrait-il que Neil ait parlé de la venue de Sharon à des amis ou à des professeurs ?

60 — C'est possible.

— Qu'en est-il de vos relations avec Sharon Martin ? Désolé, mais je dois vous le demander.

— C'est sérieux. Je compte lui demander de m'épouser.

— J'ai appris que vous étiez tous les deux invités aux actuali-
65 tés télévisées ce matin, et que vous vous trouviez en complet désaccord sur la peine capitale ; et on m'a précisé qu'elle était terriblement frappée par l'exécution de Thompson.

— Vous travaillez vite.

— Il le faut, monsieur Peterson. Jusqu'à quel point ce désac-
70 cord affecte-t-il vos relations personnelles ?

— Qu'entendez-vous par là ?

— Seulement ceci : comme vous le savez, Sharon Martin a désespérément essayé de sauver la vie de Ronald Thompson. Elle a été chez les Perry et pourrait avoir relevé leur numéro de
75 téléphone. N'oubliez pas qu'il n'est pas dans l'annuaire. Y aurait-il une possibilité que ce kidnapping ne soit qu'une mys-

tification, que Sharon tente le tout pour le tout dans le but de retarder l'exécution ?

– Non… non… non ! Hugh, je comprends que vous soyez obligé de considérer la question, mais je vous en prie, pour l'amour du Ciel, ne perdez pas votre temps. Celui qui a écrit ce message peut très bien avoir noté le numéro des Perry. Il est inscrit sur le tableau avec celui du médecin. Sharon serait incapable d'une chose pareille Incapable ! »

Hugh ne parut pas convaincu. « Monsieur Peterson, nous avons eu pas mal d'individus parfaitement inattendus qui ont enfreint la loi au nom de certaines causes, ces dix dernières années. Je vous dis seulement ceci, si jamais Sharon a combiné toute cette affaire, votre enfant est sauvé. »

Une infime lueur d'espoir traversa Steve. Ce matin, Sharon lui disait : « Comment peux-tu être si positif, si sûr de toi, si sévère ? » Si c'était là ce qu'elle pensait de lui, pouvait-elle ?... L'espoir mourut. « Non, fit-il sourdement.

C'est impossible.

– Très bien. Oublions cela pour l'instant. Voyons votre courrier – aucune menace, lettres d'insultes, rien de ce genre ?

– À peine quelques lettres d'injures à propos de mon éditorial sur la peine capitale, spécialement à l'approche de l'exécution de Thompson. Rien de surprenant.

– Vous n'avez pas reçu de menaces directes ?

– Non. » Steve fronça les sourcils.

« À quoi pensez-vous ? demanda vivement Hugh.

– Oh ! la mère de Ronald Thompson m'a arrêté dans la rue, la semaine dernière ! Tous les samedis matin, j'emmène Neil à
105 l'hôpital pour sa piqûre d'antihistaminique. Elle était dans le parking quand nous sommes sortis. Elle est venue me demander de supplier le gouverneur d'épargner la vie de son fils.

– Que lui avez-vous répondu ?

– Je lui ai dit que je ne pouvais rien faire. J'étais pressé d'em-
110 mener Neil. Bien entendu, je ne voulais pas qu'il sache pour mercredi. Je voulais le faire monter dans la voiture le plus vite possible pour qu'il ne nous entende pas discuter et j'ai tourné le dos à Mme Thompson. Mais elle a cru que je l'ignorais. Elle a dit quelque chose comme : « Qu'éprouveriez-vous si c'était
115 votre fils unique ? « Ensuite, elle s'est éloignée. »

Hugh nota dans son carnet : « Interroger Mme Thompson. » Il se leva et ploya les épaules, se souvenant vaguement qu'il se préparait à aller se coucher, il y a des siècles. « Monsieur Peterson, dit-il, ne perdez pas de vue que notre pourcentage de
120 réussite dans les affaires de rapt est excellent et que nous mettrons tout en œuvre pour retrouver Neil et Sharon. À présent, je vous conseille d'aller dormir quelques heures.

– Dormir ? » Steve lui jeta un regard incrédule.

« Vous reposer, du moins. Montez dans votre chambre et
125 allongez-vous. Nous restons là et nous vous appellerons si besoin est. Si le téléphone sonne, décrochez. Votre ligne est surveillée maintenant. Mais je ne pense pas que le ravisseur se manifeste encore une fois cette nuit.

« – Bon. » Steve quitta la salle à manger d'un pas lourd. Il s'arrêta dans la cuisine pour boire un verre d'eau et le regretta aussitôt. Le bol de chocolat et le verre de sherry, enduits de la poussière charbonneuse des empreintes, étaient en évidence sur la table.

Sharon. À peine quelques heures plus tôt, elle était là, dans cette maison, auprès de Neil. Il n'avait jamais vraiment réalisé à quel point il désirait que Neil s'attache à elle jusqu'à ces trois dernières semaines où elle lui avait tellement manqué.

Il sortit sans bruit de la cuisine, traversa l'entrée, monta l'escalier, longea le couloir devant la chambre de Neil et celle des invités, avant d'entrer dans la chambre principale. Au-dessus de sa tête, il entendait des bruits de pas. Les Lufts marchaient au troisième étage. Eux non plus ne pouvaient pas dormir.

Il alluma la lumière et resta sur le seuil de la porte, examinant la pièce. Après la mort de Nina, il l'avait remeublée. Il n'avait pas voulu vivre dans ces jolis meubles anciens qu'elle affectionnait tant. Il avait remplacé le lit double par un lit à barreaux en cuivre et choisi une harmonie de couleurs dans les chinés brun et blanc. Une chambre d'homme, lui avait-on assuré dans la boutique de décoration.

Il ne s'en était jamais soucié. C'était une chambre solitaire, nue et impersonnelle, une chambre de motel. Toute la maison était à cette image. Ils l'avaient achetée parce qu'ils désiraient une propriété au bord de la mer. Nina avait déclaré : « On peut en faire une maison merveilleuse. Attends et tu verras.

155 Donne-moi six mois. » Elle avait eu deux semaines.

Lorsqu'il s'était rendu chez Sharon la dernière fois, il avait rêvé de refaire cette chambre, cette maison, avec elle. Elle savait donner du charme à une maison, la rendre reposante, chaleureuse. C'étaient les couleurs qu'elle employait, et une certaine
160 notion d'espace. C'était sa présence aussi.

Il ôta ses chaussures et se laissa tomber sur son lit. Il faisait frais et il déplia sur lui le couvre-lit. Il éteignit la lumière du plafond.

L'obscurité était totale. Dehors, le vent faisait craquer les
165 branches du cornouiller contre le mur de la maison. La neige faisait un bruit soyeux sur les carreaux de la fenêtre.

Steve sombra dans un sommeil léger et agité. Il se mit à rêver. Sharon, Neil. Ils l'appelaient à l'aide. Il courait à travers un épais brouillard… il courait le long d'un couloir interminable.
170 Il y avait une pièce tout au bout. Il essayait d'entrer. Il *devait* entrer dans la pièce. Il l'atteignait, ouvrait la porte. Et le brouillard s'éclaircissait, le brouillard se dissipait. Et Neil et Sharon étaient allongés par terre, la gorge nouée d'une écharpe. Un trait de craie de couleur dessinait le contour de leurs corps.

21

C'était beaucoup trop dangereux qu'on le voie remonter du quai de Mount Vernon tard dans la soirée. Les gardes du niveau inférieur avaient l'œil pour ce genre de détails. C'est la raison pour laquelle il avait quitté Sharon et le gosse à vingt-trois heures moins deux. En effet, à 23 heures pile, un train entrait en gare, et il pourrait alors se mêler aux huit ou dix voyageurs qui prendraient la rampe et les escaliers.

Sans en avoir l'air, il se joignit à trois d'entre eux qui se dirigeaient vers la sortie de Vanderbilt Avenue. Pour n'importe quel observateur, il faisait partie d'un groupe de quatre personnes. Il se sépara d'eux quand ils tournèrent à gauche sur Vanderbilt Avenue. Il tourna à droite, inspecta la rue, s'arrêta net. Il y avait une voiture fourrière juste en face. On accrochait bruyamment des chaînes à une vieille Chevrolet marron. Ils étaient en train d'embarquer la voiture !

Profondément amusé, il s'éloigna en direction du nord de la ville. Il avait l'intention de téléphoner de la cabine en face de Bloomingdale. Marcher sur Lexington Avenue lui fit du bien et calma un peu la bouffée de désir qu'il avait éprouvée en embrassant Sharon. Et elle avait envie de lui, elle aussi. Il l'avait senti.

Il aurait pu faire l'amour avec Sharon s'il n'y avait eu le gosse. Mais les yeux étaient là, sous le bandeau. Il y voyait peut-être à travers le tissu. Cette pensée le fit frissonner.

La neige tombait moins fort mais le ciel était encore lourd et

25 noir. Il fronça les sourcils, sachant à quel point il était important
que les routes soient dégagées quand il irait chercher l'argent.

Il avait prévu de téléphoner aux Perry, et, s'ils n'étaient pas là,
d'appeler directement chez Peterson ; mais c'était plus risqué.

La chance était avec lui. Mme Perry décrocha immédia-
30 tement. Il devina à sa voix qu'elle était extrêmement nerveuse.
Peterson les avait probablement prévenus quand il avait
constaté la disparition de Sharon et de Neil. Il lui transmit le
message de cette voix basse, rauque, qu'il avait déjà utilisée. Ce
n'est que lorsqu'elle ne comprit pas son nom qu'il s'énerva et
35 haussa le ton. Quelle imprudence ! L'idiot ! Mais elle était sans
doute trop troublée pour l'avoir remarqué.

Il souriait en raccrochant l'appareil. Si le F.B.I. avait été prévenu, ils auraient branché sur écoute le téléphone de la station
Esso. C'est pourquoi, en appelant Peterson à cette cabine dans
40 la matinée, il comptait lui dire de se rendre immédiatement à
la cabine téléphonique de la station-service suivante. Ils n'auraient pas le temps de la mettre sur écoute.

Il se sentait en pleine forme, génial, en sortant de la cabine.
Une fille se tenait sur le seuil d'une petite boutique de vête-
45 ments. En dépit du froid, elle était vêtue d'une minijupe. Des
bottes et une veste de fourrure blanches complétaient une
tenue qu'il trouva très séduisante. Elle lui sourit. Ses cheveux
épais bouclaient autour de son visage. Elle était jeune, pas plus
de dix-huit ou dix-neuf ans, et il lui plaisait. Il en était certain,
50 il n'y avait qu'à voir ses yeux. Il s'avança vers elle.

Mais il s'immobilisa aussitôt. C'était sûrement une prostituée et même si elle était sincère dans ses sentiments vis-à-vis de lui, la police pouvait les surveiller et les arrêter tous les deux. Il avait lu des histoires sur de grands projets anéantis par une légère erreur.

Dépassant stoïquement la fille, il la laissa esquisser un bref et pauvre sourire avant de s'élancer dans le vent glacé en direction du Biltmore.

Le même réceptionniste ricanant lui tendit sa clé. Il n'avait pas dîné et il mourait de faim. Il allait commander deux ou trois bouteilles de bière. Depuis quelque temps, il avait toujours envie de bière. L'habitude, peut-être.

En attendant les deux hamburgers, les frites et la tarte aux pommes, il se plongea dans un bain. Il régnait une telle atmosphère de moisi, de froid et de saleté dans l'autre pièce. Une fois sec, il enfila le pyjama qu'il avait emporté pour ce voyage et examina sa valise sur toutes les coutures. Elle n'avait pas de tache.

Il donna un généreux pourboire au garçon d'étage. Ils font toujours ça au cinéma. Il avala d'un trait la première bouteille de bière, prit la seconde avec ses hamburgers, et but la troisième à petites gorgées en regardant les informations de minuit. Il y avait du nouveau au sujet de Thompson. « Le dernier espoir d'obtenir une commutation de peine pour Ronald Thompson a pris fin hier. Les préparatifs ont lieu pour l'exécution qui aura lieu demain à 11 h 30 comme prévu… » Mais pas un mot sur Neil et Sharon. La publicité était la seule chose qu'il redoutât. Parce que quelqu'un pouvait se mettre à rapprocher les deux affaires.

Les filles du mois dernier avaient été une erreur. Seulement il n'avait pas pu s'en empêcher. Il ne rôdait plus. C'était trop
80 dangereux. Mais quand il les avait entendues sur le radiotéléphone, quelque chose l'avait poussé à y aller.

Le souvenir des filles le remua. Troublé, il éteignit la radio. Il ne fallait pas… Il allait s'exciter.

Il le fallait.

85 Il sortit de la poche de son pardessus le magnétophone et les cassettes qu'il emportait toujours avec lui. Il glissa une cassette dans l'appareil, se coucha, éteignit la lumière. Il faisait bon se pelotonner sous les couvertures ; il appréciait les draps propres et bien raides, la couverture chaude et le couvre-lit. Il irait sou-
90 vent à l'hôtel avec Sharon.

Plaçant l'écouteur à son oreille droite, il poussa le bouton « marche » de l'appareil. Pendant quelques instants, on n'entendit que le bruit d'une voiture, puis le faible crissement des freins, une porte qui s'ouvre, et sa propre voix, amicale, secourable.

95 Il laissa la cassette se dérouler jusqu'au meilleur moment ; et le fit passer et repasser. Il arrêta enfin le magnétophone, retira l'écouteur, et s'endormit au son des sanglots de Jean Carfolli. « Non… Je vous en supplie… non. »

BIEN LIRE

CHAPITRE 21

• Quelle première erreur commet le ravisseur ?

• Qu'apprend le lecteur sur ses actes du mois précédent ?

• Maintenant que le personnage est bien campé, que pensez-vous de sa personnalité ?

22

Marian et Jim Vogler parlèrent tard dans la soirée. En dépit des efforts de Jim pour la consoler, une sorte de désespoir submergeait la jeune femme.

« Je ne m'en ferais pas tant si nous n'avions pas dépensé tout cet argent ! *Quatre cents dollars !* Si quelqu'un devait voler la voiture, pourquoi ne l'ont-ils pas prise la semaine dernière, avant qu'elle ne soit réparée ? Et elle marchait si bien. Arty avait fait du bon travail. Et maintenant, comment vais-je aller chez les Perry ? Je vais perdre ma place.

– Allons, mon chou, tu ne vas pas abandonner ce job.

Je vais trouver quelqu'un pour me prêter deux cents sacs, et je chercherai une autre occase demain.

– Oh ! Jim, tu veux bien ? » Marian savait combien Jim détestait emprunter à des amis, mais s'il acceptait, juste pour cette fois-ci…

Il faisait trop sombre pour que Jim puisse voir le visage de sa femme, mais il la sentit se détendre.

« Chérie, la rassura-t-il, un jour on rigolera de toutes ces histoires de fric. Avant même de s'en apercevoir, on sera à flot.

– Je l'espère », fit Marian. Elle se sentait soudain infiniment lasse. Ses yeux se fermaient.

Ils venaient à peine de sombrer dans le sommeil quand le téléphone sonna. La sonnerie les réveilla en sursaut.

Marian se dressa sur un coude pendant que Jim cherchait à
25 tâtons la lampe de chevet et attrapait le récepteur.

« Allô! Oui, ici Jim – Jim Vogler. Cette nuit. C'est exact.
Oh! formidable! Où? Quand est-ce que je peux la récupérer?
Quoi? *Vous vous fichez de moi?* Vous vous fichez de moi! C'est
un comble! Bon... Trente-sixième rue et Douzième avenue. Je
30 sais. Bon. Merci. » Il raccrocha. « La voiture, s'écria Marian. Ils
ont retrouvé la voiture!

– Ouais. À New York. Elle était garée en stationnement
interdit dans Manhattan et les flics l'ont embarquée. On l'aura
dans la matinée. Le flic dit qu'elle a sans doute été piquée par
35 des gosses pour une virée.

– Oh! Jim, c'est merveilleux!

– Il y a un hic.

– Quoi? »

Jim plissa les yeux. Un rictus déforma sa bouche.

40 « Écoute, mon chou, peux-tu croire ça? On est obligé de
payer le ticket de quinze sacs pour le parking et soixante pour
la fourrière! »

Marian faillit s'étrangler. « Ma première semaine de paye! »
Ils partirent tous les deux d'un rire douloureux.

45 Le lendemain matin, Jim prit le train de 6 h 15 pour New
York et revint avec la voiture à neuf heures moins cinq. Marian
était prête. À 9 heures exactement, elle s'engageait dans
Driftwood Lane. La voiture ne se ressentait pas de sa balade illi-

cite à New York et Marian se félicitait d'avoir de nouveaux pneus-neige. Ils étaient rudement utiles par un temps pareil.

Une Mercury était garée dans l'allée des Perry. Elle ressemblait à celle qu'elle avait remarquée devant la maison de l'autre côté de la rue quand elle était venue pour l'interview, la semaine dernière. Les Perry avaient sans doute du monde.

Après une légère hésitation, Marian s'arrêta à côté de la Mercury, prenant soin de ne pas bloquer l'accès du garage. Elle s'attarda un moment avant d'ouvrir la porte. Elle était un peu nerveuse... toute cette histoire avec la voiture, juste au moment où elle se remettait à travailler. Bon, reprends-toi, se dit-elle, pense à ta chance. La voiture est revenue. De ses doigts gantés, elle tapota affectueusement le siège à côté d'elle.

Sa main s'immobilisa. Elle venait de toucher quelque chose de dur. Marian baissa les yeux et retira un objet brillant coincé entre le coussin et le dossier.

« Ça alors ! » C'était une bague. Elle l'examina. Très jolie – une pierre de lune pâle et rose dans une très belle monture ancienne. Celui qui avait volé la voiture avait dû la perdre.

Eh bien, il n'y avait pas une chance qu'on vienne la réclamer. Donc, la bague lui appartenait. Ça les consolerait des soixante-quinze dollars que Jim avait dépensés... pour le ticket et la fourrière. Elle enleva son gant et glissa la bague à son doigt. Elle lui allait à la perfection.

C'était un bon présage. Vivement que Jim l'apprenne. Soudain rassérénée, Marian ouvrit la portière de la voiture, sor-

75 tit sous la neige, et marcha d'un pas alerte vers la porte de la
cuisine de la maison des Perry.

23

Le téléphone public devant la station Esso sonna à 8 heures précises. La gorge contractée, la bouche atrocement sèche, Steve prit le récepteur. « Allô !

– Peterson ? » Une voix assourdie, si basse qu'il devait faire un effort pour l'entendre.

« Oui.

– Trouvez-vous dans dix minutes dans la cabine téléphonique de la prochaine station-service, juste après la sortie 21. »

La communication fut coupée.

« Allô !... Allô !... » Un bourdonnement résonna à son oreille.

Il regarda désespérément dans la direction des pompes à essence. Hugh était arrivé quelques minutes avant lui. Le capot de sa voiture était levé et il désignait un des pneus au pompiste. Steve savait qu'il le surveillait. Secouant la tête, il monta dans sa voiture et démarra sur les chapeaux de roue en direction de l'autoroute. Avant de tourner, il aperçut Hugh qui démarrait à son tour.

La circulation était ralentie par le verglas. Steve agrippa le volant. Jamais il n'arriverait à la station suivante en dix minutes. Braquant à droite, il roula sur les bas-côtés.

La voix. Il l'avait à peine entendue. Pas une chance que le F.B.I. ait pu repérer l'appel.

Cette fois-ci, il essayerait de garder Renard en ligne plus longtemps. Peut-être pourrait-il, lui aussi, reconnaître sa voix.

25 Il tâta le bloc-notes dans sa poche. Il devait écrire chaque mot prononcé par Renard. Dans son rétroviseur, il voyait une grosse voiture verte derrière lui, la voiture d'Hugh.

Il était 8 h 11 quand Steve stoppa devant la cabine téléphonique de la station-service. Le téléphone sonnait avec insis-
30 tance. Il se rua dans la cabine, attrapa l'appareil.

« Peterson ? »

Son interlocuteur parlait si doucement qu'il dut se boucher l'autre oreille pour étouffer les bruits de l'autoroute. « Oui.

– Je veux quatre-vingt-deux mille dollars en coupures de dix,
35 vingt et cinquante. *Pas de billets neufs.* À 2 heures, demain matin, soyez à la cabine téléphonique au coin de la Cinquante-neuvième et de Lexington, à Manhattan. Venez dans votre voiture. Seul. Vous saurez où laisser l'argent.

– Quatre-vingt-deux mille dollars… » Steve répéta les ins-
40 tructions. La voix, pensait-il frénétiquement. Enregistrer les intonations, les mémoriser, pouvoir les imiter.

« Dépêchez-vous, Peterson.

– J'écris vos instructions. J'apporterai l'argent. Je serai au rendez-vous. Mais comment serai-je sûr que mon fils et Sharon
45 sont toujours en vie ? Comment saurai-je s'ils sont avec vous ? J'ai besoin d'une preuve.

– Une preuve ? Quelle sorte de preuve ? » Sous le chuchotement perçait l'irritation.

« Un enregistrement… une cassette… quelque chose où ils
50 parlent.

– Une cassette ! »

Quel drôle de gloussement. L'interlocuteur était-il en train de rire ? « Il me faut une preuve », insista Steve. Mon Dieu, pria-t-il, faites que ce ne soit pas une erreur !

« Vous aurez votre cassette, Peterson. » Il y eut un déclic à l'autre bout de la ligne.

« Allô ! cria Steve. Allô ! »

Plus rien. La tonalité. Il raccrocha lentement.

Comme convenu, il se rendit directement chez les Perry et attendit Hugh. Trop agité pour rester dans la voiture, il sortit dans l'allée. Le vent glacé et humide le fit frissonner. Oh ! Seigneur, mais que se passe-t-il ? Ce cauchemar est-il réel ?

La voiture d'Hugh apparut au bout de la rue et se gara. « Qu'a-t-il dit ? »

Steve sortit son bloc et lut les instructions. La sensation d'irréalité s'intensifiait.

« La voix ? demanda Hugh.

– Déguisée, il me semble. Très basse. Je crois que personne n'aurait pu l'identifier, même si vous aviez mis la ligne sur écoute. » Il laissa son regard errer dans la rue, chercha désespérément un réconfort, s'accrocha à un faible espoir.

« Il a promis la cassette. Ce qui signifie qu'ils sont sans doute encore en vie.

– J'en suis certain. » Hugh garda pour lui son inquiétude mais il ne voyait pas comment une cassette pourrait parvenir à Steve avant qu'il n'ait payé la rançon. Le kidnappeur n'aurait

pas le temps de l'envoyer, même en express. Et un coursier serait trop facile à filer. Cet homme ne voulait sûrement pas que le rapt soit rendu public, sinon il aurait confié une cassette
80 à un journal ou à la radio. « Comment faire pour la rançon ? demanda-t-il à Steve. Pouvez-vous obtenir quatre-vingt-deux mille dollars aujourd'hui ?

– Je n'en ai pas cinq cents moi-même, répondit Steve. J'ai tellement investi dans le journal que je suis complètement à sec.
85 J'ai pris une deuxième hypothèque et tout ce qui s'ensuit. Mais je peux obtenir cette somme, grâce à la mère de Neil.

– La mère de Neil ?

– Oui. Elle avait hérité de soixante-quinze mille dollars de sa grand-mère juste avant de mourir. Je les avais placés pour les
90 études de Neil. Ils sont dans une banque à New York. Avec les intérêts, cela fait exactement quatre-vingt-deux mille dollars.

– *Exactement quatre-vingt-deux mille dollars !* Monsieur Peterson, qui était au courant de ce placement ?

– Je l'ignore. Personne excepté mon avocat et mon comp-
95 table. Ce n'est pas le genre de choses dont on parle.

– Et Sharon Martin ?

– Je ne me souviens pas le lui avoir dit.

– Mais pourriez-vous l'avoir fait ?

– Non. Je ne crois pas. »
100 Hugh gravissait les premières marches du porche.

« Monsieur Peterson, dit-il avec précaution, il faut absolument que vous vous rappeliez qui connaît l'existence de cette somme d'argent. Cela, plus la possibilité que Mme Perry puisse identifier la voix du ravisseur, constituent nos seules pistes. »

Roger leur ouvrit immédiatement quand ils sonnèrent à la porte. Il mit un doigt sur ses lèvres en les faisant entrer. Son visage était pâle et tendu, ses épaules courbées. « Le docteur vient de partir. Il lui a donné un calmant. Elle refuse d'aller à l'hôpital, mais il pense qu'elle est au bord d'un autre infarctus.

– Monsieur Perry, je suis navré. Mais nous devons lui demander d'écouter l'enregistrement du premier appel qu'a fait le ravisseur ce matin.

– C'est impossible. Cela la tuera. Cela la tuera ! »

Serrant les poings, il se ressaisit. « Steve, pardonnez-moi... Qu'est-il arrivé ? »

Mécaniquement, Steve raconta. Il avait de plus en plus une sensation d'irréalité, l'impression d'être un observateur qui regarde une tragédie se dérouler sous ses yeux sans pouvoir intervenir.

Après un long silence, Roger dit lentement : « Glenda a refusé d'aller à l'hôpital parce qu'elle savait que vous aviez besoin de lui faire entendre cet enregistrement. Le médecin lui a donné un tranquillisant très fort. Si elle pouvait dormir un peu... pouvez-vous revenir un peu plus tard ? Elle ne doit se lever à aucun prix.

– Bien sûr », fit Hugh.

Un coup de sonnette les interrompit. « C'est la porte de derrière, dit Roger. Qui diable ?... Oh ! mon Dieu, la nouvelle femme de ménage ! Je l'avais complètement oubliée.

130   — Combien de temps va-t-elle rester ? demanda vivement Hugh.

— Quatre heures.

— Impossible. Elle peut surprendre quelque chose. Présentez-moi comme le médecin. Quand nous partirons, renvoyez-la chez elle. Dites-lui que vous l'appellerez dans un jour
135 ou deux. D'où vient-elle ?

— De Carley. »

La sonnette carillonna à nouveau.

« Elle est déjà venue dans cette maison ?

— La semaine dernière.

140   — Nous aurons peut-être besoin de prendre des renseignements sur elle.

— Entendu. » Roger se hâta vers la porte de derrière et revint avec Marian. Hugh étudia attentivement le visage avenant de la jeune femme.

145   « J'ai expliqué à Mme Vogler que ma femme était malade, déclara Roger. Madame Vogler, mon voisin, M. Peterson, et euh ! le docteur Taylor.

— Bonjour, messieurs. » La voix était chaleureuse, un peu timide. « Oh ! Monsieur Peterson, la Mercury est-elle à vous ?
150   — Oui.

— Alors ce doit être votre petit garçon. Quel enfant adorable ! Il était de l'autre côté de la rue quand je suis venue la semaine dernière et il m'a indiqué la maison. Il est si bien élevé. Vous devez être fier de lui. » Marian enlevait son gant et tendait la main vers Steve.

« Je suis très… très fier de Neil. » Brusquement, Steve lui tourna le dos et saisit la poignée de la porte d'entrée. Des larmes lui piquaient les yeux. « Seigneur, je vous en prie… »

Hugh intervint, saisit la main tendue de Marian, prenant soin de ne pas serrer la bague insolite qu'elle portait au doigt. Drôle d'idée pour faire le ménage, pensa-t-il. L'expression de son visage avait imperceptiblement changé. « C'est une très bonne idée que Mme Vogler vienne chez vous, monsieur Perry, dit-il. Vous savez combien votre femme s'inquiète pour la maison. Je pense quelle peut commencer aujourd'hui comme vous l'aviez prévu.

– Oh !… je comprends !… Très bien. » Roger observait Hugh, saisissant le sous-entendu. Se pourrait-il que cette femme ait un rapport avec la disparition de Neil ?

Désorientée, Marian détourna les yeux des deux hommes et regarda Steve ouvrir la porte d'entrée. Peut-être trouvait-il qu'elle s'était montrée trop familière en lui tendant la main ? Peut-être devrait-elle s'excuser ? Elle n'était que la femme de ménage ici, il ne fallait pas l'oublier. Elle faillit lui effleurer l'épaule, changea d'avis et se contenta de tenir la porte ouverte pour Hugh sans dire un mot. Elle la referma doucement derrière eux et la pierre de lune fit un petit tintement sur la poignée.

BIEN LIRE

CHAPITRE 23
- **Quelle piste possible pour découvrir le ravisseur apparaît ?**
- **Celle fournie par la bague, au chapitre précédent, a-t-elle été exploitée ?**

24

Il ne voulait pas être un pleurnicheur. Il faisait tout ce qu'il pouvait pour ne pas pleurer, mais c'était comme pour ses crises d'asthme. Il ne pouvait pas s'en empêcher. Il avait ce serrement dans la gorge, et son nez se mettait à couler et de grosses larmes lui inondaient la figure. Il pleurait beaucoup à l'école. Il savait que les autres enfants le trouvaient bébé et que la maîtresse aussi, même si elle faisait semblant de ne pas s'en apercevoir.

C'était seulement qu'il y avait quelque chose en lui qui le tourmentait sans cesse, une espèce de peur, d'angoisse. Tout avait commencé le jour où on avait fait mal à maman et où elle était partie au Ciel. Il jouait avec ses trains ce soir-là. Il n'y avait plus jamais touché depuis.

À ce souvenir, la respiration de Neil s'accéléra. Le bâillon l'empêchait de respirer par la bouche. Sa poitrine se mit à se soulever. Il essaya d'avaler, et un morceau de tissu lui entra dans la bouche. C'était épais, et ça lui râpait la langue. Il voulut dire : « Je ne peux pas respirer. » Le bâillon pénétra plus profond dans sa bouche. Il étouffait. Il allait se mettre à pleurer.

« Neil, calme-toi… » La voix de Sharon était bizarre, très basse et enrouée, comme si elle venait du fond de sa gorge. Mais son visage était tout près du sien et il pouvait le sentir bouger quand elle lui parlait. Elle devait avoir un morceau d'étoffe sur la bouche, elle aussi.

Où étaient-ils ? Il faisait si froid, cela sentait si mauvais ici. Il

y avait quelque chose sur lui, une sorte de couverture sale,
pensa-t-il. Ses yeux étaient tellement serrés, et il faisait tout
noir.

L'homme avait ouvert la porte et l'avait jeté par terre. Il les
avait attachés et il avait enlevé Sharon. Ensuite, il était revenu
et Neil avait senti qu'on le soulevait et qu'on le mettait dans un
grand sac. Un jour, chez Sandy, ils avaient joué à cache-cache et
il s'était caché dans un grand sac à feuilles mortes qu'il avait
trouvé dans le garage. Il avait ressenti la même impression. Il ne
se souvenait de rien après que l'homme l'eut mis dans le sac, de
rien jusqu'à ce que Sharon l'en ait sorti. Il se demandait pourquoi il ne se souvenait de rien. Comme le jour où maman était
tombée par terre.

Il ne voulait pas y penser. Sharon disait : « Respire lentement,
Neil. Ne pleure pas, Neil, tu es courageux. »

Elle aussi pensait sans doute qu'il n'était qu'un pleurnicheur. Il
pleurait quand elle était arrivée, tout à l'heure. C'était toujours la
même chose quand il refusait le thé et les toasts que lui préparait
Mme Lufts. Elle disait : « On va être obligés de t'emmener en
Floride avec nous, Neil. Il faut que tu te remplumes. »

Et voilà. C'était la preuve. Si papa se mariait avec Sharon, ce
serait comme le disait Sandy. Personne n'a envie de garder un
enfant malade, et il partirait avec les Lufts.

Et il s'était mis à pleurer.

Mais Sharon n'avait pas l'air fâché qu'il soit malade maintenant. De sa drôle de voix, elle disait : « Inspire… expire… lente-

ment, respire par le nez... » Il essayait de lui obéir, inspirer...
expirer. « Tu es courageux, Neil. Pense à ce que tu diras à tes
copains. »

Parfois, Sandy demandait de raconter le jour où on avait fait
55 mal à maman. Sandy disait : « Si quelqu'un essaye de toucher à
ma mère, je saurai l'en empêcher. »

Peut-être aurait-il dû être capable d'empêcher l'homme. Il
aurait voulu le demander à papa, mais il ne l'avait jamais fait.
Papa lui disait toujours de ne plus penser a cette journée.

60 Mais, parfois, il ne pouvait pas s'en empêcher.

Inspirer... expirer... les cheveux de Sharon sur sa joue. Elle
ne semblait pas s'étonner qu'il soit tout ramassé contre elle.
Pourquoi l'homme les avait-il emmenés ici ? Il savait qui c'était.
Il l'avait vu il y a quelques semaines, quand M. Lufts l'avait
65 emmené là où l'homme travaillait.

Il faisait beaucoup de cauchemars depuis. Une fois, il avait
essayé d'en parler à papa mais Mme Lufts était entrée et Neil s'était
trouvé idiot. Il n'avait plus rien dit, depuis. Mme Lufts posait toujours des questions tellement ennuyeuses : « Est-ce que tu t'es
70 brossé les dents ? », « As-tu gardé ton écharpe pendant le déjeuner ? », « Comment te sens-tu ? », « As-tu bien dormi ? », « As-tu
terminé ton repas ? », « N'as-tu pas les pieds mouillés ? », « As-tu
rangé tes affaires ? ». Et elle ne le laissait jamais répondre. Elle se
contentait de fouiller dans son panier-repas pour vérifier s'il avait
75 mangé ou de lui faire ouvrir la bouche pour regarder sa gorge.

C'était différent quand il y avait maman. Mme Lufts ne

venait qu'un jour par semaine pour faire le ménage. Ce n'est qu'après que maman fut partie au Ciel qu'elle s'était installée là-haut avec M. Lufts et que tout avait changé.

À force de penser à tout ça, d'écouter Sharon, il s'aperçut que ses larmes avaient séché d'elles-mêmes. Il avait peur, mais pas comme le jour où maman était tombée et où il était resté seul. Pas comme…

L'homme…

Sa respiration s'accéléra, il étouffait. « Neil. » Sharon frottait sa joue contre la sienne. « Pense au moment où nous sortirons d'ici. Ton papa sera si content de nous revoir. Je suis sûre qu'il nous emmènera nous amuser. Tu sais, j'aimerais aller faire du patin à glace avec toi. Tu n'avais pas accompagné ton papa l'autre jour lorsqu'il était venu à New York. Et après nous avions l'intention de t'emmener au zoo, près de la patinoire… »

Il écoutait. Sharon avait vraiment l'air de penser ce qu'elle disait. Il aurait bien voulu venir ce jour-là, mais quand il l'avait dit à Sandy, ce dernier lui avait expliqué que Sharon n'avait sûrement pas envie qu'il vienne mais qu'elle voulait seulement faire plaisir à son père en demandant à Neil de les accompagner.

« Ton papa m'a dit qu'il veut t'emmener voir des matchs de football à Princeton[1], l'automne prochain, continuait-elle. J'allais aux matchs de Dartmouth quand j'étais étudiante. Tous les ans, ils jouaient contre Princeton, mais ton papa n'y était

1. Célèbre université américaine située dans l'État du New Jersey.

plus à cette époque. J'étais dans un collège de filles, Mount Olyoke. C'est à deux heures à peine de Dartmouth et nous y allions souvent en bande le week-end, spécialement à la saison des matchs de football… »

105 Sa voix était drôle, un peu comme un grommellement.

« Beaucoup d'hommes emmènent leurs familles aux matchs. Ton papa est tellement fier de toi. Il dit que tu es si brave quand tu as tes crises d'asthme. Il dit que peu d'enfants supporteraient d'avoir une piqûre par semaine sans rien dire, mais que toi tu

110 ne te plains jamais, tu ne pleures jamais. »

C'était si dur de parler. Elle avala péniblement sa salive.

« Neil, si nous faisions des projets ? C'est toujours ce que je fais quand j'ai peur ou que je suis malade. Je pense à quelque chose de bien, quelque chose que j'aimerais faire. J'étais au

115 Liban l'année dernière – c'est un pays à environ huit mille kilomètres d'ici – et j'écrivais une histoire sur la guerre, là-bas. J'habitais dans un endroit infesté de rats, et une nuit j'ai été très malade. J'avais la grippe et la fièvre, et j'étais toute seule et j'avais mal partout, aux bras, aux jambes, exactement comme

120 aujourd'hui, et je me suis forcée à penser à quelque chose que j'aimerais faire à mon retour à la maison. Je me suis souvenue d'un tableau dont j'avais très envie. Un port avec des bateaux à voiles. Et je me suis juré que, dès mon retour à New York, je m'offrirais ce tableau. Et c'est ce que j'ai fait. »

125 Sa voix baissait de plus en plus. Il avait du mal à saisir tous les mots.

« Nous devrions penser à ce qui te ferait plaisir, vraiment plaisir. Tu sais que ton papa dit que les Lufts vont bientôt partir en Floride maintenant. »

Neil sentit un poing gigantesque lui écraser la poitrine.

« Calme-toi, Neil ! Rappelle-toi. Inspire… expire… respire lentement. Bon, quand ton papa m'a montré votre maison et que j'ai vu la chambre des Lufts, j'ai regardé par la fenêtre et c'était tout à fait comme mon tableau. On y voit à la fois le port, les bateaux, le bras de mer et l'île. Et si j'étais toi, quand les Lufts partiront en Floride, je prendrais cette chambre pour moi. J'y mettrais une bibliothèque, des étagères pour tes jeux et un bureau. L'alcôve est tellement large que tu peux y installer toutes les voies ferrées de tes trains. Ton papa dit que tu aimes beaucoup tes trains. J'en avais aussi quand j'étais petite. En fait, c'étaient les grands trains Lionel qui avaient appartenu à mon papa. C'est te dire s'ils sont anciens. J'aimerais te les donner. »

Quand les Lufts partiront en Floride… quand les Lufts partiront… Sharon ne s'attendait pas qu'il s'en aille avec eux. Sharon pensait qu'il pourrait s'installer dans leur chambre.

« Et j'ai peur en ce moment, je ne suis pas bien et je voudrais sortir d'ici. Mais je suis heureuse que tu sois avec moi et je dirai à ton père combien tu as été courageux, comme tu as fait attention de respirer lentement et de ne pas t'étouffer. »

La lourde pierre noire qui comprimait la poitrine de Neil remua un peu. La voix de Sharon la faisait bouger d'avant en arrière, exactement comme il faisait bouger une dent de lait

quand elle était prête à tomber. Neil eut brusquement très sommeil. Malgré la corde qui lui liait les mains, il réussit à déplacer
155 ses doigts et à les glisser le long du bras de Sharon, jusqu'à ce qu'il trouve ce qu'il cherchait, un bout de sa manche. Il s'endormit, serrant l'étoffe entre ses doigts.

Le souffle rauque prit une cadence régulière. Inquiète, Sharon écouta le sifflement pénible, sentit le mouvement labo-
160 rieux de la poitrine de l'enfant. Cette pièce était glacée, tellement humide, et Neil avait déjà attrapé froid. Mais, couchés l'un contre l'autre, leurs deux corps dégageaient un peu de chaleur.

Quelle heure était-il ? Ils étaient arrivés dans cette pièce juste
165 après 19 h 30. L'homme… Renard… était resté un bon moment avec eux. Depuis combien de temps était-il parti ? Il devait être minuit passé. On était mardi maintenant. Renard avait dit qu'ils devaient rester jusqu'à mercredi. Comment Steve trouverait-il les quatre-vingt-deux mille dollars de rançon
170 en un seul jour ? Et pourquoi ce chiffre bizarre ? Steve essayerait-il de joindre ses parents ? Ce serait difficile, étant donné qu'ils vivaient en Iran à l'heure actuelle. Quand Neil se réveillerait, elle lui raconterait aussi que son père était ingénieur en Iran.

175 « Nous partirons tous les deux mercredi matin, et je laisserai un mot expliquant où trouver le gosse. » Elle examina cette promesse. Elle ferait semblant de vouloir partir avec lui. Dès que Neil serait sauvé et qu'elle resterait seule avec le ravisseur dans

la gare, elle se mettrait à hurler. Qu'importe ce qui lui arriverait, il fallait prendre ce risque.

Mais, au nom du Ciel, pourquoi les avait-il enlevés ? Il regardait Neil de façon si étrange. Comme s'il le haïssait, ou s'il...
s'il avait peur de lui. Voyons, c'était impossible.

Avait-il laissé Neil les yeux bandés parce qu'il craignait que
l'enfant ne le reconnaisse ? Peut-être était-il de Carley ? Si c'était
le cas, comment pourrait-il laisser Neil en vie ? Neil l'avait vu
quand il s'était introduit dans la maison. Neil l'avait *dévisagé*. Il
le reconnaîtrait si jamais il le revoyait. Elle en était certaine ; et
l'homme devait le savoir lui aussi. Prévoyait-il de tuer Neil une
fois qu'il aurait l'argent ?

Oui, il le tuerait.

Même s'il la faisait sortir de cette pièce, ce serait trop tard
pour Neil.

Une vague de colère et de terreur la pressa plus près de Neil.
Elle replia ses jambes contre lui, comme pour l'envelopper tout
entier dans la courbe de son corps.

Demain. Mercredi.

Voilà ce que devait ressentir Mme Thompson à cette minute.
Une sensation de rage, de peur et de désespoir, le besoin primi-
tif de protéger son petit. Neil était le fils de Steve et Steve avait
déjà tellement souffert. Il devait être affolé. Lui et
Mme Thompson traversaient une agonie semblable.

Elle ne blâmait vraiment pas Mme Thompson de l'avoir
insultée. Elle ne savait plus ce qu'elle disait ; elle en était inca-

205 pable. Ron était coupable ; personne n'en doutait. C'était cela
que Mme Thompson ne comprenait pas ; que maintenant seule
une pétition massive contre la peine capitale pouvait peut-être
le sauver.

Sharon, au moins, avait tout fait pour l'aider. Steve, ô Steve,
210 cria-t-elle en silence, tu comprends maintenant ? Tu vois maintenant ?

Elle essaya de frotter ses poignets contre le mur. Le parpaing
était dur et rugueux, mais les cordes étaient attachées de telle
façon qu'elle ne parvint qu'à s'écorcher les doigts et le bord des
215 mains.

Quand Renard reviendrait, elle lui dirait qu'elle avait envie
d'aller aux cabinets. Il serait obligé de la détacher. Alors
peut-être…

Ces photos. Il avait tué ces femmes. Seul un fou pouvait
220 prendre des photos pendant qu'il tuait et s'amuser à les agrandir.

Il avait pris sa photo.

La bombe. Si quelqu'un passait près de la porte ? Si la bombe
éclatait, elle et Neil, et combien d'autres ?

225 Elle essaya de prier et ne put que répéter sans fin : « Je vous
en prie, faites que Steve nous trouve à temps, je vous en prie,
ne lui prenez pas son fils. »

Mme Thompson faisait sans doute la même prière. « Épar-
gnez mon fils. »

230 C'est de votre faute, Mlle Martin…

Le temps passait, implacable. La douleur engourdissait ses bras et ses jambes. Par miracle, Neil dormait. Il gémissait parfois, sa respiration se coinçait et il suffoquait, mais il retombait ensuite dans un sommeil intermittent.

On devait approcher du matin. Le grondement des trains devenait plus fréquent. À quelle heure ouvrait la gare ? À 5 heures ? Il devait être 5 heures.

À 8 heures, la gare grouillerait de monde. Si la bombe éclatait ?

Neil s'agita. Il murmura quelque chose qu'elle ne comprit pas. Il se réveillait.

Neil voulait ouvrir les yeux et n'y parvenait pas. Il avait envie d'aller aux cabinets. Il avait mal aux bras et aux jambes. Il respirait péniblement. Soudain, il revit tout ce qui était arrivé. Il avait couru à la porte en disant : « Oh ! c'est très bien ! », et il avait ouvert. Pourquoi avait-il dit cela ?

Il se souvenait.

Le bloc de pierre bougeait d'avant en arrière dans sa poitrine. Il sentait le souffle de Sharon sur son visage. Il y avait un bruit de trains dans le lointain.

Un bruit de trains.

Et maman. Il avait descendu en courant l'escalier.

Et l'homme avait laissé tomber maman et s'était tourné vers lui.

Et ensuite, l'homme était penché sur maman, en sueur, l'air terrifié.

Non.

L'homme qui avait poussé la porte la nuit dernière, l'homme qui s'était tenu devant lui et qui l'avait regardé ; cet homme avait déjà fait ça.

260   Il s'était avancé vers lui. Il avait laissé tomber maman et il s'était avancé vers lui. Il avait tendu les mains et il l'avait regardé.

Et quelque chose était arrivé.

La sonnette. La sonnette de la porte d'entrée.

265   L'homme s'était échappé. Neil l'avait vu s'enfuir.

Voilà pourquoi il rêvait sans cesse de ce jour-là. Parce qu'il en avait oublié une partie… la partie la plus terrifiante, celle où l'homme s'était approché de lui, les mains tendues, et s'était baissé vers lui…

270   L'homme…

L'homme qui parlait à M. Lufts.

Qui était entré dans la maison en le bousculant la nuit dernière et qui s'était penché sur lui.

« Sharon. » La voix de Neil était voilée, âpre, comme s'il fai-
275 sait un effort insurmontable pour parler.

« Oui, Neil, je suis là.

– Sharon, cet homme, ce méchant homme qui nous a atta-chés…

– Oui, chéri, n'aie pas peur. Je suis avec toi.

280   – Sharon, c'est l'homme qui a tué ma maman. »

25

La pièce. Lally *devait* aller dans sa pièce. Tant pis s'il y faisait froid. Avec des journaux entre ses deux couvertures, elle aurait suffisamment chaud. Elle en avait trop envie. Il y avait trop de monde dans l'asile de la Dixième avenue où elle avait dormi la plus grande partie de l'hiver en compagnie de Rosie et des autres. Elle avait besoin d'être seule. Elle avait besoin de sa pièce pour rêver.

Des années auparavant quand elle était jeune, Lally se régalait des feuilletons de Louella Parsons et de Hedda Hopper et elle aimait s'endormir en se racontant qu'elle n'était plus une pauvre institutrice solitaire mais une star que tous les photographes et reporters venaient accueillir à Grand Central Station.

Tantôt, elle sortait de la *Twentieth Century Limited*, vêtue de renard blanc, ou d'un somptueux tailleur de soie avec étole de zibeline, et sa secrétaire portait son coffret à bijoux.

Tantôt, elle arrivait directement de la première de son film à Broadway dans cette merveilleuse robe de bal que portait Ginger Rogers[1] dans *Top Hat*.

Les rêves s'étaient dissipés avec le temps et elle s'était habituée à l'existence telle qu'elle était, triste, monotone et solitaire. Mais en arrivant à New York, lorsqu'elle s'était mise à passer tout son temps dans Grand Central Station, il lui avait semblé

---

1. Célèbre actrice américaine (1911-1995) qui fut la partenaire de Fred Astaire dans de nombreuses comédies musicales, telle *Top Hat* (1935), qui rencontra un très vif succès.

qu'elle revivait les beaux jours de sa vie de star ; sans avoir besoin de faire semblant.

25   Quand Rusty lui avait donné la clé de la pièce et qu'elle avait pu y dormir, blottie au creux de sa gare, bercée par le bruit sourd des trains, elle s'était sentie comblée.

À 8 h 30 mardi matin, armée de son sac à provisions, elle descendit au niveau inférieur, vers le quai de Mount Vernon. Elle
30 avait l'intention de se couler dans le flot des voyageurs qui descendaient la rampe pour le train de 8 h 50 et ensuite de filer vers sa pièce. En chemin, elle s'arrêta au buffet de la galerie du Biltmore pour commander un café et des beignets. Elle avait fini de lire le *Time* et *Newsweek* qu'elle avait ramassés dans une
35 poubelle.

L'homme en face d'elle au comptoir du buffet lui parut vaguement familier. Mais bien sûr, c'était celui qui avait gâché tous ses plans, la veille au soir, en descendant sur le quai de Mount Vernon avec la fille en manteau gris ! Pleine de rancœur,
40 elle l'entendit commander deux cafés au lait et des petits pains. L'air furieux, elle le regarda payer et emporter sa commande. Elle se demanda s'il travaillait dans les parages. Elle aurait juré que non.

En sortant du buffet, elle traîna comme d'habitude dans la
45 gare pour ne pas éveiller l'attention des flics qui la connaissaient et parvint sans en avoir l'air à la rampe qui descendait sur la voie de Mount Vernon. Le train se remplissait. Les gens se pressaient. Ravie, Lally mêla ses pas aux leurs et se dirigea vers le

quai. Et lorsque les voyageurs grimpèrent dans le train, elle contourna la dernière voiture et prit à droite. En un instant, elle fut hors de vue.

C'est alors qu'elle le vit. L'homme qui venait d'acheter les cafés au lait et les petits pains. L'homme qui était venu à cet endroit même la nuit dernière. Il lui tournait le dos. Il se hâtait à présent, disparaissait dans l'obscurité des profondeurs de la gare.

Il ne pouvait aller qu'à un seul endroit.

Sa pièce.

Il l'avait découverte ! Voilà pourquoi il était descendu sur le quai la nuit dernière. Il n'attendait pas le train. Il était allé dans sa pièce avec la fille.

Et il avait deux cafés, du lait, et quatre petits pains. Donc, la fille aussi était là.

Des larmes d'amertume lui jaillirent des yeux. Ils avaient pris sa pièce ! Son aptitude à faire face prit alors le dessus. Ils allaient voir ! Elle allait s'en débarrasser ! Elle monterait la garde, et quand elle serait sûre qu'il était parti, elle entrerait dans la pièce et préviendrait la fille que les flics les avaient découverts et qu'ils venaient les arrêter. Ça les ferait déguerpir. Lui avait l'air mauvais, mais la fille n'était pas le genre à traîner dans les gares. C'était peut-être une sorte de jeu pour elle. Elle ficherait le camp en vitesse, et lui avec.

Sombrement satisfaite à l'idée de duper les importuns, Lally fit demi-tour et monta dans la salle d'attente. Elle imaginait la

75 fille étendue sur le lit en attendant que son petit ami lui apporte son petit déjeuner. « T'en fais pas, tu vas avoir de la compagnie. »

BIEN LIRE

CHAPITRE 25
• **Pourquoi Mary Higgins Clark insiste-t-elle sur les rêves de Lally ?**
• **Que va peut-être faire la vieille institutrice ? Pouviez-vous vous en douter plus tôt dans le roman ?**

26

Steve, Hugh, les Lufts et l'agent Hank Lamont étaient assis à la table de la salle à manger. Dora Lufts venait d'apporter un pot de café et des petits pains au maïs tout frais. Steve leur jeta un regard dénué d'intérêt. Il appuyait son menton dans le creux de sa main. L'autre soir, Neil lui avait justement fait remarquer : « Tu me dis toujours de ne pas mettre mes coudes sur la table et tu le fais tout le temps, papa. »

Il chassa le souvenir. Cela ne servait à rien. À rien. Il fallait rester concentré sur ce qui pouvait être fait. Il observa Bill Lufts. De toute évidence, Bill s'était consolé dans l'alcool, cette nuit. Il avait les yeux injectés de sang et ses mains tremblaient.

Ils venaient d'écouter le dix-neuvième mot de l'enregistrement du coup de téléphone. Étouffée, indistincte, la voix était méconnaissable. Hugh avait repassé trois fois la bande avant de l'arrêter. « Bon, nous allons l'apporter à Mme Perry dès que son mari nous appellera et nous verrons ce qu'elle en pense. À présent, il est extrêmement important que nous mettions certaines choses au point. »

Il consulta la liste devant lui. « D'abord, un agent restera dans la maison vingt-quatre heures sur vingt-quatre, jusqu'à ce que tout soit réglé. Je pense que l'homme qui se fait nommer Renard est trop malin pour téléphoner ici ou chez les Perry. Il se doutera qu'ils sont sur écoute. Mais il y a toujours une chance…

25 — M. Peterson doit se rendre à New York ; si le téléphone sonne, madame Lufts, vous répondrez immédiatement. L'agent Lamont prendra le second poste qui est également sur écoute. Au cas où le ravisseur appellerait, il ne faudra pas perdre votre sang-froid. Vous essaierez de le garder en ligne le plus long-
30 temps possible. Vous en sentez-vous capable ?

— Je ferai de mon mieux, balbutia Dora.

— Avez-vous prévenu l'école que Neil était malade ?

— Oui. À 8 h 30 exactement, comme vous me l'aviez indiqué.

— Bon. » Hugh se tourna vers Steve. « Avez-vous prévenu
35 votre bureau, monsieur Peterson ?

— Oui. Le directeur m'avait conseillé d'éloigner Neil quelques jours pour lui épargner l'exécution de Thompson, demain. J'ai laissé un message disant que je partais. »

Hugh dirigea ses yeux vers Bill Lufts. « Monsieur Lufts, j'ai-
40 merais que vous restiez à la maison, du moins pour aujour-d'hui. Quelqu'un pourrait-il s'en étonner ? »

Sa femme fit entendre un ricanement amer. « Seulement les habitués du bar le Mill Tavern, dit-elle.

— Très bien. Je vous remercie tous les deux. » Le ton d'Hugh
45 invitait les Lufts à se retirer. Ils se levèrent et allèrent à la cui-sine, ne refermant qu'à demi la porte derrière eux.

Hugh se pencha et la ferma d'un geste décidé. Il leva un sourcil vers Steve. « Je pense que les Lufts n'ignorent rien de ce qui se dit dans cette maison, monsieur Peterson », com-
50 menta-t-il.

Steve haussa les épaules. « Je sais. Mais depuis que Bill a été mis à la retraite le 1er janvier, ils sont vraiment restés pour me faire plaisir. Ils avaient très envie de partir en Floride.

— Vous disiez qu'ils sont chez vous depuis deux ans ?

— Un peu plus. Dora était notre femme de ménage. Avant la naissance de Neil, elle venait un jour par semaine. Nous habitions à quelques rues d'ici, vous savez. Les Lufts économisaient pour leur retraite. Quand Nina a été tuée, nous venions juste d'emménager dans cette maison et j'avais besoin de quelqu'un pour s'occuper de Neil. Je leur ai proposé de s'installer dans la grande pièce au troisième étage. Ils faisaient ainsi l'économie de leur loyer et je donnais à Dora l'équivalent de ce qu'elle gagnait pour ses heures de femme de ménage.

— Comment cela a-t-il marché ?

— Plutôt bien. Tous les deux aiment beaucoup Neil, et elle veille très bien sur lui, trop peut-être. Elle s'en occupe sans arrêt. Mais depuis qu'il n'a plus rien à faire, Bill s'est mis à boire. Franchement, je ne serai pas mécontent quand ils partiront.

— Qu'est-ce qui les retient ? demanda Hugh d'un ton sec. L'argent ?

— Non, je ne pense pas. Dora aurait voulu que je me remarie, que Neil ait de nouveau une mère. C'est vraiment une chic fille.

— Et vous alliez épouser Sharon Martin, n'est-ce pas ? »

Steve eut un sourire glacial. « C'était mon intention. » Il se

leva nerveusement et marcha vers la fenêtre. La neige tombait,
doucement, sans bruit. Il lui sembla qu'il avait autant de
contrôle sur sa propre vie que l'un de ces flocons en avait sur sa
80 destination finale… tomber, atterrir dans les buissons, sur
l'herbe, ou dans la rue, fondre ou geler, être balayé, chassé,
écrasé sous le pas des piétons.

Son imagination s'égarait, la tête lui tournait. Il s'efforça de
revenir à la réalité. Il ne pouvait pas rester là, impuissant,
85 immobile. Il devait faire quelque chose.

« Je vais à la banque à New York, dit-il à Hugh.

– Une minute, monsieur Peterson. Il reste encore certaines
choses à régler. »

Steve attendit.

90 « Que ferez-vous si vous n'obtenez pas l'enregistrement des
voix de votre fils et de Sharon ?

– Il a *promis*…

– Il peut être dans l'impossibilité de le transmettre.
Comment pourrait-il vous le faire parvenir, à supposer qu'il
95 l'ait ? La question est la suivante : êtes-vous prêt à payer sans
avoir obtenu la preuve que Sharon et Neil sont encore en vie ? »

Steve réfléchit. « Oui. Je ne veux pas risquer de le contrarier.
Peut-être laissera-t-il une bande magnétique ou une cassette
quelque part, et si je ne joue pas le jeu…

100 – Bon. Nous envisagerons cela plus tard. Si vous n'avez rien
reçu d'ici 2 heures du matin, quand il vous appellera à la cabine
téléphonique de la Cinquante-neuvième rue, vous essayerez de

gagner du temps. Dites-lui que vous n'avez pas la preuve demandée. S'il affirme qu'il l'a laissée quelque part, il sera facile d'aller la chercher.

« Autre chose, maintenant. Voulez-vous payer en vrais billets ? Vous pourriez en demander des faux, faciles à détecter par la suite.

— Non. Je ne veux prendre aucun risque. L'argent a été placé pour les études de Neil. S'il lui arrivait quelque chose…

— Très bien. Vous allez donc retirer l'argent de votre compte et le déposer à la Banque fédérale de réserve. Demandez un chèque de caisse. Nos hommes seront là pour photographier les billets de la rançon. De cette façon, nous aurons au moins un document. »

Steve l'interrompit. « Je ne veux pas que l'on fasse une marque sur les billets.

— Il ne s'agit pas de les marquer. Le ravisseur n'aura aucun moyen de savoir que nous les avons *photographiés*. Mais l'opération prendra du temps. Quatre-vingt-deux mille dollars en coupures de 10, 20 et 50, cela fait beaucoup de billets à manipuler.

— Je sais.

— Monsieur Peterson, il y a plusieurs précautions que je vous recommande de prendre. La première, c'est de nous permettre de disposer des caméras dans votre voiture. Cela nous donnera une sorte de piste dès que vous aurez pris contact avec le ravisseur. Nous pourrons peut-être obtenir une photo ou repérer le

numéro d'immatriculation de la voiture qu'il conduit. Nous
aimerions également installer un émetteur dans votre voiture,
afin de pouvoir vous suivre à distance. Je vous affirme qu'il sera
impossible à déceler. Enfin, et cela dépend entièrement de
vous, il serait prudent de cacher un autre émetteur dans la valise
contenant l'argent.

— Supposez qu'il le découvre. Le kidnappeur saura que je
vous ai prévenus.

— Supposez que vous ne le mettiez pas et que vous n'enten-
diez plus parler de rien. Vous aurez remis l'argent et vous n'aurez ni votre enfant ni Sharon. Croyez-moi, monsieur Peterson,
notre premier souci est de les retrouver sains et saufs. Ensuite,
nous mettrons tout en œuvre pour retrouver le ou les ravisseurs.
Mais cela dépend de vous.

— Que feriez-vous s'il s'agissait de votre fils et de votre…
femme ?

— Monsieur Peterson, nous n'avons pas affaire à des gens
honorables. Ce n'est pas parce que vous versez une rançon que
vous récupérez les otages. Peut-être les relâchera-t-on. *Peut-être.*
Mais peut-être seront-ils abandonnés dans un endroit d'où ils
seront incapables de sortir seuls. C'est à prendre en considération. L'endroit ne pourra être localisé que si nous pouvons
suivre la trace du ravisseur. »

Steve eut un geste de découragement. « Faites ce que vous
avez à faire. Je prendrai la voiture de Bill pour aller à New York.

— Non. Je préfère que vous preniez votre propre voiture et

que vous la gariez dans le parking près de la gare comme d'habitude. Il est très possible que vos mouvements soient surveillés. Nous vous filerons, un agent vous suivra à distance. Laissez vos clés sur le plancher. Nous prendrons la voiture pour l'équiper et la remettrons en place pour votre retour. Maintenant, voilà où vous irez avec l'argent... »

Steve attrapa le train de 10 h 40 pour Grand Central Station. Il arriva à la gare à 11 h 50, avec dix minutes de retard, et préféra remonter Park Avenue à pied, une grande valise vide à la main.

Une sensation de futilité et d'extrême détresse le gagnait à mesure qu'il avançait péniblement d'un bloc à l'autre entre la gare et la Cinquante et unième rue. C'était le second jour de mauvais temps, mais les New-Yorkais, retrouvant leur entrain habituel, étaient sortis dans la rue. Il régnait même un certain enthousiasme dans la façon dont ils enjambaient les caniveaux glacés et contournaient les tas de neige. Hier matin, Sharon et lui se trouvaient à quelques rues de là. Il avait pris son visage entre ses mains et l'avait embrassée en la quittant. Ses lèvres étaient froides, comme l'étaient les siennes lorsque Nina l'avait embrassé pour la dernière fois.

Il arriva à la banque. En apprenant qu'il désirait solder le compte de Neil, à l'exception de deux cents dollars, le caissier eut un haussement de sourcil. Il quitta son guichet et alla consulter un des directeurs, qui se précipita vers Steve.

« Monsieur Peterson, demanda-t-il, y a-t-il un problème ?

— Non, monsieur Strauss. Je désire seulement faire un retrait.

— Je me vois dans l'obligation de vous demander de remplir les formulaires de l'État du Connecticut et ceux du gouvernement fédéral. C'est nécessaire pour tout retrait d'une telle importance. J'espère que vous n'êtes pas insatisfait de la façon dont nous avons géré le compte de votre fils. »

Steve s'efforça de garder une voix et un visage impassibles.

« Pas du tout.

— Très bien. » La voix du directeur prit un ton froidement professionnel. « Vous pouvez remplir les formulaires nécessaires dans mon bureau. Veuillez me suivre, je vous prie. »

Steve griffonna mécaniquement les informations requises. Le temps qu'il ait fini, le caissier avait posé le chèque de caisse sur le bureau.

M. Strauss le signa rapidement, le tendit à Steve et se leva. Son visage était pensif. « Je ne voudrais pas être indiscret, mais vous n'avez aucun ennui, monsieur Peterson ? Peut-être pouvons-nous vous être utiles ? »

Steve se leva à son tour. « Non. Non, merci, monsieur Strauss. » Sa voix résonna à ses oreilles, tendue et peu convaincante.

« Je souhaite qu'il en soit ainsi. Nous vous apprécions énormément en tant que client de cette banque et, je l'espère, comme ami. S'il y avait un problème et que nous soyons en mesure de vous aider, je vous en prie, n'hésitez pas. » Il lui tendit la main.

Steve la saisit. « Vous êtes vraiment très aimable, mais tout va bien, parfaitement bien, je vous assure. »

Il sortit en portant sa valise, héla un taxi et lui donna l'adresse de la Banque fédérale de réserve. Une fois arrivé, on l'introduisit dans une pièce où les agents du F.B.I., l'air sévère, s'affairaient à compter et à photographier l'argent correspondant au chèque qu'il apportait. Steve leur jeta un regard morne.

« Le roi était dans la maison des comptes, et il comptait son argent. » La comptine[1] lui traversa l'esprit. Nina la chantonnait souvent à Neil avant de le coucher.

Il retourna à Grand Central et manqua de peu le train de 15 h 05. Le prochain ne partait pas avant une heure. Il appela chez lui. Dora décrocha et l'agent Lamont lui parla du second poste. Aucune nouvelle. Aucun signe de cassette. Hugh Taylor serait de retour quand il reviendrait.

L'idée d'avoir une heure à tuer consternait Steve. Il avait mal à la tête ; une douleur lente, brûlante, qui le prenait au milieu du front et lui serrait les tempes comme un étau. Il réalisa qu'il n'avait rien mangé depuis hier midi.

L'Oyster Bar. Il allait s'y installer et commander un apéritif et un potage aux huîtres. Il passa devant le téléphone d'où il avait essayé d'appeler Sharon la veille au soir. C'est alors qu'avait commencé le cauchemar. Il s'était immédiatement douté qu'il se passait quelque chose. Il y avait à peine vingt heures. Une éternité.

---

1. Petite chanson enfantine.

Vingt heures. Où étaient Sharon et Neil ? Leur avait-on donné à manger ? Il faisait si froid dehors. Étaient-ils dans un endroit chauffé ? De toute façon, Sharon prendrait soin de Neil. Il le savait. Supposons que Sharon ait répondu au télé-
235 phone quand il avait appelé la nuit dernière. Supposons qu'ils aient tous les trois passé la soirée ensemble comme ils l'avaient prévu. Une fois Neil couché, il lui aurait dit : « Je ne t'offre pas grand-chose, Sharon. Tu pourrais sans doute trouver mieux si tu attends, mais n'attends pas. Épouse-moi. Nous sommes bien
240 ensemble. »

Elle l'aurait sans doute repoussé. Elle n'appréciait pas sa position sur la peine capitale. Bon, il est vrai qu'il s'était montré assez sûr de lui, inflexible, persuadé d'avoir raison.

Voilà ce qu'éprouvait la mère de Ronald Thompson en ce
245 moment même ! Quand tout serait fini pour son fils, elle conti-nuerait à souffrir le restant de sa vie.

Comme lui, si quelque chose arrivait à Sharon et à Neil.

Les mouvements de la gare s'accéléraient. Des hommes d'af-faires, soucieux d'éviter la foule des voyageurs de banlieue,
250 avaient quitté plus tôt leur bureau et se pressaient vers les trains de New Haven en direction de Westchester et du Connecticut. Des femmes venues faire quelques achats traversaient la gare, consultaient le tableau des horaires, inquiètes de revenir à temps pour préparer le dîner.

255 Steve descendit au niveau inférieur et entra dans l'Oyster Bar. Il était presque vide. La foule du déjeuner était partie

depuis longtemps et ce n'était pas encore l'heure de prendre un verre ou de dîner. Il s'assit au bar et commanda, prenant soin de garder sa valise sous ses pieds.

Le mois dernier, il était venu déjeuner avec Sharon. Elle jubilait à l'idée de la montagne de réponses favorables à sa campagne pour changer la peine de Ronald Thompson en emprisonnement à vie. « Nous allons y arriver, Steve », lui avait-elle confié. Elle était si heureuse ; elle se passionnait tellement. Elle avait parlé de sa prochaine tournée pour obtenir plus d'appuis.

« Tu vas me manquer, avait-il dit.

— Toi aussi. »

Je t'aime, Sharon. Je t'aime, Sharon. Je t'aime, Sharon. Le lui avait-il dit alors ?

Il but d'un trait le Martini que le barman avait posé devant lui.

Il resta à l'Oyster Bar sans toucher au potage fumant et bouillonnant devant lui. À 15 h 55, il régla son addition, s'achemina vers le niveau supérieur et monta dans le train pour Carley. Tandis qu'il se dirigeait vers une voiture de fumeurs, il ne remarqua pas l'homme assis dans la première voiture, qui se cachait derrière un journal. Ce n'est qu'après son passage que le journal s'abaissa lentement et que deux yeux étincelants suivirent la progression de Steve dans la voiture avec la lourde valise.

Le même passager descendit à Carley, mais il eut soin d'attendre sur le quai que Steve soit entré dans le parking et s'éloigne au volant de sa voiture maintenant équipée de caméras dissimulées dans les phares et derrière le rétroviseur.

CHAPITRE 26

• Quels sont les moyens mis en œuvre par le F. B. I. pour repérer le ravisseur ?

• À qui appartiennent les deux yeux étincelants qui suivent la progression Steve ?

27

Glenda Perry dormit jusqu'à 13 heures. C'est le bruit de la voiture de Marian Vogler démarrant dans l'allée qui la réveilla. Avant d'ouvrir les yeux, elle resta parfaitement immobile, dans l'expectative[1]. Mais la douleur qui la prenait souvent au réveil ne venait pas. Elle avait passé une si mauvaise nuit, pire qu'elle ne l'avait avoué à Roger. Bien qu'il s'en soit probablement aperçu ; et elle savait que le médecin était inquiet de son cardiogramme.

Elle ne retournerait pas à l'hôpital. On lui avait donné tellement de calmants là-bas qu'elle n'était plus bonne à rien, ensuite. Elle ne les laisserait pas recommencer. Elle savait pourquoi les douleurs étaient si fréquentes ces temps-ci. C'était le jeune Thompson. Il était si jeune et son témoignage avait contribué à le faire condamner.

« Il vous a renversée, madame Perry…

— Oui, il s'enfuyait de la maison.

— Il faisait noir, madame Perry. Êtes-vous sûre que ce n'était pas quelqu'un d'autre qui s'enfuyait ?

— Certaine. Il a hésité sur le pas de la porte avant de me bousculer. La lumière de la cuisine était allumée. »

Et aujourd'hui Neil et Sharon. Ô Seigneur, faites que je me souvienne. Elle se mordit les lèvres… Une pointe de douleur… non, ne pas s'angoisser. Cela ne donne rien de bon. Pour

---

1. Attitude prudente dans l'attente d'une décision.

l'amour du Ciel, *réfléchir.* Elle glissa une pilule de trinitrine
sous sa langue, au cas où la douleur deviendrait trop aiguë.
Renard. La façon dont il avait dit « Renard » évoquait un souvenir – lequel ? Ce n'était pas vieux pourtant.

La porte s'entrouvrit, elle aperçut Roger qui la regardait.
« Entre, chéri, je suis réveillée.

– Comment te sens-tu ? » Il se pencha sur le lit, lui prit la
main.

« Pas mal. Combien de temps ai-je dormi ?

– Plus de quatre heures.

– Quelle est la voiture qui vient de partir ?

– Celle de Mme Vogler.

– Oh ! je l'avais oubliée ! Qu'a-t-elle fait ?

– Je crois qu'elle s'est occupée dans la cuisine. Elle était perchée sur l'escabeau en train d'attraper des trucs sur les étagères
d'en haut.

– Tant mieux. J'avais peur de grimper là-haut et il y avait une
telle poussière. Roger, qu'est-il arrivé ? Steve a-t-il pu parler à…
Renard ? »

Roger expliqua… « Eh bien, ils n'ont échangé que peu de
mots. Te sens-tu suffisamment bien pour les entendre ?

– Oui. »

Quinze minutes plus tard, bien calée sur des oreillers, une
tasse de thé à la main, Glenda regardait Hugh entrer dans sa
chambre.

« C'est très aimable de votre part, madame Perry. Je me rends compte que cela représente un grand effort pour vous. »

Elle balaya son inquiétude de la main. « Monsieur Taylor, je suis seulement confuse d'avoir perdu toute la matinée. Je vous en prie, mettez-le en marche. »

Elle écouta avec la plus grande attention pendant qu'Hugh passait la cassette.

« Oh! la voix est si basse! C'est impossible... »

L'espoir quitta le visage d'Hugh. Sa voix était impersonnelle quand il dit : « Eh bien, merci beaucoup d'avoir voulu l'écouter, madame Perry. Nous allons faire analyser la voix sur échantillon. Ce n'est pas une preuve suffisante mais, lorsque nous aurons le ravisseur, cela nous aidera peut-être à confirmer son identification. » Il reprit l'enregistreur.

« Non... attendez! » Glenda posa sa main sur l'appareil. « Est-ce votre seul enregistrement de l'appel téléphonique ?

— Non. Nous avions à la fois une bande magnétique et une cassette pendant la communication.

— Pouvez-vous me laisser celle-ci ?

— Pourquoi ?

— Parce que je connais la personne avec laquelle j'ai parlé l'autre soir. Je la connais. Je vais essayer de retrouver tout ce que j'ai pu faire dans les dernières semaines. J'aurai peut-être une idée. Et j'aimerais pouvoir entendre à nouveau l'enregistrement.

— Madame Perry, si vous pouviez seulement vous souvenir... » Hugh se mordit les lèvres, Roger Perry lui lançait un regard d'avertissement. Il quitta vivement la chambre, suivi de Roger.

Lorsqu'ils furent en bas, Roger demanda : « Pourquoi m'avez-vous demandé de garder Mme Vogler aujourd'hui ? Vous
80 ne la soupçonnez tout de même pas… ?

– Nous devons examiner toutes les possibilités. Mais elle semble très bien. Aimable, bonne situation de famille, sympathique. Le fait qu'elle ait parlé à Neil ce matin n'est sans doute qu'une simple coïncidence. Et, de toute façon, elle a le meilleur
85 alibi pour cette nuit, ainsi que son mari.

– Lequel ?

– Le caissier l'a vue entrer et sortir du cinéma. Les voisins ont aperçu son mari chez lui avec les enfants. Et peu après 19 heures, ils étaient au commissariat de police pour déclarer
90 un vol de voiture.

– Ah ! oui ! Elle me l'a raconté. Heureusement qu'ils l'ont retrouvée.

– Ouais. On retrouve une vieille bagnole pourrie et nous n'avons aucune trace de deux victimes d'un kidnapping.
95 Monsieur Perry, que pensez-vous de Sharon Martin ? La croyez-vous capable d'avoir manigancé toute l'affaire ? »

Roger réfléchit. « D'instinct, je répondrai non, sûrement pas.

– À votre avis, quelles sont ses relations avec M. Peterson ? »

Roger se souvint de la dernière fois où Sharon et Steve
100 étaient passés chez eux. Elle était un peu déprimée et Glenda lui avait demandé ce qui l'ennuyait. Steve était allé chercher de

la glace à la cuisine et Sharon avait répondu : « Oh ! c'est seulement que Neil ne m'accepte pas ! » Ensuite, Steve était revenu
et il lui avait ébouriffé les cheveux en passant. Roger revit leurs
visages à tous les deux. « Je pense qu'ils sont... qu'ils sont très
amoureux, plus qu'ils ne le savent eux-mêmes. Je pense que
Sharon se souciait de l'attitude de Neil à son égard et Steve
aussi, naturellement. D'autre part, il était très serré financièrement. Il a mis tout ce qu'il possédait dans *L'Événement*. Je suis
sûr qu'il le récupérera, mais il s'inquiétait. Il m'en a beaucoup
parlé.

— Et il y avait l'exécution de Thompson.

— Oui. Glenda et moi-même, nous espérions que Sharon
réussirait à le sauver. Glenda ne se remet pas de son rôle dans
cette histoire.

— Sharon désirait-elle que Steve intervienne auprès du gouverneur ?

— Je crois qu'elle savait qu'il ne le ferait pas, et qu'un recours
purement émotionnel ne pourrait que froisser le gouverneur.
Souvenez-vous, Mme Greene a été durement critiquée pour les
deux suspensions qu'elle a déjà accordées à Thompson.

— Monsieur Perry, que pensez-vous des Lufts ? Se pourrait-il
qu'ils aient participé à l'enlèvement ? Ils cherchent à mettre de
l'argent de côté ; ils connaissent votre numéro de téléphone. Ils
ont pu être au courant du placement de l'argent. »

Roger secoua la tête. « Aucun risque. Quand Dora fait une
course pour Glenda, elle passe vingt minutes à s'assurer qu'elle

lui rend bien la monnaie. Et lui est exactement pareil. Parfois,
il fait réviser ma voiture, et n'a de cesse de vanter l'économie
130 qu'il me fait faire. Aucun des deux n'est capable d'autre chose
que de la plus grande honnêteté.

    – Parfait. Je compte sur vous pour appeler chez M. Peterson
si Mme Perry a quelque chose à nous dire. »

    Hank Lamont attendait Hugh. Son attitude dénonçait qu'il
135 avait des nouvelles. Hugh ne perdit pas son temps en prélimi-
naires. « Qu'avez-vous obtenu ?

    – Mme Thompson.

    – Eh bien ?

    – La nuit dernière. Elle a parlé à Sharon Martin.

140   – Elle *quoi ?*

    – Son fils nous l'a dit. Don et Stan l'ont interrogé dans sa cel-
lule. Ils lui ont raconté qu'il y avait eu des menaces contre le
petit Peterson et ils l'ont prévenu que si ses amis préparaient un
coup, mieux vaudrait nous donner leurs noms avant qu'ils
145 n'aient des ennuis.

    – J'espère qu'ils n'ont pas révélé que Neil et Sharon avaient
été enlevés.

    – Bien sûr que non.

    – Qu'a-t-il dit ?

150   – Il est sincère. Les seules visites qu'il ait reçues cette année
sont celles de sa mère, de son avocat et du prêtre de la paroisse.
Ses plus proches amis sont à l'Université maintenant. Il nous a
donné leurs noms. Tous sont absents. Mais il nous a dit que

Sharon avait appelé sa mère.

— A-t-on pris contact avec la mère ?

— Oui. Elle s'est installée dans un motel près de la prison. Ils l'ont trouvée.

— Dans le motel ?

— Non. À l'église. Dieu lui vienne en aide, Hugh, elle était à genoux et elle priait. Elle refuse de croire que le gosse sera exécuté demain. Elle le refuse. Elle a dit que Sharon l'avait appelée quelques minutes avant 18 heures. Elle voulait savoir si elle pouvait lui être utile. Mme Thompson a avoué qu'elle s'était emportée, qu'elle l'avait accusée de répandre dans tout le pays que son fils était coupable. Elle l'a menacée, lui a déclaré qu'elle ne répondait pas de ses actes si son fils mourait. Que faut-il faire de tout ça ?

— Faisons une supposition. Sharon est troublée par ce coup de téléphone. Elle se demande même si Mme Thompson n'a pas raison. Elle est désespérée et demande à quelqu'un de venir les enlever, elle et l'enfant. Elle joue le tout pour le tout, fait simuler un kidnapping et se sert de Neil comme otage en échange de la vie de Thompson.

— C'est une possibilité », dit Hank.

Le visage d'Hugh se durcit. « C'est plus qu'une possibilité. Je crois que ce pauvre Peterson a le cœur brisé, que Mme Perry risque un infarctus, grâce à Sharon Martin qui s'imagine qu'elle peut manipuler à son gré la justice.

— Que faisons-nous à présent ?

180   — Continuez à suivre sérieusement cette piste. Et sortez-moi
tout ce que vous pourrez sur les amis et connaissances de
Sharon Martin, particulièrement ceux qui habitent la région. Si
seulement Mme Perry se souvenait de l'endroit où elle a entendu
cette voix, nous commencerions à y voir plus clair. »

185   Dans sa chambre, Glenda passait et repassait la cassette.
« Peterson ? Dans dix minutes, trouvez-vous dans la cabine téléphonique de la prochaine station-service, juste après la sortie
21. » Elle secoua désespérément la tête et arrêta l'appareil. Non,
elle devait s'y prendre autrement.

190   Il fallait passer en revue les deux dernières semaines. *Mais
qu'y avait-il donc sur cette cassette ?*

Hier, elle n'était pas sortie du tout. Elle avait téléphoné au
drugstore, à Agnès, et à Julie au sujet des prestations de l'hôpital. Chip et Maria l'avaient appelée de Californie et lui avaient
195   passé le bébé. Le coup de téléphone de Renard était le dernier
de la journée.

Dimanche, elle s'était rendue à New York avec Roger, après
l'office, et ils avaient déjeuné au restaurant Pierre avant d'aller
entendre Serkin à Carnegie Hall. Elle n'avait eu aucun coup de
200   téléphone.

Samedi, elle était sortie pour choisir des housses dans un
magasin de décoration. Et elle était allée chez le coiffeur. À
moins que ce ne soit vendredi ? Elle secoua impatiemment la
tête, sortit de son lit et se dirigea à pas lents vers son bureau

pour y prendre son carnet de rendez-vous. Elle avait également demandé à Roger de lui monter le calendrier de la cuisine. Elle y notait parfois certaines choses. Et ses relevés de factures. Elle les gardait tous ; ils étaient datés. De cette façon, elle savait toujours où elle en était. Et son carnet de chèques. Elle sortit le carnet d'un casier, les relevés d'un tiroir.

Ces éléments en main, Glenda retourna dans son lit et poussa un gémissement ; une contraction lui serrait la poitrine, la douleur montait. Elle attrapa une pilule de trinitrine, tout en poussant le bouton du magnétophone et mit la cassette en route. Une fois de plus, le murmure étouffé, guttural, emplit ses oreilles. « Peterson ? Dans dix minutes, trouvez-vous dans la cabine téléphonique de la prochaine station-service, juste après la sortie 21. »

BIEN LIRE

CHAPITRE 27
- **Quelle piste continue de poursuivre le F. B. I. ?**
- **Que recherche Glenda malgré ses douleurs ?**
- **Pourquoi est-elle aussi volontaire ?**

28

En revenant de la cabine téléphonique, il pensa à la cassette. Après avoir enregistré Sharon et le gosse, le ferait-il ?

Pourquoi pas ?

Il se rendit directement à Grand Central. Mieux valait les rejoindre pendant qu'il y avait encore du monde. Ces fichus gardes avaient un sixième sens en ce qui concerne les gens qui n'ont rien à faire dans les parages.

Sharon et le gosse n'avaient probablement rien mangé depuis la veille au soir. Ils devaient avoir faim. Il ne voulait pas qu'elle ait faim. Mais elle ne voudrait sûrement pas manger s'il ne donnait rien à l'enfant. Penser à lui le mettait toujours mal à l'aise. Deux semaines auparavant, il avait failli s'affoler en apercevant le garçon qui le regardait par la vitre de la voiture. Exactement comme dans un rêve. Les grands yeux bruns, les pupilles dilatées à l'extrême, qui l'accusaient, l'accusaient sans cesse.

Demain, tout serait fini. Il prendrait un billet d'avion pour Sharon. Il n'avait pas assez d'argent pour l'instant, mais cette nuit il en aurait. Il pourrait faire une réservation. Mais à quel nom ? Il lui faudrait inventer un nom pour Sharon.

Hier, aux actualités télévisées, on l'avait présentée comme écrivain et journaliste. Elle était très connue, très populaire. C'est pourquoi il trouvait formidable qu'elle soit tellement amoureuse de lui.

Elle était très connue.

On l'avait vue aux actualités.

Des tas de gens la reconnaîtraient.

Furieux, il s'arrêta net, bousculé par une femme qui se hâtait derrière lui. Il eut un mouvement d'irritation et elle murmura : « Oh ! excusez-moi ! », tout en poursuivant son chemin. Il s'adoucit. Elle n'avait pas voulu être désagréable. En fait, elle lui avait souri, vraiment souri. Toutes les femmes lui souriraient si elles savaient à quel point il était riche.

Lentement, il reprit sa marche le long de Lexington Avenue. Les autobus avaient transformé la neige en une sorte de boue sale qui gelait partout, sauf dans les traces de roues. Il aurait aimé pouvoir se rendre au Biltmore, la chambre était si confortable. Il n'avait jamais connu d'endroit semblable.

Il fallait qu'il reste avec Sharon et l'enfant jusqu'à cet après-midi. Ensuite, il prendrait le train pour Carley. Il irait chez lui voir s'il y avait des messages. Il ne fallait pas que l'on s'étonne de ne pas le voir dans le coin. Il chercha un endroit où laisser la cassette. Peterson refuserait peut-être de payer s'il ne l'obtenait pas.

Il avait besoin de cet argent. Cela devenait trop dangereux pour lui de rester plus longtemps dans Fairfield County. Et il avait une bonne raison de partir. Tout le monde s'attendait qu'il parte.

« Aucun départ suspect dans les environs ? pourraient demander les flics.

– Lui ? Non. Il enrageait d'avoir perdu sa place ; et il a supplié le vieux de renouveler son bail. »

Mais c'était avant les deux filles. « Le meurtrier du radiotélé-phone », comme le nommaient les journaux. Si seulement ils savaient...

Il était même allé à l'enterrement de Callahan. L'enter-rement !

Il savait où laisser la cassette ! Dans un endroit où il était sûr que quelqu'un la trouverait ce soir et la remettrait à son desti-nataire.

Satisfait, il alla acheter pour Sharon et Neil du café, du lait et des petits pains. Il pensait rester un bon moment avec eux et leur en donner une partie tout de suite, et l'autre plus tard, avant de les quitter. Il ne voulait pas que Sharon le trouve désa-gréable.

En s'éloignant de la voie de Mount Vernon, il eut l'impres-sion bizarre d'être surveillé. Son instinct le trompait rarement pour ces choses-là. Il s'arrêta pour écouter. Il crut entendre un bruit, et revint sur ses pas, sur la pointe des pieds. Mais ce n'était qu'une de ces pauvres clochardes qui remontait la rampe vers le hall. Elle avait sans doute dormi sur le quai.

Avec un soin infini, il détacha le fil métallique fixé au spara-drap sur la porte de la pièce. Il sortit délicatement la clé de sa poche et l'introduisit dans la serrure. Ouvrant la porte centi-mètre par centimètre, pour éviter de tirer sur le fil, il se glissa dans la pièce et referma la porte.

Il alluma le tube de néon et poussa un grognement de satisfaction. Sharon et l'enfant étaient exactement comme il les avait laissés. Le garçon ne pouvait pas le voir à cause du bandeau, mais derrière lui, Sharon leva la tête. Posant ses paquets par terre, il se précipita vers elle et retira le bâillon.

« Il n'était pas très serré, cette fois », lui dit-il. Il croyait déceler une sorte de reproche dans ses yeux.

« Non. » Elle était très nerveuse, mais d'une façon différente. Son regard trahissait la peur. Il ne voulait pas qu'elle ait peur de lui.

« Vous n'avez pas peur, n'est-ce pas, Sharon ? » Sa voix était horriblement douce.

« Oh ! non, pas du tout !

– Je vous ai apporté de quoi manger.

– Oh ! c'est très gentil… mais ne pourriez-vous pas ôter le bâillon de Neil, s'il vous plaît ? Et, je vous en prie, détachez-nous, juste les mains, comme avant. »

Ses yeux se rétrécirent. Il y avait quelque chose de changé en elle. « Bien sûr, Sharon. » Il fourra son nez tout contre sa figure. Ses doigts avaient une force incroyable ; il réussit à défaire les nœuds en une minute. Une fois les mains de Sharon libérées, il se tourna vers le petit garçon.

L'enfant eut un mouvement de recul et se blottit contre Sharon. « N'aie pas peur, Neil, dit-elle. Souviens-toi de ce que nous avons dit.

– Et qu'avez-vous dit, Sharon ?

– Simplement que le papa de Neil allait vous donner l'argent

que vous réclamiez et que demain vous révéleriez l'endroit où vous nous cachez. Je lui ai dit que je partais avec vous, mais que
105 son papa arriverait tout de suite après notre départ. N'est-ce pas la vérité ? »

La voix de l'homme se fit songeuse, ses yeux brillaient, calculateurs. « Vous êtes sûre que vous voulez venir, Sharon ?

– Oui, tout à fait sûre. Vous… vous me plaisez, Renard.

110 – Je vous ai apporté du café et des petits pains, et du lait pour le gosse.

– C'est très gentil. » Elle pliait et dépliait ses doigts. Il la regarda frictionner les poignets de Neil, lui ramener les cheveux en arrière. À la façon dont elle lui pressait les mains, on aurait
115 dit un signal, comme un pacte secret.

Il tira le cageot et y posa ses achats, tendit le carton de café à Sharon.

« Merci. » Elle reposa le carton sans le boire. « Où est le lait de Neil ? »

120 Il le lui tendit, la regarda le placer entre les mains de l'enfant. « Voilà ; tiens-le bien droit, Neil. Bois doucement. » La respiration bruyante du gosse était irritante, inquiétante, elle évoquait trop de souvenirs.

Il sortit les petits pains. Il avait fait mettre beaucoup de
125 beurre, comme il l'aimait lui-même. Sharon en rompit un morceau, le donna à l'enfant. « Prends, Neil, c'est du pain. » Sa voix était apaisante. C'était comme s'ils conspiraient tous les deux contre lui. D'un air renfrogné, il les regarda manger chacun

leur petit pain et terminer le café et le lait pendant qu'il avalait
sans plaisir son propre café.

Il n'avait pas enlevé son pardessus. Il faisait trop froid dans la
pièce et, d'autre part, il ne voulait pas risquer de salir son costume neuf. Il posa le sac en papier avec les autres petits pains
par terre, débarrassa le cageot et s'y assit, les yeux braqués sur la
jeune femme et l'enfant.

Quand ils eurent fini de manger, Sharon attira Neil sur ses
genoux. L'enfant respirait difficilement. Le bruit agaçait
Renard, lui mettait les nerfs à vif. Sharon ne lui prêtait pas la
moindre attention. Elle massait le dos du gosse, lui parlait doucement, lui disait d'essayer de dormir. Renard la regarda
embrasser Neil sur le front et presser la tête de l'enfant contre
son épaule.

C'était une femme affectueuse, pensa-t-il, et elle faisait simplement preuve de tendresse envers l'enfant. S'il se débarrassait
tout de suite du gosse, elle se montrerait peut-être aussi tendre
avec lui. Ses yeux changèrent d'expression, un sourire imperceptible flotta sur ses lèvres, tandis qu'il imaginait la façon dont
elle pourrait lui témoigner sa gentillesse. Une vague d'impatience l'envahit. Il s'aperçut que Sharon le regardait et qu'elle
refermait ses bras sur l'enfant. C'était autour de lui qu'il voulait
sentir ses bras.

Il esquissa un mouvement vers le lit de camp. Son pied
heurta le magnétophone. Le magnétophone ! La cassette qu'il
fallait faire parvenir à Peterson. Il était trop tôt pour se débar-

155 rasser du gosse. Déçu et contrarié, il se rassit. « Vous allez faire
un enregistrement pour Peterson, maintenant, dit-il à Sharon.

— Un enregistrement ? » La voix précipitée de Sharon trahissait son inquiétude. Un instant auparavant, elle aurait juré qu'il
s'apprêtait à leur faire mal ; un changement dans son regard,
160 dans l'expression de son visage. Elle se concentra. Y avait-il une
chance, un moyen ? Depuis que Neil lui avait dit que cet
homme avait tué sa mère, elle s'acharnait à trouver un moyen
de sortir de là. Demain, il serait trop tard pour Ronald
Thompson, comme pour Neil. Elle ignorait à quelle heure
165 Renard avait l'intention de venir la chercher. *Si* il venait. Il était
rusé. Il avait sûrement calculé qu'à un moment ou à un autre
on la reconnaîtrait. Le souvenir de ses efforts pour sauver
Ronald la torturait ; c'était dérisoire. Sa mère avait raison. En
insistant sur sa culpabilité, elle avait contribué à le faire
170 condamner. Rien n'avait plus d'importance sinon sauver Neil,
sauver Ronald. Qu'importe ce qui lui arriverait, elle le méritait.
Et c'était elle qui disait à Steve qu'*il* se prenait pour Dieu !

Renard avait un revolver. Il était dans la poche de son pardessus. Si elle l'amenait à l'embrasser, elle pourrait s'en emparer.
175 Si elle y parvenait, aurait-elle le courage de le tuer ?

Elle baissa les yeux sur Neil, pensa au condamné dans sa cellule. Oui, elle pourrait tuer cet homme.

Elle le regarda manipuler avec adresse le magnétophone et y
introduire une cassette de modèle courant. Jamais on ne pour-
180 rait en retrouver la trace. Il approcha le cageot du lit.

« Voilà, Sharon, lisez. » Il avait écrit le message.

« Steve, payez la rançon si vous voulez nous revoir. L'argent doit être en coupures de 10, 20 et 50 dollars. Quatre-vingt-deux mille dollars. Arrangez-vous pour les avoir ; et surtout qu'on n'y fasse pas de marques. Rendez-vous à la cabine téléphonique qui est à l'angle de la Cinquante-neuvième rue et de Lexington, à 2 heures du matin, dans votre voiture. Seul. N'appelez pas la police. »

Elle leva les yeux vers lui. « Est-ce que je peux ajouter quelque chose ? Vous voyez, nous nous sommes disputés.

Nous avons rompu. Peut-être ne voudra-t-il pas payer pour moi si je ne lui fais pas des excuses. Il est très buté, vous savez. Peut-être ne payera-t-il que la moitié de la somme, pour Neil, parce qu'il sait que je ne l'aime pas. Mais nous aurons besoin de tout l'argent, n'est-ce pas ?

– Que désirez-vous lui dire, Sharon ? » Se jouait-il d'elle ? La croyait-il ?

« Seulement m'excuser, c'est tout. » Elle s'efforça de sourire, fit glisser Neil de ses genoux, tendit le bras et toucha la main de Renard.

« Pas de blagues, hein ?

– Pourquoi voudrais-je vous tromper ? Que désirez-vous que dise Neil ?

– Simplement qu'il veut rentrer à la maison. Rien d'autre. » Son doigt était posé sur le bouton « enregistrement ». « Quand j'appuierai, commencez à parler. Le micro est incorporé. »

Elle avala sa salive, attendit que la cassette se déroule.

« Steve… » Elle lut le message lentement, cherchant à gagner du temps, à réfléchir sur ce qu'elle allait dire ensuite. Elle ter-
210 mina sa lecture. « N'appelez pas la police. » Elle hésita.

Il la dévisageait.

« Steve… » Il fallait se lancer. « Steve, Neil va vous parler à présent. Mais d'abord, j'ai eu tort. J'espère que vous me pardonnez… » Il y eut un déclic. Elle s'apprêtait à dire : « J'ai fait
215 une terrible erreur… »

« Ça suffit, Sharon. Assez d'excuses. » Il fit un signe en direction de Neil. Elle passa son bras autour de l'enfant.

« Eh bien, Neil, parle à ton papa maintenant. »

L'effort qu'il faisait pour parler augmentait le sifflement de sa
220 respiration. « Papa, je vais bien. Sharon prend soin de moi. Mais maman n'aimerait pas me savoir ici, papa. »

Le magnétophone s'arrêta. *Neil avait essayé de faire parvenir un message à Steve ;* de relier son enlèvement à la mort de sa mère.

225 L'homme rembobina la cassette, la passa à nouveau. Il sourit à Sharon. « C'est très gentil. Je paierais pour vous retrouver, si j'étais Peterson.

– Bon. Je suis contente si vous êtes satisfait. » Était-il en train de l'appâter délibérément ?

230 « Sharon. » Neil tirait sur sa manche. « J'ai envie…

– Tu veux aller aux cabinets, petit ? » La voix de Renard était parfaitement neutre. « Pas étonnant depuis le temps. » Il se dirigea vers Neil, le prit dans ses bras et entra dans les cabinets avec lui. Il referma la porte. Sharon se figea, mais il ressortit très vite, portant l'enfant sous un bras. Elle remarqua qu'il lui détournait la tête, comme s'il craignait que Neil ne puisse le voir à travers le bandeau. Il le laissa tomber sur le lit. L'enfant tremblait. « Sharon.

– Je suis là. » Elle lui caressa le dos.

« Sharon ? À votre tour ? » Le ravisseur faisait un signe de tête vers les cabinets.

« Oui. »

Il la prit par le bras et la soutint jusqu'à l'intérieur du réduit malodorant. Les cordes lui coupaient les jambes et les chevilles, la faisant grimacer de douleur. « Il y a un verrou à l'intérieur, dit-il. Vous pouvez le mettre si vous voulez, sinon la porte ne reste pas fermée. Mais vous feriez mieux de vous dépêcher. » Il lui caressa la joue. « Parce que, si vous mettez trop longtemps, et que je me fâche, je peux faire son affaire au gosse. » Il recula et tira la porte derrière lui.

Elle s'empressa de pousser le verrou et regarda autour d'elle. Dans l'obscurité du réduit, elle passa ses mains le long des parois, sur la cuvette. Peut-être y avait-il quelque chose, un bout de tuyau, un objet pointu. Elle tâtonna par terre.

« Dépêchez-vous, Sharon.

– Oui. »

En ouvrant la porte, elle sentit soudain la poignée tourner librement dans sa main. Elle essaya aussitôt de lui faire faire un

tour complet. Si elle arrivait à la détacher, elle pourrait la glis-
260 ser dans une poche de sa jupe. Si, par chance, le bout était tranchant… Mais elle ne parvint pas à l'arracher.

« Sortez de là. » Le ton était impatient. Elle ouvrit en hâte la
porte, sortit en essayant de sautiller, trébucha, se raccrocha au
chambranle métallique. Il s'approcha d'elle. Elle lui passa déli-
265 bérément les bras autour du cou. Surmontant sa répulsion, elle
l'embrassa sur la joue, sur les lèvres. L'homme resserra ses bras
autour d'elle. Son cœur se mit à battre la chamade. Ô Dieu, je
vous en supplie !

Elle glissa ses bras autour de ses épaules, le long de son dos.
270 Ses doigts se faisaient doux, caressants, sur son cou. Elle avança
la main droite, la glissa dans la poche du pardessus, sentit le
contact de l'acier.

Il la repoussa brutalement. Elle s'écroula sur le ciment, ses
jambes liées se tordirent sous son poids. Une douleur fulgu-
275 rante lui traversa la cheville droite.

« Vous êtes comme les autres ! » cria-t-il. Il la dominait de
toute sa hauteur. Elle le voyait d'en bas, à travers les vagues de
douleur qui lui donnaient des nausées. Le visage qu'il penchait
sur elle lui semblait désincarné. La veine sous l'œil battait. Des
280 taches rouges marbraient les lignes anguleuses de ses joues. Ses
yeux n'étaient plus que deux minces fentes noires, brûlantes de
rage.

« Putain, fit-il. Sale putain. »

La relevant d'un coup sec, il la jeta sur le lit et lui replia les bras derrière son dos. La douleur l'enveloppait d'un brouillard noir. « Ma cheville. » Était-ce vraiment sa voix ?

« Sharon, Sharon, qu'est-il arrivé ? » Neil s'affolait.

Au prix d'un effort immense, elle réprima un gémissement. « Je suis tombée.

— Comme toutes les autres… vous faites semblant… bien pire… vous essayez de m'avoir. Je savais que vous mentiez, que vous combiniez un coup… je le savais… » Deux mains la prenaient à la gorge. Ô mon Dieu ! Les doigts puissants qui s'enfonçaient dans sa nuque… Seigneur… Au secours !

« Non ! » La pression se relâcha. Sa tête retomba en arrière. « Sharon, Sharon. » Neil pleurait, terrifié ; il s'étouffait.

Reprenant sa respiration, elle approcha son visage du sien. Ses paupières étaient si lourdes ; elle se força à les ouvrir. Renard était penché sur l'évier et il s'aspergeait le visage. L'eau devait être glacée. Elle le surveillait, terrorisée. Il s'efforçait de retrouver son calme. Il avait été sur le point de la tuer. Pourquoi s'était-il arrêté ? Peut-être craignait-il d'avoir encore besoin d'elle.

Elle se mordit les lèvres de douleur. Il n'y avait aucun moyen de s'échapper. Aucun. Demain, quand il aurait l'argent, il la tuerait, et il tuerait Neil. Et Ronald Thompson allait mourir pour un crime qu'il n'avait pas commis. Elle et Neil étaient les deux seules personnes capables de prouver son innocence. Sa cheville enflait, comprimée par le cuir de la botte. Les cordes pénétraient dans la chair. Ô mon Dieu, je vous en supplie ! La douleur la faisait trembler et son visage était couvert de sueur.

Elle le vit s'essuyer la figure de son mouchoir. Il revint vers eux, rattacha méthodiquement les mains de Neil, remit les deux bâillons bien serrés sur leurs bouches. Il régla le fil qui
315 reliait la valise à la porte. « Je m'en vais, Sharon, déclara-t-il. Je reviendrai demain ; et ce sera la dernière fois… »

Il n'avait pas prévu de partir si tôt, mais il savait que s'il restait plus longtemps, il allait la tuer. Et il aurait peut-être encore besoin d'elle. Ils pouvaient exiger une autre preuve qu'elle et le
320 garçon étaient encore en vie. Il devait obtenir l'argent. Il ne pouvait prendre le risque de la tuer maintenant.

Il y avait un train en provenance de Mount Vernon à 11 heures. Il ne lui restait que quelques minutes à attendre. Il s'immobilisa près de l'entrée du tunnel. Il faisait sombre à cet endroit.

325 Un bruit de pas. Il se colla contre le mur, jeta un regard furtif. Un garde ! L'homme inspecta les alentours, fit les cent pas, examina la tuyauterie, les robinets, lança un coup d'œil dans les escaliers qui montaient vers la pièce, et retourna d'un pas tranquille sur le quai de Mount Vernon.

330 Une sueur glacée le couvrit de la tête aux pieds. La chance avait tourné. Il le sentait. Il fallait en finir, et disparaître. Un grondement, un grincement de freins. Avec précaution, il se glissa au milieu des gaines de ventilateurs, des pompes d'égouts, atteignit la rampe et, soulagé, se mêla aux voyageurs qui débar-
335 quaient.

Il était juste 11 heures. Il ne voulait pas aller dans sa chambre d'hôtel. Il était trop nerveux. Il traversa la Quarante-deuxième rue et entra dans un cinéma. Pendant quatre heures et demie, il assista fasciné à la projection de trois films pornographiques qui le mirent dans un état d'excitation intense. À 16 h 05, il montait dans le train pour Carley.

Ce n'est qu'une fois installé dans une voiture qu'il aperçut Steve Peterson. Il leva les yeux par hasard au moment où ce dernier passait dans le couloir. Grâce au Ciel, il était caché derrière un journal, précaution qu'il avait prise pour éviter que quelqu'un ne le reconnaisse et ne s'asseye à côté de lui.

Steve portait une grosse valise.

C'était l'argent ! Il en était sûr ! Et ce soir, tout serait à lui. Le mauvais pressentiment se dissipa. C'est plein d'assurance et de belle humeur qu'il sortit de la gare de Carley, après s'être assuré que Steve était déjà parti dans sa voiture. Il franchit allégrement dans la neige les huit blocs qui le séparaient de son domicile, un garage miteux au fond d'une impasse. Une plaque indiquait : « A. R. Taggert – Réparations automobiles. »

Il pénétra rapidement à l'intérieur. Il n'y avait aucun message sous la porte. Parfait. Personne ne l'avait demandé. D'ailleurs, si quelqu'un était venu, il n'aurait pas trouvé son absence surprenante. Il réparait souvent les voitures sur place, chez leurs propriétaires.

Le garage était froid et sale, pas beaucoup mieux que la pièce de Grand Central. Il avait vraiment pour habitude de travailler dans des endroits minables.

Sa voiture était là, prête à partir. Il avait fait le plein, grâce à la pompe installée dans l'angle du garage. C'était une idée géniale d'avoir installé cette pompe à essence. Pratique pour la clientèle ; ils appréciaient de retrouver leur réservoir plein. Pratique pour lui aussi, pour ses longues randonnées nocturnes. « Vous êtes en panne d'essence, m'dame ? Justement, j'ai un bidon dans ma malle. Les voitures, c'est mon boulot… »

Il avait déjà monté sur la voiture les vieilles plaques d'immatriculation d'un client ; simplement au cas où un curieux aurait noté son numéro ce soir.

Le radiotéléphone était débranché et posé dans sa boîte sur le siège avant.

Il s'était débarrassé de toutes les autres plaques d'immatriculation accumulées au cours des six dernières années, et des doubles des clés de voiture qu'il avait fabriqués. Il les avait jetés dans une décharge.

Il restait quelques outils et pièces de rechange sur les rayons, des pneus empilés dans un coin. Le vieux Montgomery saurait bien quoi en faire. De toute façon, il allait tout démolir. Il aurait plein de saloperies à enlever.

Il ne viendrait plus jamais dans ce trou. Tant mieux. Il n'avait pratiquement pas travaillé ces deux derniers mois. Il était trop nerveux. Heureusement, il y avait eu ce boulot sur la voiture des Vogler qui l'avait remis à flot.

Et voilà.

Il entra dans la petite pièce crasseuse du fond, tira une vieille valise défoncée de dessous le lit étroit. D'une vieille commode d'érable branlante, il retira son maigre assortiment de sous-vêtements et de chaussettes et les rangea dans la valise.

Il décrocha une veste de sport rouge élimée et mal coupée et un pantalon à carreaux de derrière la porte et les plia dans la valise. Il jeta son bleu de travail plein de graisse sur le lit. Inutile de l'emporter. Avec tout son argent, il n'en aurait plus besoin.

Il sortit le petit magnétophone de la poche de son pardessus et écouta une fois encore l'enregistrement de Sharon et de Neil. Son autre magnétophone, le Sony, était sur la commode. Il le posa sur le lit, fouilla dans ses cassettes, en choisit une, et la mit en place. Il n'avait besoin que du début.

Il y était.

Il passa à nouveau l'enregistrement de Sharon et de Neil, le laissa se dérouler jusqu'au moment où s'arrêtait la voix de Neil. Puis il appuya sur le bouton « enregistrement ». Sur l'autre magnétophone, le Sony, il appuya sur le bouton « marche ».

L'opération ne lui prit qu'une minute. Il écouta ensuite une dernière fois la cassette modifiée qu'il destinait à Peterson. Parfait. Absolument parfait. Il l'enveloppa d'un morceau de papier d'emballage, ferma avec du Scotch, inscrivit au feutre rouge un message sur le paquet.

Les autres cassettes et les deux magnétophones prirent place dans sa valise, parmi ses vêtements. Il ferma la valise à clé, et la porta à sa voiture. Il s'arrangerait pour faire passer la valise de la rançon comme bagage à main dans l'avion. Celle-ci et la

415 boîte du radiotéléphone pourraient être enregistrées.

Il ouvrit la porte du garage, monta dans la voiture et actionna le démarreur. Tandis que le moteur tournait au ralenti, un sourire pensif, secret, flotta sur ses lèvres. « Et maintenant, je vais faire un tour à l'église. Et me payer une bière »,
420 murmura-t-il.

BIEN LIRE

CHAPITRE 28
- **Quelle est la véritable identité du Renard ?**
- **Quel message implicite Neil transmet-il à son père ?**
- **Quels liens établit le lecteur entre les activités professionnelles de Renard et les crimes ?**

29

« Je n'y crois pas, déclara Steve à Hugh. Et vous mettez en danger les vies de Neil et de Sharon si vous prenez cela pour une mystification. »

De retour de New York, il marchait de long en large dans le salon, les mains serrées au fond de ses poches. Hugh le regardait avec un mélange de compassion et d'irritation. Le pauvre garçon avait un contrôle d'acier sur lui-même, mais il avait vieilli de dix ans en dix heures. Même depuis ce matin, Hugh pouvait voir de nouvelles rides d'anxiété autour des yeux et de la bouche du jeune homme.

« Monsieur Peterson, énonça-t-il d'un ton cassant, je vous assure que nous présumons qu'il s'agit d'un vrai kidnapping. Toutefois, nous commençons à croire que la… disparition de Neil et de Sharon serait directement liée à une ultime tentative pour extorquer la clémence du gouverneur vis-à-vis de Ronald Thompson.

— Et moi, j'affirme que vous vous trompez ! N'y a-t-il aucune nouvelle de Glenda ?

— Malheureusement non.

— Et aucune bande magnétique ou cassette de la part de Renard ?

— Désolé.

— Donc, il ne reste qu'à attendre.

— Oui. Vous feriez bien de prévoir de partir pour New York vers minuit.

²⁵   — Le coup de téléphone n'est-il pas pour 2 heures ?

— Les conditions de circulation sont très mauvaises, monsieur Peterson.

— Croyez-vous que Renard pourrait avoir peur de me rencontrer, peur de ne pas pouvoir s'enfuir ? »

³⁰   Hugh secoua la tête. « Je n'en sais pas plus que vous. Bien entendu, nous avons placé le téléphone de la Cinquante-neuvième rue sur écoute. Mais je suppose qu'il vous dirigera immédiatement sur une autre cabine, comme il l'a fait la première fois. Nous ne pouvons prendre le risque de mettre un ³⁵ micro dans votre voiture, car il peut avoir prévu d'y monter avec vous. Des agents dans les immeubles avoisinants surveilleront vos déplacements. Toute la zone sera couverte de voitures radio qui ne vous perdront pas de vue et donneront l'ordre à d'autres voitures de vous filer. Ne vous inquiétez pas, rien ne ⁴⁰ pourra indiquer que nous vous suivons. L'émetteur dans la valise nous permettra de rester à une certaine distance. »

Dora passa la tête dans le salon. « Excusez-moi. » Sa voix avait changé. La froideur d'Hugh l'intimidait. Elle n'aimait pas la manière dont il les dévisageait, elle et Bill. Ce n'est pas parce que ⁴⁵ Bill avait un penchant pour l'alcool qu'il était un mauvais gars. La tension des dernières vingt-quatre heures l'avait anéantie. M. Peterson obtiendrait sûrement le retour de Neil et de Sharon en bonne santé. Il fallait y croire ; il était trop bon pour souffrir davantage que ce qu'il avait déjà enduré ces deux années.

⁵⁰   Et ensuite, elle et Bill pourraient partir. Il était temps d'aller

en Floride. Elle devenait trop vieille, trop fatiguée pour s'occuper d'un enfant et de cette maison. Neil avait besoin de quelqu'un de jeune, de quelqu'un à qui parler. Elle savait qu'elle le couvait trop. Ce n'était pas bon pour un enfant de faire un drame à chaque fois qu'il reniflait.

Ô Neil! C'était un petit garçon si heureux du temps où sa maman vivait. Il n'avait jamais de crise d'asthme alors, à peine un ou deux rhumes, et ses grands yeux bruns étincelaient, pas ce regard perdu et triste qu'ils avaient maintenant.

M. Peterson se remarierait bientôt; sinon avec Sharon, du moins avec quelqu'un qui ferait de cette maison un vrai foyer.

Dora réalisa que Steve lui jetait un regard interrogateur, qu'elle devait lui parler. Mais elle ne savait plus où elle en était avec cette horrible inquiétude; elle n'avait pas fermé l'œil de la nuit. Qu'était-elle venue dire au juste? Ah! oui! « Je sais que vous n'avez pas très faim, mais ne voulez-vous pas que je vous prépare un steak pour vous et M. Taylor?

– Pas pour moi, merci Dora. Peut-être M. Taylor…

– Préparez deux steaks pour nous deux si vous voulez bien, madame Lufts. » Hugh mit sa main sur le bras de Steve. « Écoutez, vous n'avez rien mangé depuis hier. Vous allez rester debout toute la nuit. Vous aurez besoin d'être en forme, capable de conduire et de suivre toutes les instructions.

– Vous avez sans doute raison. »

Ils étaient à peine assis à la table de la salle à manger que la sonnette de l'entrée carillonna. Hugh bondit. « J'y vais. »

Steve triturait la serviette qu'il s'apprêtait à mettre sur ses genoux. Était-ce la preuve demandée ? Allait-il entendre la voix de Neil ? La voix de Sharon ?

Hugh revenait, suivi d'un jeune homme aux cheveux noirs. Il le connaissait bien – c'était l'avocat de Ronald Thompson, Kurner. Robert Kurner. Il était hirsute. Il avait l'air très agité. Son manteau était déboutonné, son costume froissé comme s'il avait dormi tout habillé. Le visage d'Hugh était impénétrable.

Bob ne s'excusa pas d'interrompre leur dîner. « Monsieur Peterson, dit-il, j'ai à vous parler au sujet de votre fils.

– Mon fils ? » Steve sentit le coup d'œil avertisseur que lui lançait Hugh. Il serra les poings sous la table.

« Qu'y a-t-il au sujet de mon fils ?

– Monsieur Peterson, j'ai défendu Ronald Thompson. Je l'ai mal défendu.

– Ce n'est pas votre faute si Ronald Thompson a été condamné », dit Steve. Il ne regardait pas le jeune homme. Il gardait les yeux fixés sur son steak, contemplant la graisse sur les côtés qui commençait à se figer. Il le repoussa. Et si Hugh avait raison ? Si le kidnapping était une mystification après tout ?

« Monsieur Peterson, Ron n'a pas tué votre femme. Il a été condamné parce que la plupart des jurés, consciemment ou non, ont pensé qu'il avait également tué la jeune Carfolli et Mme Weiss...

– Il avait un casier judiciaire.

– Une histoire mineure, un simple incident.

– Il avait attaqué une jeune fille auparavant, il a tenté de l'étrangler…

– Monsieur Peterson, c'était un gosse de quinze ans, au cours d'une surprise-partie. Il avait pris part à un concours de buveurs de bière. Quel est le garçon qui n'en a pas fait autant au collège ? Quand il a été complètement ivre, quelqu'un lui a donné de la cocaïne. Il ne savait plus ce qu'il faisait. Il n'a pas le moindre souvenir d'avoir porté les mains sur cette fille. Nous savons tous ce qu'une combinaison d'alcool et de drogue peut donner sur le cerveau. Ron a tout simplement eu la malchance de s'attirer de sérieux ennuis la première fois de sa vie où il s'est enivré. Il n'a plus jamais bu, ne serait-ce qu'une bière, pendant les deux annonces suivantes. Et il a eu l'incroyable déveine d'entrer dans votre maison juste après l'assassinat de votre femme. »

La voix de Bob tremblait ; les mots se bousculaient. « Monsieur Peterson, j'ai examiné la copie du procès. Et hier, j'ai fait répéter, et répéter plusieurs fois, à Ron chaque chose qu'il a pu dire ou faire entre le moment où il a parlé à Mme Peterson au marché Timberly et celui où il a trouvé le corps. Et je me suis rendu compte de l'erreur que j'avais commise.

« Monsieur Peterson, votre fils, Neil, a dit qu'il descendait les escaliers quand il a entendu sa mère suffoquer, qu'il a vu un homme l'étrangler et qu'ensuite il a vu le visage de cet homme…

— Le visage de Ron Thompson.

130   — Non, non! Ne comprenez-vous donc pas! Regardez la copie. » Bob jeta sa serviette sur la table, en sortit une liasse de papiers juridiques, les feuilleta rapidement et s'arrêta sur une page au milieu. « Voilà. Le procureur a demandé à Neil pourquoi il était tellement sûr que c'était Ron. Et Neil a répondu:

135 *Il y a eu de la lumière, alors j'en suis sûr.*

« Voilà ce qui m'a échappé. C'est ça. Lorsque Ron a répété et répété son témoignage hier, il a dit qu'il avait sonné à la porte d'entrée. Et qu'il avait attendu deux minutes avant de sonner une seconde fois. Neil n'a pas dit un seul mot de ce coup de

140 sonnette. Pas un seul.

— Cela ne prouve rien, l'interrompit Hugh. Neil était en train de rouler avec ses trains en haut. Il était probablement trop absorbé et les trains faisaient du bruit.

— Non, non. Parce qu'il a dit: *Il y a eu de la lumière.*

145 « Monsieur Peterson, voici mon point de vue. Ron a sonné à la porte d'entrée. Il a attendu. Sonné une seconde fois, fait le tour de la maison. Il a donné au tueur le temps de s'enfuir. C'est pourquoi la porte de derrière était ouverte.

« Ron a allumé la lumière de la cuisine. Ne comprenez-vous

150 pas? La raison pour laquelle Neil a si bien vu le visage de Ron, c'est que la lumière venait de la cuisine. Monsieur Peterson, un petit garçon descend en courant les escaliers, et voit quelqu'un en train d'étrangler sa mère. Le salon était sombre. Souvenez-vous-en. Seule la lumière de l'entrée était allumée. Le

choc est tel qu'il peut parfaitement s'être évanoui. Les adultes
en font bien autant. Il revient ensuite à lui et il voit. Il voit,
parce que, maintenant, la lumière venant de la cuisine éclaire le
salon. Neil voit quelqu'un penché sur sa mère, quelqu'un qui la
tient par le cou. Ron, qui était en train d'essayer de dénouer
l'écharpe. Mais il n'y arrivait pas. Elle était trop serrée. Et il s'est
rendu compte qu'elle était morte et ce que cela représentait
pour lui. Alors, pris de panique, il s'est enfui.

« Un tueur aurait-il laissé un témoin tel que Neil ? Aurait-il
laissé Mᵐᵉ Perry en vie, sachant qu'elle le reconnaîtrait à coup
sûr ? C'est une cliente du marché Timberly. Un tueur n'aurait
pas laissé de témoins, monsieur Peterson. »

Hugh secouait la tête. « Cela ne prouve rien. Ce ne sont que
des conjectures. Il n'y a pas un début de preuve là dedans.

– Mais Neil peut nous donner la preuve, implora Bob.
Monsieur Peterson, consentez-vous à ce qu'il soit hypnotisé ?
J'ai parlé à plusieurs médecins aujourd'hui même. Ils affirment
que s'il a rayé quelque chose de sa mémoire, l'hypnose peut le
dévoiler.

– C'est impossible ! » Steve se mordit les lèvres. Il avait failli
laisser échapper qu'on ne peut hypnotiser un enfant enlevé.
« Sortez, dit-il, sortez d'ici.

– Non, je ne m'en irai pas ! » Bob Kurner hésita, puis fouilla
à nouveau dans sa serviette. « Je suis navré de vous les montrer,
monsieur Peterson ; ce n'était pas mon intention. Je les ai exa-
minées. Ce sont les photos prises après le meurtre.

– Êtes-vous cinglé ? » Hugh s'empara des photos. « Où diable les avez-vous trouvées ? Ce sont des preuves officielles !

– Qu'importe où je les ai trouvées. Regardez celle-ci. Vous voyez ? C'est la cuisine. L'ampoule est nue. Cela signifie que la
185 lumière était exceptionnellement forte. »

Bob ouvrit brusquement la porte de la cuisine, bousculant Dora et Bill Lufts qui se tenaient juste derrière. Sans même les remarquer, il tira une chaise sous la lampe du plafond, y grimpa et dévissa le globe. La pièce s'illumina sensiblement plus. Il
190 revint vers la salle à manger, éteignit la lumière, alluma celle de l'entrée et, enfin, éteignit les lampes du salon.

« Regardez, regardez dans le salon. On y voit parfaitement clair. Attendez. » Il retourna dans la cuisine et éteignit la lumière. Steve et Hugh le regardaient, médusés. Steve avait la
195 main posée sur la photographie du corps de Nina.

« Regardez, exigea Bob. Quand la lumière de la cuisine est éteinte, il fait presque noir dans le salon. Mettez-vous à la place d'un enfant qui descend l'escalier. Je vous en prie, mettez-vous sur le palier dans l'entrée. Regardez dans le salon. Que peut
200 avoir vu Neil ? Pas plus qu'une silhouette. Quelqu'un attaque sa mère. Il s'évanouit. Il n'a jamais entendu la sonnette. Rappelez-vous, *il ne l'a jamais entendue.* Le tueur s'enfuit. Le temps que Ron ait sonné à la porte, attendu, sonné une seconde fois, et fait le tour de la maison, le tueur est parti. Et
205 Ron a vraisemblablement sauvé la vie de votre enfant en venant chez vous ce jour-là. »

Serait-ce possible ? se demandait Steve. Serait-ce possible que ce garçon soit innocent ? Il se tenait dans l'entrée, le regard tourné vers le salon. Qu'avait pu voir Neil ? Pouvait-il avoir perdu connaissance pendant quelques instants ?

Hugh entra à grands pas dans le salon, alluma une lampe. « Ce n'est pas suffisant, déclara-t-il calmement. Ce n'est qu'une conjecture[1], une pure et simple conjecture. Il n'y a pas une ombre de preuve pour appuyer cette supposition.

— Neil est le seul qui puisse nous donner une preuve. Il est notre seul espoir. Monsieur Peterson, je vous en supplie, laissez-nous le questionner. J'ai rencontré le docteur Michael Lane. Il est disposé à venir ce soir interroger Neil. C'est un des médecins de l'hôpital du Mont-Sinaï ; Monsieur Peterson, je vous en prie, donnez cette chance à Ron. »

Steve regarda Hugh, vit le léger mouvement négatif de la tête. S'il avouait que Neil avait été enlevé, cet avocat se saisirait du prétexte pour suggérer que l'enlèvement était lié au meurtre de Nina. Ce qui signifiait, publicité ; ce qui pouvait signifier la fin de tout espoir de retrouver Neil et Sharon en vie.

« Mon fils est absent, dit-il. J'ai reçu des menaces à cause de ma position sur la peine capitale. Je ne veux divulguer à personne l'endroit où il se trouve.

— *Vous ne voulez divulguer à personne l'endroit où il se trouve !* Monsieur Peterson, un innocent de dix-neuf ans à peine va mourir demain matin pour un acte qu'il n'a pas commis !

---

1. Simple supposition.

– Je ne peux rien faire pour vous, énonça fermement Steve. Sortez d'ici. Sortez et remportez ces maudites photos avec vous. »

Bob se rendit compte qu'il n'y avait plus d'espoir. Il traversa la salle à manger, ramassa les photos et remit les minutes du procès dans sa serviette. Il allait la refermer mais se ravisa et en sortit brusquement les copies des déclarations que Ron avait faites la veille. Il les jeta sur la table.

« Lisez-les, monsieur Peterson, dit-il. Lisez-les et dites-moi si vous y trouvez les paroles d'un tueur. Ron a été condamné à la chaise électrique parce que Fairfield County était terrorisé par les meurtres de Carfolli et de Weiss autant que par celui de votre femme. Il y a eu deux autres meurtres de femmes seules dans leurs voitures sur des routes désertes ces dernières semaines. Vous ne l'ignorez pas. Je suis prêt à jurer que ces quatre meurtres sont liés et je reste persuadé que d'une façon ou d'une autre, l'assassinat de votre femme a un rapport avec eux. Elles ont toutes été étranglées avec leur écharpe ou leur ceinture. La seule différence est que, pour une raison quelconque, le tueur a choisi d'entrer dans votre maison. Mais chacune des cinq femmes est morte de la même façon. »

Il était parti en claquant la porte derrière lui. Steve regarda Hugh. « Et votre théorie selon laquelle le kidnapping est lié à l'exécution de demain ? » ironisa-t-il.

Hugh prit l'air dubitatif. « Nous savons seulement que Kurner ne fait pas partie de la conspiration, mais nous n'avions jamais dit qu'il en faisait partie.

– N'y a-t-il aucune chance, vraiment aucune, qu'il ait raison au sujet de la mort de Nina ?

– Il s'accroche à tout ce qu'il trouve. Ce ne sont que suppositions et conjectures. C'est un avocat qui essaye de sauver son client.

– Si Neil était ici, j'aurais permis à ce médecin de lui parler, de l'hypnotiser, si nécessaire. Neil fait des cauchemars très fréquents depuis cette nuit-là. Justement, la semaine dernière il s'est mis à en reparler.

– Qu'a-t-il dit ?

– Il a raconté qu'il avait eu peur et qu'il n'arrivait pas à oublier. J'ai vu un psychiatre à New York qui pensait qu'il s'agissait peut-être d'une sorte de refoulement. Hugh, dites-moi sincèrement, êtes-vous convaincu que Ronald Thompson a tué ma femme ? »

Hugh eut un haussement d'épaules. « Monsieur Peterson, quand les preuves sont aussi manifestes qu'elles le sont dans le cas présent, il est impossible d'en tirer une autre conclusion.

– Vous n'avez pas répondu à ma question.

– J'y ai répondu de la seule façon possible. Je vous en prie, ce steak est sûrement immangeable maintenant, mais venez prendre *quelque chose.* »

Ils entrèrent dans la salle à manger. Steve grignota un petit pain et prit sa tasse de café. Les déclarations de Ron étaient sous son coude. Il souleva la première feuille et se mit à lire :

« J'allais perdre ma place, mais je comprenais M. Timberly.
Il avait besoin de quelqu'un qui lui donne un plus grand
285 nombre d'heures. Je savais que faire partie de l'équipe de football m'aiderait à entrer à l'Université et peut-être même à obtenir une bourse. Je ne pouvais donc pas travailler plus.
Mme Peterson a entendu M. Timberly. Elle a dit qu'elle était
désolée pour moi, que je lui portais toujours si gentiment ses
290 paquets dans sa voiture. Elle m'a demandé ce que je comptais
faire. Je lui ai dit que je pourrais être peintre en bâtiments pendant l'été. Nous nous dirigions vers sa voiture. Elle m'a dit
qu'ils venaient de déménager et qu'il y aurait sûrement des tra-
vaux de peinture à faire, à l'intérieur et à l'extérieur de la mai-
295 son et elle m'a demandé de venir voir. J'ai rangé ses achats dans
le coffre. J'ai dit que c'était mon jour de chance, et que c'est justement ce que disait maman, que la malchance tourne parfois
en chance. Puis nous avons plaisanté parce qu'elle disait : "C'est
aussi mon jour de chance, en un sens. Pour une fois, il y a de la
300 place dans le coffre pour toutes ces damnées provisions." Et elle
a ajouté qu'elle n'aimait pas faire des courses, que c'était la raison pour laquelle elle en prenait tellement en une seule fois. Il
était quatre heures. Ensuite… »

Steve interrompit sa lecture. Le jour de chance de Nina.
305 *Son jour de chance !* Il repoussa les copies.
Le téléphone sonna. Steve et Hugh bondirent. Steve se rua
sur le téléphone de la cuisine. Hugh prit le poste du bureau.

« Steve Peterson ? » La voix était circonspecte. Mon Dieu, faites que ce soient de bonnes nouvelles !

« Monsieur Peterson, ici le père Kennedy, de l'église St. Monica. Je crains que quelque chose de très bizarre ne soit arrivé. »

Steve sentit sa gorge se contracter. Il fit un effort pour parler. « Qu'y a-t-il, mon père ?

– Il y a vingt minutes, quand je me suis avancé vers l'autel pour l'office du soir, j'ai trouvé un petit paquet contre la porte du tabernacle. Je vais vous lire exactement ce qui est inscrit dessus : "À remettre à Steve Peterson immédiatement – question de vie ou de mort. » Et votre numéro de téléphone. Pensez-vous qu'il s'agisse d'une plaisanterie ? »

Steve entendit l'enrouement de sa propre voix, perçut la moiteur de ses mains. « Non, ce n'est pas une plaisanterie. C'est peut-être très grave. Je viens le chercher tout de suite et, s'il vous plaît, mon père, n'en parlez à personne.

– Bien sûr, monsieur Peterson. Je vous attends dans le presbytère. »

Quand Steve revint chez lui une demi-heure plus tard, Hugh l'attendait avec le magnétophone. L'air sombre, ils se penchèrent sur l'appareil tandis que la bande se déroulait.

Pendant un instant, on n'entendait qu'un bruit étouffé, une sorte de sifflement. Puis la voix de Sharon. Steve pâlit et Hugh lui saisit le bras. Le message. Elle répétait le message que le ravisseur avait donné à Steve. Que voulait-elle dire en ajoutant

qu'elle avait eu tort ? Qu'était-il censé lui pardonner ? Elle
335 s'était arrêtée si brusquement, comme si on l'avait coupée. Neil.
C'était le sifflement. Neil que l'asthme faisait suffoquer. Steve
écouta la voix haletante de son fils. Sharon prenait soin de lui.
Pourquoi mentionnait-il sa mère ? Pourquoi maintenant ?

Il serra les poings à s'en faire blanchir les articulations, les
340 porta à sa bouche pour réprimer les sanglots qui secouaient sa
poitrine.

« Voilà », fit Hugh. Il tendit la main. « Nous allons l'écouter
une seconde fois. »

Mais, avant qu'il ne pousse le bouton « arrêt », une voix
345 chaude, mélodieuse, accueillante, s'exclamait : « Oh ! comme
c'est aimable à vous ! Entrez. »

Steve sursauta et un cri d'angoisse lui échappa.

« Qu'est-ce que c'est ? hurla Hugh. Qui est-ce ?

– Ô mon Dieu... Ô mon Dieu ! s'écria Steve. C'est ma
350 femme, c'est Nina ! »

BIEN LIRE

CHAPITRE 29
- Qu'apprend le lecteur sur le passé de Ronald Thompson ?
- Quel est le fait nouveau qui prouve l'innocence du jeune homme ?
- Qui entend-on à la fin de la cassette ?

30

Hank Lamont gara sa voiture en face du bar le Mill Tavern, sur Fairfield Avenue, à Carley. La neige tombait à nouveau en flocons serrés et de brusques rafales de vent la plaquaient sur le pare-brise. Ses grands yeux bleus au regard innocent se rétrécirent comme il scrutait l'intérieur du bar faiblement éclairé. Le mauvais temps avait retenu les gens chez eux. C'était aussi bien. Il pourrait plus facilement parler au patron, si celui-là était du genre à discuter le bout de gras.

Il descendit de voiture. Bon Dieu, qu'il faisait froid ! Quelle sale nuit ! Filer la voiture de Peterson tout à l'heure ne serait pas aisé. Il y aurait sans doute si peu de voitures sur la route, qu'on les verrait comme le nez au milieu de la figure.

Il ouvrit la porte et entra dans le bar. L'air chaud et une agréable odeur de bière et de nourriture lui remplirent les narines. Clignant des yeux pour chasser la neige, il inspecta la salle. Il n'y avait que quatre hommes. Il s'avança d'un pas tranquille, se hissa sur un tabouret et commanda une bière Michelob.

Tout en la dégustant, il laissa ses yeux errer de droite à gauche. Deux des clients regardaient un match de hockey à la télévision. Au milieu du comptoir, un type du genre petit cadre bien habillé, aux yeux vitreux et aux cheveux blancs dégarnis, sirotait un Martini. Il surprit le regard d'Hank. « Vous êtes bien de mon avis, n'est-ce pas monsieur, qu'il faut être fou pour faire

25 quinze kilomètres en voiture par un temps pareil ? Qu'il est plus
prudent d'appeler un taxi ? » Il réfléchit un instant. « Surtout
avec un rhume, ajouta-t-il inutilement.

– Vous avez parfaitement raison, approuva Hank. Je viens de
Peterboro et laissez-moi vous dire que les routes sont épouvan-
30 tables. » Il avala une gorgée de bière.

Le barman essuyait les verres. « Vous êtes de Peterboro ?
Jamais venu dans le coin, n'est-ce pas ?

– Non. Je suis juste de passage. Je voulais m'arrêter un peu et
je me suis souvenu que mon vieux copain Bill Lufts me disait
35 qu'il venait souvent ici à cette heure.

– Ouais. Bill vient ici presque tous les soirs, reconnut le barman. Mais vous avez pas de chance. Il est pas venu la nuit dernière parce qu'il sortait sa femme pour leur anniversaire ; dîner
et cinéma. On pensait qu'il la lâcherait à la maison et qu'il vien-
40 drait prendre un dernier verre, mais il s'est plus montré.
Curieux qu'il soit pas là ce soir non plus ; à moins qu'elle lui ait
fait une scène. Et si c'est le cas, on va en entendre parler, hein,
Arty ? »

L'autre buveur solitaire leva les yeux de son verre de bière.

45 « Ça rentre par une oreille, et ça sort par l'autre, bou-
gonna-t-il. Qui s'intéresse à ces salades ? »

Hank rit. « Et alors, à quoi sert un bar, si c'est pas quand y'en
a ras le bol ? »

Les hommes qui regardaient le match de hockey fermèrent la
50 télévision. « Match à la gomme, commenta l'un.

– Minable, renchérit l'autre.

– C'est un ami de Bill Lufts. » Le barman désignait Hank de la tête.

« Les Watkins, fit le plus grand.

– Pete Lerner, mentit Hank.

– Joe Reynolds, ajouta spontanément le plus grassouillet. Où est-ce que vous travaillez, Pete ?

– Dans une boîte d'appareils sanitaires, dans le New Hampshire. J'vais à New York chercher des pièces. Dites, je vous offre une tournée ? »

Une heure passa. Hank apprit que Joe et Les étaient vendeurs dans un magasin de vente au rabais sur la Route 7. Arty réparait les voitures. Le cadre chauve, Allan Kroeger, travaillait dans une grosse agence de publicité.

Un grand nombre d'habitués n'étaient pas venus ce soir à cause du mauvais temps. Bill Finelli, par exemple ; et Don Branningan. Quant à Charley Pincher, il s'amenait toujours vers cette heure-ci d'habitude, mais il faisait partie de la troupe du Petit Théâtre avec sa femme, et ils répétaient probablement une nouvelle pièce en ce moment.

Le taxi de Kroeger arrivait. Les Watkins allait raccompagner Joe et ils demandèrent leur addition. Arty s'apprêtait à partir. Le barman repoussa sa monnaie. « C'est pour moi, dit-il, vous allez nous manquer.

– C'est vrai, ajouta Les. Bonne chance, Arty. Donne-nous de tes nouvelles.

– Merci. Si ça ne marche pas, je reviendrai et je prendrai un job chez Shaw. Il me tanne toujours pour que je vienne travailler avec lui.

80   – Normal, dit Les. Il sait reconnaître un bon mécanicien.

– Où est-ce que vous allez ? demanda Hank.

– Rhode Island[1] – dans la ville de Providence.

– Dommage que tu puisses pas dire au revoir à Bill », observa Joe.

85   Arty laissa échapper un rire cynique. « Rhode Island, c'est pas l'Arizona[2], dit-il. Et je reviendrai. Bon, mieux vaut aller se coucher. Je préfère pas traîner demain matin. »

Allan Kroeger se dirigea d'un pas vacillant vers la porte. « Arizona, dit-il, le pays du désert peint. » Les quatre hommes 90 sortirent ensemble, laissant s'engouffrer une bouffée d'air glacial.

Hank observa plus spécialement le départ d'Arty. « Cet Arty, dit-il, c'est un ami de Bill Lufts ? »

Le barman secoua la tête. « Bof, tout ce qui a des oreilles est 95 un ami de Bill quand il a bu son compte. Vous connaissez ça. Ce que disent les types, c'est que la femme de Bill lui rebat les oreilles toute la sainte journée, et lui, le soir, il vient ici rebattre celles des autres.

– Je vois. » Hank repoussa son verre sur le comptoir. 100 « Prenez-en un pour vous.

---

1. Petit État du Nord-Est des États-Unis.
2. État du Sud-Ouest des États-Unis.

« — C'est pas de refus. J'le fais généralement pas pendant le boulot, mais y'a plus un chat par ici. Foutue nuit quand même. À vous donner la chair de poule. C'est sûrement ce qu'ils pensent tous. Ce gosse, Thompson, vous savez. Sa mère habite à deux rues d'ici. »

Les yeux d'Hank se rétrécirent. « C'est ce qui arrive quand vous assassinez les gens », avança-t-il.

Le barman hocha la tête. « Personne peut imaginer ce gosse en train de tuer qui que ce soit. Sûr qu'il a déjà perdu la tête une fois ; alors, c'est peut-être possible. Ils disent qu'il y a des tueurs drôlement mauvais qu'ont l'air normaux comme ça.

— J'ai entendu dire ça aussi.

— Vous savez, Bill et sa bonne femme habitent dans la maison de cette femme qui a été assassinée – Nina Peterson.

— Ouais, je sais.

— Ils ont été salement secoués. Dora Lufts travaillait chez les Peterson depuis pas mal d'années. Bill dit que le petit se remet pas, pleure tout le temps, fait des cauchemars.

— C'est vache, acquiesça Hugh.

— Bill et sa bonne femme ont envie d'aller en Floride. Ils poireautent en espérant que le père du gosse va se remarier. Il sort avec une journaliste ; une fille très belle, dit Bill. Elle devait venir chez Peterson la nuit dernière.

— Ah ! oui ?

— Ouais. Le petit est vachement froid avec elle ; sans doute peur qu'elle remplace sa mère. Les gosses sont comme ça.

– Je sais.

– Le père est rédacteur en chef de *L'Événement,* vous savez, le nouveau magazine, celui qui a juste deux ans. Entendu dire qu'il a mis le paquet là-dedans. Seconde hypothèque qu'on appelle ça. Mais ça commence à marcher maintenant. Bon. Je crois que je vais fermer. C'est certain que plus personne va venir ce soir. Un autre verre ? »

Hank réfléchit. Il avait besoin de renseignements. Il n'y avait pas de temps à perdre. Il posa son verre, prit son portefeuille et sortit son insigne. « F.B.I. », dit-il.

Une heure plus tard, il était de retour chez les Peterson. Après avoir consulté Hugh, il appela le F.B.I. à Manhattan. S'assurant que la porte du bureau était bien fermée, il parla à voix basse au téléphone. « Hughie avait raison. Bill est une vraie commère. Tout le monde au Mill Tavern savait depuis deux semaines qu'il devait sortir la nuit dernière avec sa femme, que Peterson avait une réunion tardive et que Sharon devait venir. Le barman m'a donné une liste de dix habitués qui parlent toujours avec Bill. Certains étaient là ce soir. Ils ont tous l'air d'être en règle. Vous pourriez cependant vérifier Charley Pincher ; lui et sa femme font du théâtre, l'un des deux pourrait imiter une voix qu'ils ont entendue il y a deux ans. Il y a un certain Arty Taggert qui se tire demain à Rhode Island. Paraît inoffensif. Deux vendeurs, Les Watkins et Joe Reynolds – pas de temps à perdre avec eux. Voilà le reste des noms… »

Quand il eut terminé sa liste, il ajouta : « Autre chose, Bill

Lufts a raconté à tout le bar l'histoire du placement il y a moins d'un mois ; il avait entendu Peterson en parler à son comptable. Donc, tout le monde au Mill Tavern et Dieu sait encore qui était au courant. Bon, j'arrive avec la cassette. Avez-vous joint John Owens ? »

Il raccrocha, se dirigea pensivement vers le salon. Hugh Taylor et Steve parlaient doucement. Steve enfila son manteau. Il était presque minuit, l'heure d'aller à son rendez-vous avec Renard.

31

Lally était tellement furieuse contre les intrus qu'elle lâcha toute l'histoire quand elle retrouva Rosie dans la salle d'attente et s'en repentit immédiatement. « C'est mon endroit à moi », conclut-elle maladroitement. Que pourrait-elle donner comme excuse à présent si Rosie voulait partager la pièce avec elle ? Elle ne pourrait pas la laisser faire. Elle ne le pourrait pas.

Elle n'avait pas besoin de s'inquiéter. « Tu veux dire que tu dors en bas, dans Sing-Sing ? s'exclama Rosie abasourdie. Tu ne m'y emmènerais pas pour un empire. Tu sais bien que j'ai horreur des chats. »

Bien sûr. Elle n'y avait pas pensé. Rosie avait peur des chats, elle traversait la rue plutôt que d'en croiser un.

« Eh bien, tu me connais, fit Lally. Moi, je les aime. Pauvres petites choses affamées. Il y en a plus dans ce tunnel que partout ailleurs », exagéra-t-elle. Rosie frémit.

« Donc, je pense que ces deux-là s'y sont installés, termina Lally, et je vais faire déguerpir la fille quand il sera parti. »

Rosie était plongée dans ses pensées. « Suppose que tu te trompes, suggéra-t-elle. Suppose qu'il soit là. Tu as dit qu'il avait l'air mauvais.

— Plus que mauvais. Peut-être, peut-être pourrais-tu m'aider à le tenir à l'œil. » Rosie adorait les intrigues. Elle eut un large sourire qui découvrit ses dents jaunes et toutes cassées. « Bien sûr. »

Elles finirent leur café, recueillirent soigneusement les restes de beignets dans leur sac à provisions, et se dirigèrent vers le niveau inférieur.

« Ça peut prendre du temps, se tracassa Lally.

– Pas d'importance, sauf que c'est Olendorf aujourd'hui », dit Rosie.

C'était l'un des gardes les plus sévères. Inutile de compter sur lui pour laisser les habitués traîner dans la gare ; il passait son temps à les pourchasser, à surveiller s'ils ne mendiaient pas ou s'ils ne laissaient pas de détritus.

Avec un peu d'appréhension, elles s'installèrent près de la vitrine d'une librairie. Le temps passait. Elles attendaient presque sans bouger. Lally avait une histoire toute prête si Olendorf la repérait. Elle dirait qu'elle avait une amie qui venait à New York et qu'elle lui avait promis de l'attendre là.

Mais le garde les ignorait. Lally commençait à avoir des élancements dans les jambes. Elle allait suggérer à Rosie d'abandonner leur faction quand un flot de gens monta les escaliers du quai de Mount Vernon. L'un d'entre eux avait des cheveux noirs, une démarche mécanique.

Elle agrippa le bras de Rosie. « C'est lui, s'écria-t-elle. Regarde, il va vers les escaliers, il a un pardessus marron, un pantalon vert. »

Rosie plissa les yeux. « Oui, oui, je le vois.

– Maintenant, je peux descendre », jubila Lally.

Rosie hésita. « Pas avec Olendorf dans le coin. Il regarde justement par ici. »

Mais rien ne pouvait dissuader Lally. Elle attendit de voir Olendorf partir déjeuner, et se faufila sur le quai. Le train de 12 h 10 se remplissait ; elle savait qu'on ne la remarquerait pas. Elle disparut de l'autre côté de la voie, descendit la rampe aussi vite que le lui permettaient ses genoux pleins de rhumatismes. Elle ne se sentait vraiment pas bien. C'était l'hiver le plus dur qu'elle ait connu. L'arthrite s'était mise dans son dos à présent, et dans la plante des pieds. Elle avait mal partout. Elle n'avait plus qu'une envie, s'étendre et se reposer sur son propre lit. Elle allait faire déménager la fille dans les deux minutes.

« Ma petite, lui dirait-elle, les flics sont prévenus. Ils viennent vous arrêter. Filez et avertissez votre petit ami. »

Ça marcherait.

Elle avança à pas traînants devant les générateurs, les tuyaux d'égouts. Au bout se dessinait le tunnel, sombre et silencieux.

Elle leva les yeux vers la porte de sa pièce et sourit de contentement. Encore huit pas et elle était au bas des escaliers. Elle fit glisser les poignées de son sac sur son bras, extirpa la clé de sa veste. De l'autre main, elle s'accrocha à la rampe et se hissa sur les marches.

« Où allez-vous comme ça, Lally ? » La voix était sèche. Lally laissa échapper un cri de frayeur et faillit tomber à la renverse. Elle reprit son équilibre et, pour gagner du temps, se retourna lentement avant de faire face à la silhouette menaçante d'Olendorf. Ainsi, il l'avait gardée à l'œil, juste comme le craignait Rosie ; il avait essayé de l'avoir en faisant semblant d'aller déjeuner. Elle fit glisser subrepticement la clé dans son sac. L'avait-il vue ?

« Je vous ai demandé où vous alliez, Lally ? »

Près d'elle, les générateurs vrombissaient. Un train s'engageait en hurlant sur un quai quelque part au-dessus de sa tête. Elle restait sans un mot, impuissante.

Soudain, un crachement strident, un miaulement féroce, jaillit d'un coin d'ombre. Et l'inspiration frappa Lally. Les chats ! D'une main tremblante, elle désigna les formes squelettiques et fuyantes. « Regardez, ils sont affamés ! J'étais venue leur apporter quelque chose à manger. J'allais le leur donner. » Elle tira vivement de son sac la serviette déchirée pleine des restes de beignets.

Le garde jeta un œil dégoûté sur le vieux chiffon graisseux, mais sa voix était un peu moins hostile quand il continua. « Je suis désolé pour eux, mais vous n'avez rien à faire ici, Lally. Jetez-leur votre fourbi et fichez-moi le camp. » Son regard la dépassa, monta le long des escaliers, s'attarda pensivement sur la porte de la pièce. Le cœur de Lally battait à tout rompre. Elle ramassa son sac, clopina à la rencontre des chats, leur secoua les quelques miettes, et les regarda se ruer dessus.

« Vous voyez comme ils ont faim. » Elle tentait de l'amadouer. « Vous avez des chats chez vous, monsieur Olendorf ? » Elle faisait mine de partir, espérant qu'il la suivrait. Si jamais il entrait dans la pièce avec son passe-partout ? S'il y trouvait la fille, ils changeraient sûrement la serrure, peut-être même la condamneraient-ils.

Il hésita, haussa les épaules, se décida à la suivre. « J'en avais,
105 mais ma femme ne veut plus de chats, plus depuis qu'on a
perdu celui dont elle était folle. »

De retour dans la salle d'attente, Lally réalisa que son cœur
battait encore violemment. Voilà. Une fois de plus, elle ne pouvait pas se rendre dans sa pièce. Il faudrait attendre ce soir,
110 quand Olendorf rentrerait chez lui. Rendant grâce aux chats
d'avoir fait tout leur ramdam, elle fouilla dans une poubelle et
s'empara de vieux numéros de magazines et de journaux chif-
fonnés.

BIEN LIRE

CHAPITRE 31
• Qui est à présent également au courant de l'occupation de la
cachette de Lally ?
• Lally rend grâce aux chats d'avoir fait du bruit. Est-ce tragique ou
comique ?

32

Neil savait que Sharon avait mal. Elle ne s'était pas moquée de lui en disant qu'elle était tombée. L'homme devait l'avoir poussée. Il voulait parler, mais le bâillon était si serré sur sa bouche qu'il n'y arrivait pas. Il était bien plus serré qu'avant. Il voulait dire à Sharon qu'il la trouvait très courageuse d'avoir tenté d'attaquer l'homme. Neil avait eu trop peur pour l'attaquer quand il avait fait mal à maman. Mais même Sharon, qui était presque aussi grande que l'homme, n'était pas assez forte pour le battre.

Sharon lui avait dit qu'elle allait essayer de prendre le revolver de l'homme. Elle avait dit : « N'aie pas peur si tu m'entends lui dire que je vais te laisser. Je ne te laisserai pas. Mais si j'arrive à prendre ce revolver, nous pourrons peut-être le forcer à nous faire sortir. Nous nous sommes trompés tous les deux et nous sommes les seuls qui puissions sauver Ronald Thompson. »

La voix de Sharon faisait un drôle de bruit enroué quand elle parlait, tout comme la sienne, mais il avait quand même réussi à lui raconter... que Sandy disait qu'il aurait dû défendre maman ; qu'il rêvait tout le temps de ce jour ; que Sandy disait que les Lufts allaient probablement l'emmener en Floride ; que les enfants lui demandaient s'il voulait que Ronald Thompson grille.

Même s'il avait du mal à parler à travers le bâillon, il respirait mieux après. Il comprenait ce que voulait dire Sharon. On allait tuer Ronald Thompson pour avoir attaqué maman et ce n'était pas lui qui l'avait fait. Mais Neil avait dit que c'était lui. Neil n'avait pas voulu mentir. C'était ce qu'il avait essayé de dire à papa dans le message.

Maintenant, il devait s'appliquer à respirer très lentement par le nez et il ne fallait pas pleurer ou avoir peur, car cela l'empêchait de respirer.

Il faisait froid et ses bras et ses jambes lui faisaient si mal. Pourtant quelque chose en lui avait cessé de le faire souffrir. Sharon allait trouver un moyen de les faire sortir d'ici, d'échapper à l'homme, et ils pourraient tout dire au sujet de Ronald. Ou alors papa viendrait les chercher, Neil en était sûr.

Il sentait le souffle de Sharon contre sa joue. Il avait la tête blottie dans son cou. Parfois, elle faisait un bruit curieux, comme si quelque chose lui faisait mal. Mais il se sentait mieux, recroquevillé contre elle. C'était comme lorsqu'il était petit et qu'il se réveillait au milieu de la nuit avec un cauchemar. Il allait dans le lit de papa et maman. Maman le prenait tout contre elle et disait : « Ne bouge plus », d'une voix endormie, et il se rendormait contre elle.

Sharon et papa s'occuperaient de lui. Neil se tortilla encore un petit peu plus près de Sharon. Il aurait voulu lui dire de ne pas s'inquiéter pour lui. Il allait prendre de longues et lentes inspirations par le nez. Ses bras lui faisaient si mal. Il essaya de ne plus y penser. Il fallait penser à quelque chose d'agréable…

la pièce au dernier étage et les trains Lionel que lui donnerait
Sharon.

33

« Pour l'amour du Ciel, chérie, il est presque minuit, laisse tomber. » Impuissant, Roger regarda Glenda secouer la tête. Le flacon de trinitrine sur la table de nuit était presque vide. Il était plein ce matin.

5 « Non. J'y arriverai. Je sais que j'y arriverai. Roger, écoute… essayons. Je vais te dire tout ce que j'ai fait le mois dernier. J'ai repris un jour après l'autre, mais je peux encore avoir oublié quelque chose. Si je tè le raconte, peut-être… »

Il savait qu'il était inutile de protester. Tirant une chaise près 10 du lit, il se concentra. Il avait des élancements dans la tête. Le médecin était revenu et s'était fâché en voyant l'état d'agitation dans lequel se trouvait Glenda. Bien sûr, ils n'avaient pas pu lui expliquer pourquoi elle était si nerveuse.

Le médecin avait voulu lui faire une piqûre, mais Roger 15 savait qu'elle ne lui aurait jamais pardonné s'il l'avait laissé faire. Maintenant, devant la pâleur de ses traits, et le bleu violacé significatif de ses lèvres, il se rappelait le jour où elle avait eu son infarctus… « Nous faisons l'impossible, monsieur Perry… elle est entre la vie et la mort… il serait prudent d'avertir vos fils. »

20 Mais elle s'en était sortie. Ô Dieu, si Neil sait quelque chose, faites qu'elle se souvienne, pria Roger. Faites que je puisse l'aider à se souvenir. Si Neil et Sharon meurent et que Glenda s'aperçoit trop tard qu'elle aurait pu les sauver, elle en mourra elle aussi.

Que ressentait Steve en ce moment même ? Il serait bientôt l'heure pour lui de partir pour New York avec la rançon.

Et la mère de Ronald Thompson, que pensait-elle ? Souffrait-elle le même martyre ? Bien sûr que oui.

Et Sharon, et Neil ? Avaient-ils peur ? Les avait-on maltraités ? Étaient-ils encore en vie ou était-il déjà trop tard ?

Et Ronald Thompson ? Au cours du procès, Roger n'avait pu s'empêcher de penser combien il ressemblait à Chip et Doug au même âge. Ses deux fils étaient étudiants quand ils avaient dix-neuf ans. Chip à Harvard, Doug à l'université de Michigan. C'est là où doivent être les enfants de dix-neuf ans, à l'Université, pas dans une cellule de condamné à mort.

« Roger. » La voix de Glenda était exceptionnellement calme. « Si tu faisais une sorte de tableau de chaque journée, 9 heures, 10 heures… quelque chose comme ça ; cela pourrait m'aider à retrouver ce que j'oublie. Il y a un bloc de papier sur mon bureau. »

Il prit le bloc. « Bon, fit-elle. Je suis sûre d'hier et de dimanche, ne perdons pas de temps avec ces deux jours-là. Commençons par samedi… »

34

« Pas de questions, monsieur Peterson ? Vous êtes sûr que tout ira bien ? » Hugh et Steve étaient dans l'entrée. Steve tenait à la main la lourde valise contenant l'argent de la rançon.

« Je crois. » La voix de Steve était calme, presque monocorde. Au cours des dernières heures, la fatigue s'était dissipée ; un engourdissement irrésistible avait anesthésié angoisse et souffrance. Il se sentait capable de penser avec clarté, abstraction même. Il était en haut de la colline et dominait le drame, spectateur autant qu'acteur.

« Bon. Répétez encore une fois. » Hugh décelait les symptômes chez Steve. Peterson était au bout du rouleau. Il était déjà complètement bouleversé, bien sûr. Mais cette histoire de cassette avec l'imitation de la voix de sa femme l'avait achevé. Et le pauvre garçon qui croyait dur comme fer que c'était elle. Quelle façon dégueulasse et tordue d'essayer de relier le kidnapping à la mort de Nina. Hugh avait repéré deux autres détails ; Sharon demandait à Steve de lui pardonner. Et Neil disait : « Sharon prend soin de moi. » N'était-ce pas la preuve qu'il s'agissait d'un coup monté ?

Était-ce un coup monté ?

John Owens pourrait peut-être les aider. On l'avait retrouvé et Hugh devait le rejoindre au quartier général du F.B.I. à New York.

Steve répétait : « Je vais directement à la cabine téléphonique de la Cinquante-neuvième rue. Si j'arrive en avance, j'attends dans la voiture. Un peu avant 2 heures, je sors et je me rends dans la cabine. Je serai sans doute dirigé vers un autre téléphone. J'y vais. Espérons ensuite que j'aurai un contact direct et que je remettrai la valise au kidnappeur. Après l'avoir quitté, je me rends au F.B.I., sur la Soixante-neuvième rue et la Troisième avenue. Vous m'y attendez pour sortir les caméras de la voiture et développer les films.

– C'est ça. Nous vous filerons à distance. L'émetteur dans votre voiture nous informera de vos mouvements. L'un de nos hommes vous attend. Il vous suivra sur l'autoroute pour s'assurer que vous n'aurez ni panne ni retard. Monsieur Peterson… » Hugh tendit la main : « Bonne chance.

– Chance ? » Steve s'étonna du mot comme s'il l'entendait pour la première fois. « Je penserai plutôt à cette vieille malédiction du Wexford. Vous la connaissez, peut-être ?

– Je ne crois pas.

– Je ne m'en souviens pas parfaitement, mais c'est à peu près ceci : "Que le renard bâtisse son terrier dans ton foyer. Que la lumière s'efface de tes yeux et que jamais plus tu ne voies ce que tu aimes. Que la boisson la plus douce te soit la plus amère des coupes de chagrin…" Ce n'est pas tout, mais cela résume assez bien. Plutôt de circonstance, non ? »

Sans attendre la réponse, Steve s'éloigna. Hugh regarda la Mercury sortir de l'allée, tourner à gauche vers l'autoroute. *Que le renard bâtisse son terrier dans ton foyer.* Dieu vienne en aide à ce pauvre Peterson. Secouant la tête pour chasser une impression de fatalité, Hugh enfila son manteau. Aucune des voitures du F.B.I. n'était dans l'allée. Tous les agents passaient par la porte de derrière, traversant l'hectare de bois désert qui entourait la propriété de Steve. Ils avaient garé leurs voitures sur le chemin tracé à travers bois lorsque les égouts avaient été installés. De la rue, elles étaient invisibles.

John Owens tirerait peut-être quelque chose de la cassette envoyée par le kidnappeur. Ancien agent du F.B.I., John avait perdu la vue il y a vingt ans et il avait cultivé une ouïe tellement fine qu'il était capable d'interpréter des bruits de fond sur les enregistrements avec une précision remarquable. On faisait toujours appel à lui chaque fois que se présentait ce genre de preuve. Ensuite, comme d'habitude, la cassette serait soumise aux tests de laboratoire ; mais cela prendrait des jours.

Sans donner de raison, Hugh avait questionné Steve sur Nina : famille de la grande bourgeoisie de Philadelphie[1], quatrième génération. Nina avait été élevée dans un pensionnat en Suisse, le collège de Bryn Mawr. Ses parents passaient la plus grande partie de leur temps dans leur propriété de Monte-Carlo[2]. Hugh se souvenait de les avoir rencontrés lors des funérailles de leur fille. Ils étaient venus par avion, pour le service religieux et l'enterrement ; avaient à peine adressé la parole à Steve. Un couple de patates froides, s'il en est !

---

1. Port de l'État de Pennsylvanie situé au Sud de New York.
2. Quartier de la principauté de Monaco situé au Sud de la France.

Mais ces renseignements suffiraient sans doute à Owens pour détecter si la voix était réellement celle de Nina ou une imitation. Hugh ne doutait guère du résultat.

L'autoroute Merritt avait été sablée et, bien que la neige continuât à tomber, Steve conduisait plus facilement qu'il ne s'y attendait. Il avait craint que le ravisseur n'annulât son rendez-vous si les routes étaient dangereuses. À présent, il était certain de le rencontrer, d'une façon ou d'une autre.

Il se demandait pourquoi Hugh l'avait interrogé sur le passé de Nina. Il n'avait demandé que quelques renseignements de base. « Dans quel collège votre femme faisait-elle ses études, monsieur Peterson ? Où a-t-elle été élevée ?

– Au collège de Bryn Mawr. » Ils s'étaient rencontrés alors qu'ils étaient tous les deux étudiants. Il était à Princeton. Cela avait été le coup de foudre. Vieux jeu, mais vrai.

« Sa famille est la quatrième génération d'une grande famille de Philadelphie. » Steve les avait scandalisés. Ils voulaient que Nina épouse quelqu'un de son rang, comme ils disaient. Quelqu'un de bonne famille, fortuné, sortant d'un collège privé. Pas un étudiant de rien du tout qui servait à table à l'auberge Nassau pour payer ses études, qui sortait de l'école publique de Christopher Columbus dans le Bronx.

Seigneur, ils s'étaient montrés redoutables quand Nina et lui sortaient ensemble. Il avait dit à Nina : « Comment fais-tu pour être *leur* fille ? » Elle était si drôle, si intelligente, si simple. Ils

100 s'étaient mariés juste après leur diplôme. Puis il était parti faire son service militaire et on l'avait envoyé au Viêt Nam. Ils ne s'étaient pas vus pendant deux ans. Il avait fini par obtenir une permission et elle était venue le rejoindre à Hawaii. Qu'elle était belle, dévalant les marches de la passerelle de l'avion, se
105 précipitant dans ses bras !

Une fois démobilisé, il avait passé un doctorat de journalisme à Columbia[1]. Puis il était entré à *Time*, ils s'étaient installés dans le Connecticut, et elle avait attendu Neil.

Il lui avait acheté la Karman Ghia, après la naissance de Neil,
110 et on aurait dit qu'il lui offrait une Rolls. C'était son père, bien sûr, qui avait une Rolls.

Il avait vendu la voiture de Nina, une semaine après les obsèques. Il ne supportait plus de la voir près de la Mercury dans le garage. Le soir où il l'avait retrouvée morte, il avait
115 voulu examiner la voiture, en dépit de tout espoir. « Ton insouciance te tuera ! » Mais le pneu réparé avait été remis sur la roue avant ; la roue de secours était dans le coffre. Si elle n'avait pas pris la peine de changer de pneu ce jour-là, cela aurait signifié qu'elle n'attachait pas d'importance à son irritation.

120 Nina, Nina, pardonne-moi.

Sharon. Elle lui avait redonné le goût de vivre. Grâce à elle l'accablement et la douleur s'étaient peu à peu dissipés, comme fond la glace au dégel du printemps. Ces six derniers mois

---

1. Capitale de l'État de Caroline du Sud, situé au Sud-Est des États-Unis. L'université de Columbia est très réputée.

avaient été si doux. Il s'était mis à croire en une seconde chance de bonheur.

On ne tombe pas amoureux la première fois que l'on rencontre quelqu'un. Il avait trente-quatre ans et non plus vingt-deux.

Et pourtant !

Leur première rencontre à cette émission de télévision. À la fin de l'interview, ils étaient sortis ensemble du studio et étaient restés à bavarder devant l'immeuble. Il ne s'intéressait plus, même de loin, à aucune femme depuis la mort de Nina, mais ce matin-là, il avait eu envie de retenir Sharon. Il était attendu à une réunion et ne pouvait lui proposer de prendre un petit déjeuner avec lui. Il s'était finalement lancé : « Écoutez, je suis pressé ce matin, mais si nous dînions ensemble ce soir ? »

Sharon avait accepté, très vite, comme si elle attendait cette proposition. La journée lui avait paru interminable avant qu'il ne sonne à sa porte. À cette époque, leur discussion sur la peine capitale était plus idéologique que personnelle. Ce n'est que lorsque Sharon s'était aperçue qu'elle ne pouvait plus sauver Ronald Thompson qu'elle s'était tournée contre lui.

Il était sur l'autoroute de Cross County. Ses mains manœuvraient toutes seules, choisissant la route à suivre sans qu'il en fût conscient.

Sharon. C'était si bon de parler de nouveau à quelqu'un, au cours d'un dîner, lors d'un dernier verre chez elle. Elle comprenait les problèmes que pose le lancement d'un nouveau maga-

150 zine, la bataille pour trouver des annonceurs, pour augmenter la diffusion. Un vrai sujet de conversation sur l'oreiller, plaisantait-il.

Il avait quitté *Time* et était entré à *L'Événement* peu de mois avant la mort de Nina. Un vrai coup de poker. Il gagnait très 155 bien sa vie à *Time*. C'était, pour beaucoup, une question d'amour-propre. Il allait coopérer à la création du meilleur magazine du pays. Il allait devenir riche, le crack des rédacteurs en chef. Et montrer ce qu'il valait au père de Nina. Il lui ferait ravaler ses paroles.

160 Les parents de Nina lui avaient reproché sa mort. « Si elle avait habité une maison comme il faut, une maison bien gardée, avec un personnel suffisant, rien ne serait arrivé », avaient-ils déclaré. Ils avaient voulu emmener Neil en Europe. Neil, avec ces deux-là !

165 Neil. Le pauvre petit. Tel père, tel fils. La mère de Steve était morte quand il avait trois ans. Il ne se souvenait pas d'elle. Son père ne s'était jamais remarié. C'était une erreur. Steve avait grandi sans mère. Il se rappelait, il avait sept ans, une maîtresse remplaçante dans sa classe leur avait fait dessiner des cartes 170 pour la fête des mères.

À la fin de la journée, elle avait remarqué que Steve n'avait pas mis la sienne dans son cartable. « Tu ne vas pas la laisser là, n'est-ce pas ? avait-elle demandé. Ta maman sera si heureuse de l'avoir dimanche. »

175 Il l'avait déchirée et s'était enfui de la classe.

Il ne voulait pas de ça pour Neil. Il voulait que Neil grandisse dans une maison heureuse, une maison avec des frères et des sœurs. Il ne voulait pas vivre comme son père, qui était resté seul, uniquement occupé par Steve, se vantant dans tout le bureau de poste d'avoir un fils à Princeton. Un homme seul dans un appartement solitaire. Un matin, il ne s'était pas réveillé. Ne le voyant pas à son travail, on était allé voir chez lui. Et on était venu chercher Steve en classe.

C'était peut-être la raison pour laquelle il avait pris cette position sur la peine capitale ces dernières années.

Parce qu'il savait comment vivent les gens âgés et pauvres, combien ils sont démunis. Parce qu'il était malade à l'idée que l'un d'eux puisse être sauvagement assassiné par des gangsters.

La valise était sur le siège avant à côté de lui. Hugh lui avait assuré qu'il était impossible de détecter le dispositif électronique. Au fond, il était content de les avoir laissés équiper la voiture.

À 1 h 30, Steve sortit du périphérique de West Side sur la Cinquante-septième rue. À deux heures moins vingt, il était garé face à la cabine téléphonique devant Bloomingdale. À deux heures moins dix, il sortit de la voiture et, insoucieux de l'humidité et du vent glacé, il attendit dans la cabine.

À 2 heures précises, le téléphone sonna. Le même murmure rauque lui indiqua de se rendre immédiatement au téléphone public dans la Quatre-vingt-seizième rue au coin de l'avenue Lexington.

À 2 h 15, ce dernier téléphone sonna. Steve reçut l'ordre de

traverser le pont de Triborough, de prendre l'autoroute de
Grand Central vers la sortie du périphérique de Brooklyn
Queens. Il prendrait ensuite le périphérique de Brooklyn
205 Queens jusqu'à Roosevelt Avenue, tournerait à gauche au premier bloc et se garerait immédiatement Il devait éteindre ses
phares et attendre. « N'oubliez pas l'argent. Soyez seul. »

Fiévreusement, Steve griffonna et répéta les instructions. Le
ravisseur raccrocha.

210 À 2 h 35, il sortait du Brooklyn Queens sur Roosevelt
Avenue. Une grosse limousine était garée au milieu du pâté de
maisons, de l'autre côté de la rue. En la dépassant il tourna légèrement le volant, espérant que les caméras cachées pourraient
relever la marque et le numéro d'immatriculation ; puis il s'ar-
215 rêta le long du trottoir et attendit.

La rue était sombre. Des barres et des chaînes protégeaient
les portes et les fenêtres des vieux magasins miteux ; la voie ferrée aérienne masquait les lumières de la rue ; la neige obstruait
le reste de visibilité.

220 L'émetteur permettait-il aux agents du F.B.I. de suivre sa
trace ? Et s'il ne fonctionnait plus ? Il n'avait remarqué aucune
voiture derrière lui. Il est vrai qu'ils avaient dit qu'ils ne voulaient pas rester trop près.

Un coup heurta la porte du conducteur. Steve tourna la tête,
225 la bouche sèche. Une main gantée lui faisait signe de baisser la
vitre. Il tourna la clé de contact, appuya sur le bouton de la
glace électrique.

« Ne me regardez pas, Peterson. »

Mais il avait eu le temps d'entrevoir un pardessus marron, une tête masquée d'un bas. Quelque chose atterrit sur ses genoux, une sorte de gros sac de toile – un sac de marin. Il sentit un pincement au creux de son estomac. L'homme n'avait pas l'intention de lui demander la valise avec l'émetteur. C'était certain.

« Ouvrez la valise et mettez l'argent dans le sac. Vite. »

Steve essaya de gagner du temps. « Comment saurai-je si vous me renverrez Neil et Sharon sains et saufs ?

– *Remplissez le sac !* » Une note aiguë perçait dans la voix. L'homme était terriblement nerveux. S'il s'affolait et s'échappait avec l'argent, il était capable de tuer Neil et Sharon. Steve prit à tâtons les paquets de billets dans la valise et les enfourna dans le sac.

« Fermez-le. »

Il tira sur les cordons, serra, fit un nœud.

« Passez-le-moi. Ne me regardez pas. »

Il regarda droit devant lui. « Et mon fils, et Sharon ? »

Deux mains gantées entrèrent par la fenêtre, se saisirent du sac. Les gants. Il essaya de les détailler. Raides, imitation bon marché du cuir, gris anthracite ou marron foncé. Grande taille. Le bord du pardessus était élimé ; des bouts de fils dépassaient.

« Vous regardez, Peterson. » La voix du ravisseur était précipitée, presque tremblante. « Ne partez pas d'ici avant un quart d'heure. Souvenez-vous, un quart d'heure. Si je ne suis pas suivi

et si l'argent est au complet, vous saurez où retrouver votre fils
255 et Sharon à 11 h 30, ce matin. »

11 h 30. La minute exacte de l'exécution de Ronald
Thompson. « Avez-vous quelque chose à voir avec la mort de
ma femme ? » explosa Steve.

Il n'y eut pas de réponse. Il attendit, tourna la tête prudem-
260 ment. L'homme avait filé. De l'autre côté de la rue, une voiture
démarrait.

Sa montre marquait 2 h 38. Le rendez-vous n'avait pas duré
trois minutes. Était-il surveillé ? Y avait-il un observateur sur le
toit d'un immeuble, prêt à signaler s'il bougeait ? Maintenant,
265 le F.B.I. ne pouvait plus repérer où allait la valise. Et s'il partait
plus tôt ?

Non.

À 2 h 53, Steve fit demi-tour et prit la direction de
Manhattan. À 3 h 10, il était au quartier général du F.B.I. du
270 coin de la Soixante-neuvième rue et de la Troisième avenue.
Des agents au visage sévère se précipitèrent sur sa voiture et se
mirent à démonter les phares. C'est un Hugh au regard sombre
qui écouta les explications de Steve tandis qu'ils montaient au
douzième étage. Là, on lui présenta un homme aux cheveux
275 blancs de neige, dont les lunettes noires ne dissimulaient pas
l'air patient et intelligent.

« John a étudié les cassettes, expliqua Hugh. Vu la qualité de
la voix et un certain écho, il conclut que Sharon et Neil se trouvent dans une pièce froide et à peu près vide, d'environ trois

mètres sur sept. Ce peut être le sous-sol d'une gare de marchandises ; il y a un bruit sourd et continu de trains qui entrent
et sortent pas très loin. »

Steve était médusé.

« Je serai en mesure d'être beaucoup plus précis un peu plus
tard, dit l'aveugle. Il n'y a pas de mystère à cela. Il suffit d'écouter avec la même intensité que vous mettez à étudier un spéci-
men sous un microscope. »

Une pièce froide, presque vide. Une gare de marchandises.
Steve jeta un regard accusateur vers Hugh. « Et que devient
votre théorie selon laquelle Sharon a pu tout manigancer ?

— Je n'en sais rien, avoua simplement Hugh.

— Monsieur Peterson, à propos de la dernière voix sur la cassette » ; John Owens semblait hésiter, « est-ce que par hasard le
français aurait été la langue maternelle de votre femme, au lieu
de l'anglais ?

— Non. Sûrement pas. Elle a été élevée à Philadelphie avant
d'aller dans un pensionnat à l'âge de dix ans. Pourquoi ?

— Il y a une intonation dans cette voix qui pour un expert
laisse supposer que l'anglais n'est pas sa langue maternelle.

— Un instant ! Nina m'avait dit qu'elle avait eu une gouver-
nante française et que, petite fille, elle s'exprimait en fait mieux
en français qu'en anglais.

— C'est bien ce que je disais. Donc, il ne s'agit ni d'une
imposture, ni d'une imitation. Vous aviez raison en identifiant
la voix de votre femme.

– Bon. Je me suis trompé sur ce point, dit Hugh. Mais John dit que la dernière voix a sûrement été rajoutée à la cassette après l'enregistrement de la voix de Neil et de Sharon. Réfléchissez, monsieur Peterson. Celui qui a combiné cette
310 affaire en sait beaucoup sur votre vie personnelle. N'avez-vous jamais été à une soirée, chez des gens qui faisaient du cinéma d'amateur, et où quelqu'un aurait pu enregistrer les paroles de votre femme et en extraire ces quelques mots ? »

Steve avait du mal à se souvenir… il fronça les sourcils. « Le
315 club de golf. Quand on l'avait rénové et redécoré il y a quatre ans, ils avaient fait un film pour une fête de charité. Nina était la narratrice, elle passait d'une pièce à l'autre, expliquant ce qui avait été réalisé.

– Enfin, nous avançons maintenant, dit Hugh. Pourrait-elle
320 avoir utilisé ces mots-là dans le contexte de ce film ?

– C'est possible. »

Le téléphone sonna. Hugh s'en empara, se nomma, écouta avec attention. « Bon. Branchez-vous là-dessus ! » Il raccrocha brusquement ; il avait le regard d'un chasseur sur une nouvelle
325 piste. « Les choses commencent à s'éclaircir, monsieur Peterson, dit-il. Vous avez pris une photo très nette de la voiture et de sa plaque d'immatriculation. Nous la faisons rechercher. »

Le premier faible espoir qu'on lui offrait ! Alors, pourquoi ce nœud dans sa gorge qui l'étouffait toujours ? C'était trop facile ;
330 il avait un pressentiment ; ça ne marcherait pas.

John Owens tendit la main dans la direction de la voix de

Steve. « Monsieur Peterson, juste une question. J'ai l'impression que, s'il s'agit vraiment de votre femme sur la cassette, elle parle tout en ouvrant une porte. Connaîtriez-vous, par hasard, une porte qui ferait un léger grincement en s'ouvrant, un peu comme "eerkkk" ? » Son imitation d'un gond rouillé était étonnante.

Hugh et Steve se regardèrent. C'est une plaisanterie, pensa Steve hébété. C'est une farce, il est déjà trop tard pour tout le monde.

Hugh répondit pour lui. « Oui, John, dit-il. C'est exactement le bruit que fait la porte de la cuisine de M. Peterson quand on l'ouvre. »

35

Arty quitta le bar du Mill Tavern ; une inquiétude sourde le tenait en état d'alerte, dissipant l'extraordinaire impression d'infaillibilité qu'il ressentait jusqu'alors.

Il avait espéré rencontrer Bill Lufts dans le bar ; il n'aurait eu ⁵ aucun mal à le faire parler. Oh ! le petit est parti ? Où est-il allé ? Comment va M. Peterson ? Est-il resté seul ?

Il avait supposé que Peterson ne révélerait pas aux Lufts l'enlèvement de Neil et de Sharon ; il avait supposé que Peterson savait que les Lufts étaient incapables de tenir leur langue.

¹⁰ Donc, si Bill n'était pas là, cela voulait dire que Peterson avait prévenu les flics – non, pas les flics, le F.B.I.

Le type qui s'était fait appeler Pete Lerner, celui qui avait posé toutes ces questions, c'était un agent du F.B.I., Arty l'aurait juré.

¹⁵ Il engagea la Coccinelle vert sombre sur l'autoroute Merritt sud. L'angoisse inondait son front, ses aisselles et ses mains de sueur.

Douze années s'éclipsèrent. On le cuisinait au quartier général du F.B.I. à Manhattan. « Alors, Arty, le vendeur de journaux t'a vu partir avec la gosse. Où l'as-tu emmenée ?

²⁰ – Je l'ai mise dans un taxi. Elle disait qu'elle avait rendez-vous avec un type.

– Quel type ?

– Comment voulez-vous que je le sache ? Je lui portais son sac, c'est tout. »

Ils ne pouvaient rien prouver. Mais ils cherchaient. Bon Dieu, ça oui, ils cherchaient.

« Et les autres filles, Arty ? Regarde un peu ces photos. Tu traînes toujours autour de la gare routière municipale. De combien d'entre elles as-tu porté les sacs ?

– Je ne comprends pas ce que vous voulez dire. »

Ils allaient découvrir la vérité. Ça devenait dangereux. C'est alors qu'il avait quitté New York, s'était installé dans le Connecticut, et avait trouvé une place à la station-service. Et, il y a six ans, il avait pris le garage à Carley.

L'Arizona. C'était une belle gaffe. Pourquoi avoir dit : « Rhode Island, c'est pas l'Arizona » ? Le type qui se faisait appeler Pete Lerner ne l'avait sans doute pas remarqué mais c'était quand même une gaffe.

Ils n'avaient rien sur lui, à moins qu'ils ne se mettent à fouiller dans le passé, à moins qu'ils ne remontent au temps où ils le questionnaient sur la fille du Texas. « Venez chez moi au Village, lui avait-il proposé. J'ai des tas d'amis artistes qui vous prendront comme modèle. »

Mais ils n'avaient trouvé aucune preuve, pas plus qu'ils n'en avaient aujourd'hui. Rien. Il n'y avait eu aucun faux pas. Il en était sûr.

« *C'est là que vous habitez*, avait-elle demandé, *dans ce trou ?* »

L'autoroute de l'Hutchinson River succédait à l'autoroute de Merritt. Il suivit les panneaux qui indiquaient le pont de Throgs Neck. Il avait un plan ingénieux. C'était dangereux de

voler une voiture. Il y a toujours un risque que le propriétaire revienne au bout de dix minutes : que les flics soient prévenus avant que vous n'ayez parcouru vingt kilomètres. On ne devait voler une voiture qu'en étant certain que le propriétaire ne soit
55 pas dans les parages – qu'il est au cinéma, par exemple, devant un vieux film des années quarante, ou qu'il ait pris l'avion.

Les signaux avertisseurs clignotaient sur le pont de Throgs Neck. Verglas. Vent. Mais tout allait bien. Il était bon conducteur et cette nuit les trouillards étaient restés chez eux. Ce qui
60 lui faciliterait les choses plus tard.

À 11 h 20, il entrait dans le parking numéro cinq de l'aéroport de La Guardia, celui qui a des tarifs spéciaux pour les stationnements de longue durée.

Il prit un ticket au distributeur ; la barrière se leva et il par-
65 courut lentement le parking, prenant soin de rester hors de vue du caissier qui était à la sortie, près du péage automatique. Il trouva une place dans l'allée numéro neuf, entre une Chrysler et une Cadillac, derrière une Oldsmobile. Au milieu, la Coccinelle était toute petite et bien dissimulée.

70 Il s'appuya contre le dossier du siège et attendit. Quarante minutes passèrent. Deux voitures entrèrent dans le parking, l'une d'un rouge éclatant, l'autre une camionnette jaune. Toutes deux trop faciles à repérer. Il fut heureux de les voir ignorer les places vides à côté de lui et aller se garer plus loin
75 dans la dernière allée à gauche.

Une autre voiture entrait lentement. Une Pontiac bleu

sombre qui se gara trois rangs devant lui. Les phares s'éteignirent. Il regarda le conducteur sortir, faire le tour de la voiture et retirer une grosse valise du coffre. Ce type partait pour un bon moment.

Affalé dans la Volkswagen, le sommet de son crâne à hauteur du pare-brise, il épia l'homme et le vit claquer le coffre, soulever sa valise et se diriger vers l'arrêt de la navette le plus proche qui l'emmènerait à l'aérogare.

La navette arriva quelques minutes plus tard. Renard observa la silhouette qui grimpait dans le véhicule. La navette s'éloigna.

Lentement, calmement, il sortit de la Coccinelle et regarda autour de lui. Aucune lueur de phares. En quelques pas rapides, il fut à côté de la Pontiac. La seconde des clés qu'il essaya ouvrit la porte. Il monta dans la voiture.

Il y faisait confortablement chaud. Il mit le contact. Le moteur tourna presque sans bruit ; le réservoir était aux trois quarts plein.

Parfait.

Il n'avait plus qu'à attendre. Le gardien se méfierait s'il encaissait un ticket de moins de deux heures de stationnement dans ce parking. Mais il avait tout son temps et il voulait penser. Il s'enfonça dans le siège, ferma les yeux et l'image de Nina flotta devant lui : il la revoyait telle qu'elle était le premier soir où il l'avait rencontrée.

Il rôdait sur les routes, conscient qu'il n'aurait pas dû être dehors, qu'il était trop tôt après Jean Carfolli et Mme Weiss,

mais incapable de rester chez lui. Et il l'avait vue. La Karman Ghia était rangée sur le côté de la route 7 dans un endroit
105 calme, solitaire. Il prit la petite silhouette mince dans ses phares. Les cheveux noirs. Les mains menues qui se débattaient avec le cric. Les grands yeux marron effrayés en le voyant s'approcher lentement et se garer. Elle se rappelait sans doute tout ce que l'on racontait sur les meurtres de l'homme de l'auto-
110 route.

« Est-ce que je peux vous aider, madame ? C'est pas facile pour vous, mais c'est mon boulot. Je suis garagiste... »

L'inquiétude avait disparu du regard. « Oh ! formidable ! avait-elle dit. Je ne vous cacherai pas que j'étais un peu
115 anxieuse... ce n'est pas un endroit pour crever. »

Il ne lui avait pas jeté un seul regard ; il ne s'était occupé que de la voiture, comme si elle n'existait pas, comme si elle avait neuf cents ans. « Vous avez attrapé un morceau de verre, c'est pas grave. » Rapidement, sans effort, il avait changé le pneu.
120 Moins de trois minutes. Aucune voiture dans les environs. Il s'était relevé.

« Combien vous dois-je ? » Son portefeuille ouvert, son cou penché. Sa poitrine qui se soulevait et s'abaissait sous le manteau de daim. De la classe. Quelque chose en elle le disait. Pas
125 une petite effarouchée comme Jean Carfolli, pas une vieille sorcière outragée comme Weiss, juste une belle jeune femme qui lui était très reconnaissante. Il avait tendu la main pour toucher sa poitrine.

La lumière avait d'abord gagné l'arbre de l'autre côté de la route, elle oscillait, les éclairait tous les deux. Une voiture de police. Il apercevait le gyrophare. « C'est trois dollars pour changer la roue, avait-il prononcé très vite. Et je peux vous réparer le pneu crevé, si vous voulez. » Il avait remis sa main dans sa poche. « Je m'appelle Arty Taggert, j'ai un garage à Carley, rue Monroe, à environ deux kilomètres du bar du Mill Tavern. »

La voiture de flics s'avançait, s'approchait d'eux. L'officier de police était descendu. « Tout va bien, madame ? » Le regard qu'il lançait à Arty était très bizarre, très soupçonneux.

« Oh ! très bien, monsieur l'agent ! C'est une chance. M. Taggert habite non loin de chez moi et il passait juste au moment où j'ai crevé. »

Elle faisait comme si elle le connaissait. Le coup de pot ! L'expression du policier avait changé. « C'est heureux pour vous d'être tombée sur un ami. Ce n'est pas très sûr pour une femme seule dans une voiture en panne, ces temps-ci… »

Le flic était remonté dans la voiture de patrouille, mais continuait de les observer. « Pouvez-vous réparer mon pneu ? avait-elle demandé. Je suis Nina Peterson. Nous habitons Driftwood Lane.

– Bien sûr. Avec plaisir. » Il était monté dans sa voiture, indifférent, l'air naturel, comme s'il ne s'agissait que d'une petite réparation sans importance, ne dévoilant pas qu'il *devait* la revoir. Il lisait dans son regard qu'elle était désolée de l'arrivée

155 intempestive du flic. Mais il fallait ficher le camp avant que celui-ci se mette à penser à Jean Carfolli et à Mme Weiss, avant qu'il ne demande : « C'est dans vos habitudes de venir en aide aux femmes seules, monsieur ? »

Aussi s'était-il éloigné rapidement, et le lendemain matin, au
160 moment même où il songeait à l'appeler, elle avait téléphoné. « Mon mari vient de me passer un savon parce que je roule avec la roue de secours », avait-elle dit, et sa voix était chaude, amicale et amusée, comme s'ils partageaient une plaisanterie. « Quand puis-je récupérer mon pneu ? »

165 Il avait réfléchi très vite. Driftwood Lane était un endroit tranquille ; les maisons étaient éloignées les unes des autres. Si elle venait chez lui, il n'aurait aucun moyen de se montrer affectueux avec elle. Ce serait trop dangereux.

« Je dois justement sortir pour mon travail, avait-il menti. Je
170 vous l'apporterai en fin d'après-midi, vers 17 heures. »

Il commençait à faire noir vers 5 heures.

« Formidable, avait-elle dit, il faut juste que ce fichu machin soit remis sur la voiture avant que je n'aille chercher mon mari au train de 18 h 30. »

175 Il était dans un tel état d'excitation ce jour-là qu'il pouvait à peine penser. Il était sorti se faire couper les cheveux, acheter une nouvelle chemise à carreaux. De retour chez lui, il n'avait pas eu envie de travailler. Il s'était douché, habillé, et avait écouté quelques-unes de ses cassettes en attendant. Ensuite, il
180 avait placé une cassette vierge dans le magnétophone qu'il avait

étiquetée « Nina ». Il avait vérifié que son appareil-photo était chargé, se réjouissait à l'avance du plaisir de développer les photos, de regarder les images se former sur les épreuves.

À 17 h 5, il était parti pour Driftwood Lane. Il avait roulé un moment dans la rue avant de se décider à stationner dans les bois près de la maison. Au cas où…

Il avait marché dans les bois, près du rivage. Il se souvenait du clapotis de l'eau sur la plage, un bruit amical qui l'emplissait d'une émotion brûlante, même par cette nuit froide.

La voiture de Nina était garée dans l'allée derrière la maison ; les clés étaient sur le contact. Il voyait la jeune femme par la fenêtre de la cuisine ; elle se déplaçait, défaisait les paquets de provisions. On avait retiré le globe de la lampe et la pièce était très éclairée. Et Nina était si belle avec son chandail bleu pâle sur son pantalon et cette écharpe nouée autour du cou. Il avait changé le pneu au plus vite, guettant d'un œil la présence d'une autre personne dans la maison. Il savait qu'il allait faire l'amour avec elle et que, secrètement, elle aussi avait envie de lui. La seule façon dont elle avait insinué que son mari s'était mis en colère contre elle montrait qu'elle avait besoin d'un homme compréhensif. Il avait fait marcher le magnétophone et commencé à y chuchoter ses plans pour rendre Nina heureuse une fois qu'il lui aurait dévoilé ses sentiments.

Il s'était dirigé vers la porte de la cuisine et avait frappé doucement. Elle s'était avancée rapidement, avait eu l'air étonné, mais il lui avait tendu les clés, souriant à travers le carreau. Elle lui avait aussitôt ouvert la porte, chaleureuse et amicale, la voix enveloppante, l'invitant à entrer, lui disant combien il était aimable.

210 Ensuite, elle lui avait demandé ce qu'elle lui devait. Il avait tendu la main – il avait ses gants bien sûr – et éteint la lumière de la cuisine. Il avait posé ses mains sur son visage et l'avait embrassée.

« Payez-moi comme ça », avait-il murmuré.

215 Elle l'avait giflé. Une gifle étourdissante, incroyablement forte venant d'une si petite main. « Sortez d'ici », avait-elle dit, crachant ses mots comme à un chien, comme s'il ne s'était pas fait beau pour elle, comme s'il ne lui avait pas fait une faveur.

Il avait vu rouge. Comme les autres fois. C'était toujours la
220 même réaction quand on le rejetait. Elle n'avait qu'à pas l'aguicher comme ça. Il avait tendu les mains, avec le désir de lui faire mal, de lui arracher sa méchanceté. Il avait voulu saisir son écharpe. Mais elle s'était échappée, s'était mise à courir vers le salon. Elle ne proférait pas un seul son, elle n'appelait pas à
225 l'aide. Il avait compris pourquoi par la suite. Elle ne voulait pas qu'il sache que l'enfant était dans la maison. Mais elle avait tenté de prendre le tisonnier dans la cheminée.

Ça l'avait fait rire. Il lui avait parlé tout bas, lui expliquant tout ce qu'il allait faire. Et prenant ses deux mains dans les
230 siennes, il avait remis le tisonnier à sa place. Puis il s'était emparé de son écharpe et il l'avait tordue autour de son cou, tordue tandis qu'elle gargouillait, s'étouffait, que ses mains,

comme des mains de poupée, s'agitaient, retombaient, devenaient toutes molles, tandis que ses grands yeux marron s'élar-
gissaient, vitreux, accusateurs, que son visage tournait au bleu.

Le gargouillement s'était arrêté. La retenant d'une main, il
prenait une photo, souhaitant voir ses yeux se clore, quand derrière lui le gargouillement, le bruit de râle, avait recommencé.

Il avait pivoté sur lui-même. Le gosse était dans l'entrée, le
fixant du regard brûlant de ses immenses yeux marron. Il suffoquait, exactement comme elle avait suffoqué.

Comme s'il ne l'avait pas tuée ; comme si elle était entrée
dans le corps du garçon et qu'elle allait le punir, se raillant de
lui, promettant de se venger.

Il s'était avancé vers le gosse. Il allait lui faire arrêter ce bruit,
fermer ces yeux. Les mains tendues, il se penchait. On avait
sonné.

Il fallait déguerpir. Il avait franchi l'entrée d'un bond, s'était
rué dans la cuisine, glissé par la porte de derrière.

La sonnette carillonnait une seconde fois. Traverser les bois,
sauter dans sa voiture, se retrouver dans son garage lui avait à
peine pris quelques minutes. Calme. Rester calme. Il était allé
au bar du Mill Tavern prendre un hamburger et une bière, et
c'est là qu'il se trouvait lorsque les nouvelles du meurtre se
répandirent dans la ville.

Mais il avait peur. Si le policier reconnaissait Nina sur la photo
du journal, s'il disait au poste : « Bizarre, je l'ai vue sur la route la
nuit dernière, un dénommé Taggert lui réparait sa voiture… »

Il avait décidé de quitter la ville. Mais en faisant ses valises, il
260 avait entendu aux informations qu'un témoin, une voisine,
avait été renversée par un type qui s'échappait de chez les
Peterson, qu'elle l'avait formellement reconnu comme étant
Ronald Thompson, un jeune garçon de la région, âgé de
dix-sept ans, et que l'on avait vu Thompson parler à
265 Mme Peterson quelques heures avant le crime.

Arty avait mis l'appareil-photo, le magnétophone, les néga-
tifs, le film et les cassettes dans une boîte en métal qu'il avait
enterrée sous un buisson derrière le garage. Quelque chose lui
disait d'attendre.

270 Ensuite, on avait pris Thompson dans ce motel en Virginie,
et le gosse l'avait identifié.

La chance, l'incroyable chance. Le salon était sombre. Le
gosse n'avait sans doute pas bien vu son visage et Thompson
était entré tout de suite après dans la maison.

275 Pourtant il avait voulu s'attaquer au gosse ; il s'était approché
de lui. Neil avait dû perdre connaissance. Et si un jour il se souvenait…

Cette pensée hantait les rêves d'Arty. Les yeux le suivaient
dans ses nuits agitées. Il s'éveillait parfois au milieu de la nuit,
280 en sueur, tremblant, imaginant que les yeux le regardaient par
la fenêtre de la chambre ou que le vent faisait le même bruit de
gargouillis.

Il n'avait plus cherché les filles après ça. Plus du tout. Il se
bornait à aller au bar du Mill Tavern presque tous les soirs et

s'était lié avec les habitués, spécialement avec Bill Lufts. Bill parlait beaucoup de Neil.

Jusqu'au mois dernier ; jusqu'au moment où il avait senti qu'il ne pouvait pas s'empêcher de déterrer ses cassettes et de les écouter de nouveau.

Cette nuit-là, sur son radiotéléphone, il avait entendu la fille Callahan dire qu'elle avait un pneu éclaté, et il était allé à sa rencontre. Deux semaines plus tard, il avait recommencé en entendant Mme Ambrose dire qu'elle était perdue et qu'elle n'avait presque plus d'essence.

La police de Fairfield County était encore une fois sur les dents, à la recherche d'un type que l'on appelait le « Tueur du radiotéléphone ». Tu n'as laissé aucune trace, se rassurait-il.

Mais après ces deux-là, il rêvait chaque nuit de Nina. Elle l'accusait. Et il y a deux semaines, Bill était venu chez lui avec le petit Neil dans le break. Neil dévisageait Arty.

C'est ce jour-là qu'il avait su qu'il devait tuer Neil avant de quitter Carley. Et quand Lufts s'était mis à raconter l'histoire du placement que Steve avait fait au nom du gosse – sa femme avait vu le relevé de compte sur le bureau de Peterson –, il avait également su comment trouver l'argent qui lui était nécessaire.

Plus il pensait à Nina, plus il haïssait Peterson. Peterson avait pu la toucher sans être giflé ; Peterson était un crack dans le journalisme ; Peterson avait des gens sous ses ordres ; Peterson avait une nouvelle petite amie. Il allait lui apprendre.

La pièce en bas de Grand Central Station était toujours res-

tée dans un coin de sa conscience. Un endroit pour se cacher si
jamais il en avait besoin, ou pour emmener une fille, là où personne ne pourrait la retrouver.

315 Il imaginait souvent qu'il faisait sauter Grand Central quand
il travaillait dans cette pièce. Il imaginait les gens effrayés, affo-
lés, quand la bombe exploserait, quand ils sentiraient le sol
s'ouvrir sous eux, le plafond s'effondrer ; tous ces gens qui
l'ignoraient quand il tentait de se montrer amical, tous ces gens
qui ne lui souriaient jamais, qui le bousculaient, qui ne le
320 remarquaient même pas, et qui se jetaient sur leurs assiettes
qu'Arty devait ensuite nettoyer, pleines de graisse, de coquilles,
de sauce, de traces de beurre.

Et tout était arrivé en même temps. Le plan. Le plan
d'August *Rommel* [1] Taggert. Un plan de renard.

325 Si seulement Sharon ne devait pas mourir ; si seulement elle
l'avait aimé. Mais en Arizona, les filles seraient affectueuses. Il
allait avoir tellement d'argent.

C'était une bonne idée de faire mourir Sharon et Neil à la
minute même où serait exécuté le jeune Thompson. Car il les
330 exécutait aussi, et Thompson méritait de mourir pour s'être
immiscé dans cette nuit-là.

Et tous ces gens à Grand Central – sous les tonnes de

---

1. Maréchal allemand (1891-1944). Commandant une division blindée en France (1940), il fut
ensuite nommé à la tête de l'Afrikakorps, unité d'élite avec laquelle il combattit victorieusement
en Libye et en Égypte, jusqu'à la contre-offensive anglaise d'El-Alamein (1942). On le surnommait
« le Renard du Désert » en référence à sa ruse dans ses actions militaires au Proche-Orient.

décombres qui allaient s'écrouler sur eux ! Ils sauraient ce que
c'est que d'être pris au piège.

Et lui serait libre.

Bientôt. Bientôt tout serait fini.

Arty fit une grimace en constatant le temps qui s'était écoulé.
C'était toujours comme ça quand il se mettait à penser à Nina.
Il était l'heure d'y aller.

Il fit démarrer la Pontiac. À deux heures moins le quart, il se
présentait au péage et tendait le ticket qu'il avait pris à l'entrée
pour sa Volkswagen. Le receveur avait l'air endormi. « Deux
heures et vingt minutes – ça fait deux dollars, monsieur. »

Il sortit de l'aéroport et s'arrêta dans une cabine téléphonique sur Queens Boulevard. À 2 heures exactement, il appelait la cabine en face de Bloomingdale. Dès que Peterson répondit, il lui indiqua le téléphone public sur la Quatre-vingt-seizième rue.

Il avait faim et il lui restait quinze minutes.

Dans un snack ouvert jour et nuit, il avala un café et des
toasts, l'œil rivé sur l'horloge.

À 2 h 15, il appelait la cabine de la Quatre-vingt-seizième rue
et indiquait brièvement à Steve l'endroit du rendez-vous.

Là commençait la partie la plus dangereuse.

À 2 h 25, il roulait vers Roosevelt Avenue. Les rues étaient à
peu près désertes. Il n'y avait pas l'ombre d'une voiture de
police banalisée. Il s'en serait aperçu ; il était passé maître dans
l'art de rôder sans avoir l'air suspect.

La semaine dernière, il avait choisi Roosevelt Avenue pour le
360 rendez-vous. Il avait calculé le temps nécessaire pour retourner
ensuite à l'aéroport de La Guardia. Exactement six minutes. Au
cas où les flics suivraient Peterson, ça lui laissait de bonnes
chances de les semer.

Les pylônes de la voie ferrée aérienne qui longeaient
365 Roosevelt Avenue bouchaient en partie la vue et on distinguait
mal ce qui se passait de l'autre côté de la rue ou au bout du pâté
de maisons. C'était l'endroit idéal pour un rendez-vous.

À 2 h 35 pile, il se garait sur Roosevelt Avenue, face au périphérique de Brooklyn Queens, à moins d'un demi-bloc de la
370 voie d'accès.

À 2 h 36, il apercevait les phares d'une voiture venant du
périphérique de Brooklyn Queens, en direction opposée. Il
enfila le bas sur sa figure.

C'était la Mercury de Peterson. L'instant d'une seconde, il
375 crut que Peterson allait lui rentrer dedans : la voiture faisait une
embardée vers lui. À moins qu'il ne prenne une photo de la
Pontiac ? Ça leur ferait une belle jambe.

La voiture de Peterson s'arrêta juste en face, de l'autre côté de
la rue. Il avala nerveusement sa salive. Mais plus une seule lueur
380 de phares ne venait du périphérique. Il devait agir vite. Il s'empara du sac de marin. Il avait lu dans des magazines d'électronique que, pour les paiements de rançons, les valises étaient souvent munies d'un émetteur. Il ne devait prendre aucun risque.

Le contact du sac de toile, léger, vide, prêt à être rempli, était rassurant. Il ouvrit la porte de la voiture et traversa la rue sans bruit. Il avait besoin de soixante secondes à peine, et il en aurait terminé. Il frappa à la fenêtre de la voiture de Peterson, lui fit signe d'ouvrir. Pendant que la glace s'abaissait, il jeta un coup d'œil rapide à l'intérieur. Peterson était seul. Il lui passa le sac.

Les pâles lumières de la rue projetaient les ombres des pylônes sur la Mercury. De la voix rauque et basse qu'il s'était entraîné à prendre, il ordonna à Peterson de ne pas le regarder, de mettre l'argent dans le sac.

Peterson ne discuta pas. Derrière sa cagoule, Renard surveillait des yeux les alentours, l'oreille tendue. Rien ne signalait la présence de quelqu'un. Les flics devaient suivre Peterson, mais ils voulaient probablement s'assurer que le rendez-vous avait bien lieu.

Il regarda Peterson introduire le dernier paquet de billets dans le sac, lui ordonna de le fermer et de le passer par la fenêtre. Il le soupesa avidement. Sans oublier de parler à voix très basse, il prévint Peterson d'attendre quinze minutes et lui dit qu'il pourrait récupérer Sharon et Neil à 11 h 30.

« *Avez-vous quelque chose à voir avec la mort de ma femme ?* »

La question fit sursauter Renard. Jusqu'à quel point commençait-on à le soupçonner ? Il fallait qu'il s'en aille. Il transpirait, des grosses gouttes qui trempaient son costume sous le pardessus, lui réchauffaient la plante des pieds malgré le vent âcre et glacé sur ses chevilles.

Il traversa la rue, remonta dans la Pontiac. Peterson oserait-il le suivre ?

Non. Il restait sans bouger, dans la voiture sombre et silencieuse.

415   Renard appuya sur l'accélérateur, s'élança sur la voie d'accès du périphérique de Brooklyn Queens, mit deux minutes pour atteindre l'autoroute de Grand Central, se mêla au peu de voitures qui roulaient vers l'est et sortit trois minutes plus tard à l'aéroport de La Guardia.

420   À 2 h 46, il prenait un ticket à l'entrée du parking numéro cinq.

Quatre-vingt-dix secondes plus tard, la Pontiac était garée à l'endroit exact où il l'avait prise ; la seule différence perceptible était un peu moins d'essence et vingt-quatre kilomètres de plus 425 au compteur.

Il sortit de la voiture, la ferma soigneusement, et porta le sac dans la Coccinelle. Son premier soupir de soulagement lui échappa une fois installé dans la Volkswagen, quand il s'attaqua à la corde du sac.

430   Il parvint enfin à la desserrer, dirigea le faisceau de sa lampe de poche à l'intérieur du sac. Un sourire sinistre erra sur ses lèvres. Il prit le premier paquet de billets et commença à compter.

L'argent était au complet. Quatre-vingt-deux mille dollars. Il prit la valise vide sur le siège arrière et se mit à y ranger un à un 435 les paquets. C'était cette valise qu'il emmènerait en bagage à main dans l'avion.

À 7 heures, il sortit du parking, se mêla au flot matinal des voitures de banlieue qui entraient dans Manhattan, gara la Volkswagen dans le garage du Biltmore et monta en hâte dans sa chambre. Il prit une douche, se rasa et commanda un petit déjeuner.

36

À 4 heures du matin, il était clair que leur seule piste, à savoir le numéro d'immatriculation de la voiture utilisée par le ravisseur, tournait court.

La première déception fut d'apprendre que la voiture était au nom de Henry A. White, vice-président de la Compagnie internationale alimentaire de White Plains.

Les agents du F.B.I. s'étaient rendus chez White à Scarsdale, et ils avaient placé la propriété sous surveillance. Mais la Pontiac n'était pas dans le garage et la maison avait l'air complètement fermée. Pas une seule des fenêtres de l'immense demeure n'était ouverte, et la seule lumière qui perçait à travers les rideaux tirés était probablement celle d'une minuterie.

Le gardien de sécurité de la Compagnie internationale alimentaire fut contacté. Il appela le chef du personnel. On joignit à son tour le chef de produits du département de White. D'une voix endormie, celui-ci répondit que White revenait d'un séjour de trois semaines en Suisse, à leur quartier général ; qu'il avait dîné avec deux de ses collaborateurs au restaurant Pastor à White Plains et qu'il était directement parti rejoindre sa femme pour quelques jours aux sports d'hiver. Elle était à Aspen ou à Sun Valley avec des amis.

À 5 heures, Hugh et Steve partirent pour Carley. Hugh conduisait. Steve regardait la route s'étirer le long de Westchester, approcher du Connecticut. Il y avait très peu de voitures. La plupart des gens étaient couchés ; ils pouvaient tendre la main vers leur femme, s'assurer que leurs enfants étaient bien couverts, que les fenêtres ne laissaient pas passer de courants d'air. Sharon et Neil étaient-ils dans un endroit froid, plein de courants d'air, à l'heure présente ?

Pourquoi est-ce que je pense à cela ? s'étonna-t-il. Il se souvint vaguement d'avoir lu quelque part que les gens qui sont dépassés par les événements s'inquiètent d'abord de petits problèmes. Sharon et Neil étaient-ils en vie ? Voilà ce dont il aurait dû s'inquiéter. Épargnez-les, mon Dieu, épargnez-les…

« Que faites-vous de la Pontiac dans tout ça ? demanda-t-il à Hugh.

– On va sans doute découvrir que la voiture de White a été volée là où il l'avait laissée, répliqua Hugh.

– Et qu'allons-nous faire ensuite ?

– Attendre.

– Attendre quoi ?

– Il peut les relâcher. Il l'a promis. Il a l'argent.

– Il a si soigneusement camouflé ses traces. Il a pensé à tout. Vous ne croyez tout de même pas qu'il va relâcher deux personnes susceptibles de l'identifier, non ?

– Non, admit Hugh.

– N'y a-t-il donc rien d'autre à faire ?

– S'il ne tient pas parole, nous devrons envisager de faire éclater l'affaire, de la communiquer aux médias. Quelqu'un peut avoir vu ou entendu quelque chose.

— Et Ronald Thompson ?

— Eh bien ?

— Supposez qu'il dise la vérité. Supposez que nous ne l'apprenions qu'après 11 h 30.

55 — Que voulez-vous dire ?

— Je veux dire, avons-nous le droit de refuser le fait que Neil et Sharon ont été réellement kidnappés ?

— Je doute que cela affecte la décision du gouverneur concernant Thompson. Absolument rien ne prouve qu'il s'agit d'une
60 histoire d'otage, mais si Mme Greene pense que tel est le cas, elle n'en aura que plus envie d'en terminer avec cette exécution. On l'a déjà critiquée pour avoir accordé deux délais d'exécution à Thompson. Ces gosses, en Géorgie, sont passés sur la chaise électrique exactement à la minute prévue. Et il existe peut-être
65 encore une explication très simple de la façon dont Renard s'est arrangé pour obtenir une bande ou une cassette avec la voix de votre femme… une explication qui n'a rien à voir avec sa mort. »

Steve regardait devant lui. Ils traversaient Greenwich. Sharon l'avait accompagné à une soirée chez Brad Robertson à
70 Greenwich pendant les vacances. Elle portait une jupe de velours noir et une veste de brocart. Elle était ravissante. Brad lui avait dit : « Steve, si vous aviez le moindre sens commun, vous vous accrocheriez sérieusement à cette fille. »

« La publicité ne risque-t-elle pas d'affoler le ravisseur ? » Il
75 connaissait la réponse. Même s'il devait poser la question.

« Je pense que si. » Les inflexions de la voix d'Hugh étaient différentes, plus crispées. « À quoi songez-vous, monsieur Peterson ? »

La question. Nette. Directe. Steve sentit ses lèvres se dessécher. Ce n'est qu'un pressentiment, se dit-il. C'est probablement sans rapport. Si je commence avec ça, je ne pourrai pas m'arrêter. Et cela peut coûter la vie de Neil et de Sharon.

Livide, pitoyable, il hésitait comme le plongeur devant le saut qui le jettera dans un courant incontrôlable. Il pensa à Ronald Thompson au procès, le visage jeune, effrayé, mais inflexible. « Ce n'est pas moi. Elle était morte quand je suis entré. Demandez à l'enfant… »

« Qu'éprouveriez-vous si c'était votre seul enfant ? Qu'éprouveriez-vous… »

C'est mon seul enfant, madame Thompson, pensa-t-il.

Il se lança. « Hugh, vous souvenez-vous de ce que Bob Kurner a dit ; il pensait que les meurtres de ces quatre femmes et celui de Nina étaient liés ?

— Je l'ai entendu et je vous ai donné mon opinion. Il se raccroche à tout ce qu'il trouve.

— Et si je vous disais que Kurner peut avoir raison, qu'il existe peut-être un lien entre la mort de Nina et les autres ?

— *Qu'est-ce que vous racontez ?*

— Rappelez-vous, Kurner a dit que la seule chose qu'il ne comprenait pas, c'était que les autres avaient eu des ennuis de voiture et pas Nina ; qu'elle avait été étranglée à la maison, pas quelque part sur la route.

— Continuez.

— La nuit avant le meurtre, un des pneus de la voiture de
105 Nina avait crevé. J'avais une réunion tardive à New York et je
ne suis rentré à la maison que bien après minuit. Elle dormait.
Mais le lendemain matin, quand elle m'a conduit à la gare, j'ai
remarqué qu'elle roulait avec la roue de secours…

— Continuez.

110 — Rappelez-vous la copie laissée par Kurner. Thompson parlait d'une plaisanterie avec Nina sur les malchances qui tour-
nent à la chance et d'une réflexion qu'elle a faite à propos des
provisions qui rentraient toutes dans le coffre.

— Que voulez-vous dire ?

115 — Son coffre était petit. S'il y avait de la place en plus, cela ne
peut signifier qu'une chose, la roue de secours n'y était pas. Il
était 16 heures passées et elle devait rentrer directement à la
maison. Dora faisait le ménage ce jour-là, et elle a dit que Nina
était arrivée peu avant 17 heures.

120 — Donc, elle est rentrée directement chez vous avec Neil ?

— Oui, et il est monté jouer avec ses trains. Nina a déchargé
la voiture. Vous souvenez-vous de tous ces paquets sur la table ?
Nous savons qu'elle est morte quelques minutes après. J'ai été
voir sa voiture cette nuit-là. La roue de secours était dans le
125 coffre. Le bon pneu était sur la roue avant.

— Vous voulez dire que quelqu'un a rapporté le pneu, l'a
changé, et ensuite a tué Nina ?

— Quand le pneu aurait-il été changé si ce n'est à ce

moment-là ? Et si c'est le cas, Thompson est innocent. Il peut même avoir fait fuir le tueur en sonnant à la porte. Pour l'amour du Ciel, essayez de savoir s'il se souvient d'avoir vu le pneu dans le coffre quand il a chargé les provisions. J'aurais dû réaliser que ce pneu pouvait être important quand je l'ai vérifié cette nuit-là. Mais je ne supportais pas l'idée que je m'étais mis en colère contre Nina la dernière minute où je l'avais vue. »

Hugh appuya à fond sur l'accélérateur. Le compteur monta à cent, cent dix, cent trente. La voiture crissa dans l'allée à l'instant où la première trace de l'aube fendait le noir du ciel. Hugh se rua sur le téléphone. Avant d'avoir ôté son manteau, il obtint la prison de Somers et demanda à parler au directeur : « Non, je ne quitte pas. » Il se tourna vers Steve : « Le directeur est resté toute la nuit dans son bureau au cas où le gouverneur appellerait. Ils ont déjà rasé les cheveux du gosse.

— Bon Dieu !

— Même s'il affirme que le coffre était vide, ce n'est pas une preuve. Tout n'est encore que supposition. Quelqu'un peut très bien avoir rapporté le pneu, l'avoir changé et être reparti. Cela ne tire pas Thompson d'affaire.

— Nous croyons tous les deux que Thompson est innocent », dit Steve. Il songea avec lassitude : je l'ai toujours su. Au fond de moi, je l'ai toujours su et je ne l'ai jamais admis.

« Oui, j'écoute. » Hugh écouta. « Merci beaucoup. » Il raccrocha. « Thompson jure que la roue de secours n'était pas dans le coffre quand il a chargé les provisions.

155 — Appelez Mᵐᵉ Greene, implora Steve. Dites-lui, suppliez-la de retarder l'exécution. Passez-la-moi, si c'est utile. »

Hugh composa le numéro du bureau du gouverneur. « Ce n'est pas une preuve, répéta-t-il. C'est une chaîne de coïncidences. Je doute qu'elle ajourne l'exécution pour cela. Quand 160 elle saura que Sharon et Neil ont été enlevés — et nous devons le lui dire —, elle sera convaincue que c'est une sorte d'ultime stratagème. »

On ne pouvait pas joindre Mᵐᵉ Greene. Elle avait soumis toutes les demandes de délai d'exécution à la décision de l'avo-165 cat général. Ce dernier serait à son bureau à 8 heures. Non, on ne pouvait pas communiquer son numéro personnel.

Il n'y avait plus rien d'autre à faire qu'à attendre. Steve et Hugh restèrent silencieux dans le bureau tandis qu'une faible lueur délavée commençait à filtrer par la fenêtre.

170 Steve essayait de prier, incapable de penser autre chose que : « Mon Dieu, ils sont si jeunes, si jeunes tous les trois, je vous en prie… »

À 6 heures, Dora descendit d'un pas lourd et mal assuré. L'air vieilli, infiniment fatigué, elle se mit à faire le café.

175 À 6 h 30, Hugh appela le F.B.I. à New York. Ils n'avaient aucune piste nouvelle. Henry White avait pris l'avion de une heure pour Sun Valley. Ils étaient arrivés trop tard à l'aéroport pour le contacter. On était venu le chercher dans une voiture privée. Ils vérifiaient les fiches de motel et les locations. Les 180 recherches sur la Pontiac n'avaient donné aucun résultat. Ils

contrôlaient encore les habitués du Mill Tavern.

À 7 h 35, la voiture de Bob Kurner déboucha en trombe sur la route et se gara dans l'allée. Il sonna furieusement, bouscula Dora et exigea de savoir pourquoi on avait questionné Ronald Thompson à propos de la roue de secours.

Hugh jeta un coup d'œil à Steve. Steve hocha la tête. Hugh expliqua laconiquement.

Bob blêmit. « Comment ! Vous voulez dire que votre fils et Sharon Martin ont été kidnappés, monsieur Peterson, et que vous n'en avez rien dit ? Lorsque Mme Greene l'apprendra, elle sera obligée de retarder l'exécution. Elle n'a pas le choix.

– N'y comptez pas trop, l'avertit Hugh.

– Monsieur Peterson, je suis navré pour vous, mais vous n'aviez pas le droit de me cacher cela la nuit dernière, dit amèrement Bob. Mon Dieu, ne peut-on joindre l'avocat général avant 8 heures ?

– C'est à peine dans vingt minutes.

– Vingt minutes, c'est énorme quand il ne vous reste que trois heures et cinquante minutes à vivre, monsieur Taylor. »

À 8 heures exactement, Hugh obtint l'avocat général. Il lui parla pendant trente-cinq minutes, d'une voix énergique, persuasive, implorante. « Oui, maître, je sais que le gouverneur a déjà accordé deux délais d'exécution… Je sais que la Cour suprême[1] à l'unanimité a confirmé le verdict… Non, maître, nous n'avons pas de preuve… C'est plus qu'une supposition

1. Cour de justice fédérale des États-Unis.

cependant… la cassette… Oui, maître, je vous serais extrêmement reconnaissant si vous appeliez le gouverneur… Puis-je lui passer M. Peterson ?

Bien, je reste en ligne. »

210   Hugh mit sa main sur l'écouteur. « Il va l'appeler mais cela m'étonnerait qu'il lui recommande d'accorder un autre délai. »

Trois longues minutes passèrent. Steve et Bob ne se regardaient pas. Puis Hugh dit : « Oui, j'écoute mais… »

Il protestait encore quand Steve entendit le bruit caractéris-
215   tique de la tonalité. Hugh laissa tomber l'appareil. « L'exécution aura lieu », fit-il catégoriquement.

BIEN LIRE

CHAPITRE 36
• De quoi Steve prend-il conscience ?
• La troisième demande de délai d'exécution est-elle accordée ?
• À ce moment de l'intrigue, l'enquête vous semble-t-elle prête à aboutir ?

37

Elle avait mal. C'était si difficile de penser avec cette douleur qui l'envahissait. Si seulement elle pouvait ouvrir la fermeture éclair de sa botte. Sa cheville n'était qu'une masse brûlante, qui gonflait contre le cuir, contre la corde tranchante.

Elle aurait dû tenter de crier lorsqu'ils avaient traversé la gare. Mieux aurait valu courir ce risque. Quelle heure était-il ? Le temps n'existait pas. Lundi soir. Mardi. Était-on encore mardi ? N'était-ce pas déjà mercredi ?

Comment sortiraient-ils de là ?

Neil. Elle écoutait sa respiration sifflante tout près d'elle. Il s'appliquait à respirer lentement, pour lui obéir. Sharon entendit une plainte s'échapper de ses propres lèvres, s'efforça de la refouler.

Elle sentit Neil se glisser plus près d'elle, essayer de la réconforter. Neil serait sans doute comme Steve lorsqu'il serait grand. S'il grandissait…

Steve. À quoi aurait ressemblé de vivre avec Steve, de faire sa vie avec Steve et Neil ? Steve qui avait déjà tant souffert.

Tout avait toujours été si simple pour elle. Son père disait : « Sharon est née à Rome, Pat en Égypte, Tina à Hong Kong. » Sa mère disait : « Nous avons des amis dans le monde entier. » Même lorsqu'ils avaient appris qu'elle était morte, ils n'étaient pas restés seuls. Quand Steve perdrait Neil, il n'aurait plus personne.

25   Steve qui demandait : « Comment se fait-il que vous soyez
encore célibataire ? » Parce qu'elle avait refusé la responsabilité
d'aimer quelqu'un.

Neil. Neil qui avait si peur que les Lufts ne l'emmènent avec
eux. Si peur qu'elle ne lui enlève Steve.

30   Il fallait qu'elle le tire de là.

Elle frotta encore une fois ses poignets contre le mur de parpaing. Mais les cordes étaient trop serrées, elles pénétraient
dans la chair. Elle n'arrivait pas à leur faire toucher le mur.

Elle s'efforça de penser. Son seul espoir était de libérer Neil,
35 de le faire sortir de cette pièce. S'il ouvrait la porte de l'intérieur, la bombe allait-elle exploser ?

La poignée de la porte des cabinets. Si Renard revenait, s'il la
laissait retourner aux cabinets, elle pourrait peut-être forcer la
poignée, la casser.

40   Que ferait-il d'eux quand il aurait l'argent ? Elle se sentait
partir à la dérive. Le temps… combien de temps… le temps
passait… était-ce le jour ou la nuit ? le bruit sourd des trains…
viens nous chercher, Steve… c'est de votre faute, mademoiselle
Martin… c'est la question, mademoiselle Martin… il n'y a pas
45 de pire aveugle que celui qui ne veut pas voir… je t'aime,
Sharon, tu m'as terriblement manqué… les grandes mains
douces sur son visage…

Des grandes mains douces sur son visage. Sharon ouvrit les
yeux. Renard était penché sur elle. Avec une douceur atroce, ses
50 mains couraient sur sa figure, sur son cou. Il fit glisser le bâillon

et l'embrassa. Ses lèvres étaient brûlantes, sa bouche molle. Elle tenta de détourner la tête. C'était un tel effort.

Il murmurait : « Tout est fini, Sharon. J'ai l'argent. Je m'en vais. »

Elle essaya de concentrer son regard. Ses traits émergèrent du flou, les yeux troubles, le battement sur la pommette, les lèvres étroites.

« Qu'allez-vous faire de nous ? » C'était si dur de parler.

« Je vais vous laisser ici. Je dirai à Peterson où il peut vous trouver. »

Il mentait. Comme avant, quand il l'avait fait marcher, quand il s'était joué d'elle. Non, c'était elle qui avait tenté de l'avoir par la ruse, et il l'avait jetée par terre.

« Vous allez nous tuer.

— C'est exact, Sharon.

— Vous avez tué la mère de Neil.

— C'est exact, Sharon. Oh ! j'allais oublier ! » Il s'éloignait d'elle, se baissait, dépliait quelque chose. « Je vais accrocher cette photo avec les autres. » Quelque chose flottait au-dessus de sa tête. Les yeux de Neil la regardaient, des yeux qui appartenaient à un corps affaissé, un corps avec une écharpe autour du cou. Un hurlement lui déchira la gorge, refoulant la souffrance, le vertige. Elle était soudain parfaitement lucide, elle fixait la photo, les yeux brillants, fous, de l'homme qui la tenait.

Il l'accrochait près des autres sur le mur au-dessus du lit de camp, l'attachant avec le plus grand soin, avec des gestes d'une précision rituelle.

Elle le regardait, terrorisée. Allait-il les tuer maintenant, les ⁸⁰ étrangler comme il avait étranglé ces femmes ?

« Je vais régler le réveil pour vous, lui dit-il.

– Le réveil ?

– Oui. Il fera exploser la bombe à 11 h 30. Vous ne sentirez rien, Sharon. Vous disparaîtrez tout simplement, et Neil dispa- ⁸⁵ raîtra, et Ronald Thompson disparaîtra. »

Soigneusement, délicatement, il ouvrait la valise. Elle le vit sortir le réveil, vérifier l'heure à sa montre et mettre les aiguilles sur 8 h 30. On était mercredi matin, 8 h 30. La sonnerie – il réglait la sonnerie sur 11 h 30. Maintenant, il attachait les fils ⁹⁰ sur le réveil.

3 heures.

Avec précaution, il souleva la valise, la posa sur le dessus de l'évier, près de la porte. Le cadran du réveil était juste en face d'elle, à l'autre bout de la pièce. Les aiguilles et les chiffres lui- ⁹⁵ saient.

« Désirez-vous quelque chose avant que je ne parte, Sharon ? Un verre d'eau ? Aimeriez-vous que je vous embrasse pour vous dire adieu ?

– Est-ce que je pourrais… me permettez-vous d'aller aux ¹⁰⁰ cabinets ?

– Bien sûr, Sharon. » Il s'approcha d'elle, lui délia les mains, l'aida à se lever. Ses jambes lâchèrent sous elle. La douleur la faisait grelotter. Des voiles noirs obscurcissaient ses yeux. Non… non… non… elle ne pouvait pas s'évanouir.

Il la laissa dans le réduit obscur, cramponnée à la poignée de la porte. Elle la tordit, une, deux, trois fois, priant Dieu que le bruit ne s'entende pas. Un petit craquement. La poignée céda.

Sharon passa ses doigts sur le bout arraché, sentit le bord déchiqueté du métal cassé. Elle glissa la poignée dans la grande poche de sa jupe. Quand elle ouvrit la porte, elle avait une main dans sa poche. S'il sentait quelque chose en la ramenant sur le lit, il penserait que c'était son poignet.

Ça marchait. Il se dépêchait à présent, pressé de s'en aller. Il la repoussa sur le lit, lui attacha de nouveau les mains. Elle put les garder un peu écartées, les cordes étaient moins serrées que précédemment. Il replaça prestement le bâillon sur sa bouche.

Il se penchait sur elle. « J'aurais pu beaucoup vous aimer, Sharon, comme je crois que vous auriez pu m'aimer. »

D'un mouvement vif, il retira le bandeau de Neil. L'enfant cligna des yeux, les paupières gonflées, les pupilles dilatées.

L'homme le regarda droit dans les yeux ; son regard glissa de la photo sur le mur au visage de Neil.

Brusquement, il lâcha la tête de l'enfant, se détourna et éteignit la lumière, exactement comme la première fois où il avait quitté la pièce.

Sharon fixa le cadran luisant du réveil. Il était 8 h 36.

38

Le lit de Glenda était jonché de pages, de pages arrachées, recommencées. « Non… le 14, je ne suis pas allée directement chez le docteur, je me suis arrêtée à la bibliothèque… note cela, Roger, j'ai parlé à deux personnes…

5 — Je vais prendre une autre feuille. Celle-ci est trop remplie. À qui as-tu parlé dans la salle d'attente du docteur ? »

Ils reprirent minutieusement chaque détail du mois précédent. Rien n'évoqua chez Glenda le souvenir d'un homme qui se faisait appeler Renard. À 4 heures du matin, elle persuada
10 Roger d'appeler le F.B.I. et de demander à parler à Hugh. Hugh lui dit comment s'était passé le rendez-vous.

« Il dit que le ravisseur a promis que Sharon et Neil seraient libérés à 11 h 30, lui rapporta Roger.

— Ils ne le croient pas, n'est-ce pas ?

15 — Non, je ne pense pas.

— Si c'est quelqu'un que je connais, c'est peut-être quelqu'un du quartier et Neil peut l'avoir rencontré. Il ne relâchera pas Neil.

— Glenda, nous n'en pouvons plus tous les deux et nous
20 sommes incapables de réfléchir. Essayons de dormir un peu. Une idée te viendra peut-être. Ton subconscient travaille pendant le sommeil. Tu le sais bien.

— Bon. » Elle rangea d'un geste las les feuilles de papier dans l'ordre chronologique.

Il mit la sonnerie à 7 heures. Épuisés, ils dormirent trois heures d'un sommeil troublé.

À 7 heures, Roger descendit préparer le thé. Glenda glissa une pilule de trinitrine sous sa langue, alla à la salle de bains, se lava la figure, revint dans son lit et prit son bloc.

À 9 heures, Marian arriva. À 9 h 15, elle monta voir Glenda. « Je suis désolée que vous ne vous sentiez pas bien, madame Perry.

— Merci.

— Je ne vous dérangerai pas. Si cela vous convient, je ferai les pièces du bas à fond.

— Ce serait parfait.

— De cette façon, à la fin de la semaine, tout le rez-de-chaussée sera impeccable. Je sais que vous aimez qu'une maison soit bien tenue.

— Oui, c'est vrai. Merci.

— Je voulais juste dire que je suis contente d'être chez vous, de ne pas vous avoir fait faux bond avec les ennuis de la voiture.

— Mon mari m'en a parlé. » Délibérément, Glenda souleva son stylo, prête à écrire.

« Quelle poisse ! Juste après avoir fait quatre cents dollars de réparation dessus. Normalement, nous n'aurions pas dû dépenser autant pour une vieille voiture, mais Arty est un si bon garagiste que mon mari a dit que ça valait le coup. Bon, je vois que vous êtes occupée. Je ne devrais pas jacasser. Vous voulez votre petit déjeuner ?

– Non, merci, madame Vogler. »

La porte se referma derrière elle. Quelques minutes plus tard, Roger revint. « J'ai eu deux personnes du bureau. J'ai dit que j'avais la grippe.

55 – Roger, attends. » Glenda poussa le bouton du magnétophone. La phrase maintenant familière emplit ses oreilles. *Soyez à la station-service Esso...* Glenda arrêta l'appareil. « Roger, quand ma voiture a-t-elle été révisée ?

– Il y a un peu plus d'un mois, je crois. Bill Lufts l'a conduite
60 à ce garage qu'il recommandait.

– Oui, et tu m'y as déposée en allant à ton bureau quand elle a été prête. *Arty*, c'était ce nom-là, n'est-ce pas ?

– Je crois, oui. Pourquoi ?

– Parce que la voiture était prête mais il était en train de faire
65 le plein d'essence. Je lui parlais, debout à côté de la pompe. J'ai remarqué son insigne, A. R. Taggert, et je lui ai demandé si le A signifiait Arthur, parce que j'avais entendu Bill l'appeler Arty.

« Roger. » La voix de Glenda montait. Elle se redressa et lui agrippa la main. « Roger, il m'a dit que les gens d'ici s'étaient
70 mis à l'appeler Arty à cause de l'insigne, mais que son véritable nom était August Rommel Taggert.

« Et j'ai dit : "Rommel – n'était-ce pas le fameux général allemand ?"

« Et il a répondu : "Oui, Rommel était le *Renard* du
75 Désert[1]." La façon dont il a prononcé *renard* et la façon dont il

---

1. Surnom donné à Erwin Rommel (voir note 1, page 254).

l'a dit au téléphone l'autre soir. Roger, je te le jure, ce garagiste est *Renard* et c'est lui qui a kidnappé Neil et Sharon. »

Il était 9 h 31.

CHAPITRE 38
- Comment Glenda établit-elle un lien entre Arty et Renard ?
- En quoi cette découverte est-elle capitale pour l'enquête ?
- Quelle qualité attribue-t-on traditionnellement aux renards ?

BIEN LIRE

39

Elle se rendait dans sa pièce. Olendorf était absent aujourd'hui et l'autre garde ne l'embêtait jamais. Lally n'avait pas dormi de toute la nuit. Elle allait tomber malade. L'arthrite était un cauchemar, mais c'était plus que ça. Quelque chose en
5 elle l'oppressait. Elle le sentait.

Elle voulait arriver dans sa pièce, s'allonger sur le lit de camp et fermer les yeux.

Il le fallait.

Elle se mêla au flot des passagers du train de 8 h 40 en pro-
10 venance de Mount Vernon et se faufila jusqu'à la rampe. Elle emporta plein de journaux dans son sac pour se protéger du froid et ne s'arrêta pas pour prendre un café. Elle n'avait qu'une envie, être dans sa pièce.

Tant pis si l'homme s'y trouvait. Elle en prenait le risque. Le
15 bruit réconfortant des générateurs et des ventilateurs l'accueillit. Il faisait sombre ici, comme d'habitude, et ça lui convenait. Ses grosses chaussures de toile ne faisaient aucun bruit tandis qu'elle se dirigeait à pas de loup vers l'escalier.

Ce fut alors qu'elle entendit le bruit sourd d'une porte qui
20 s'ouvre lentement. Sa porte. Lally se recroquevilla dans l'ombre, derrière le générateur.

Des pas feutrés, lents. Il descendait les marches métalliques, le même homme. Elle se renfonça, plaqua son corps contre le mur. Lui ferait-elle face ? Non… non. Tout son instinct la poussait à se cacher. Elle le regarda s'immobiliser, écouter, et repartir rapidement vers la rampe. Dans une minute, il aurait disparu et elle serait dans sa pièce. Si la fille était encore là, elle la ferait déguerpir.

Ses doigts ankylosés cherchaient maladroitement à attraper la clé dans sa poche. La clé fit un tintement métallique en tombant à ses pieds.

Lally retint sa respiration. Avait-il entendu ? Elle n'osait pas tourner la tête. Mais les pas s'étaient définitivement éloignés. On n'entendait personne revenir. Elle attendit dix minutes, dix longues minutes, essayant de calmer les battements de son cœur. Puis lentement, douloureusement, elle se baissa, chercha à tâtons la clé par terre. Il faisait si noir ; elle avait de si mauvais yeux.

Elle sentit la forme de la clé et poussa un soupir de soulagement.

Lally commençait à peine à se redresser quand quelque chose lui frôla le dos, quelque chose de glacial. Elle suffoqua quand ça lui effleura la peau, l'effleura et s'enfonça, si pointu, si vite, qu'elle sentit à peine la douleur fulgurante, le jaillissement chaud de son sang, tandis qu'elle tombait maladroitement à genoux et qu'elle s'écroulait en avant. Son front heurta le sol ; son bras gauche décrivit un arc de cercle. Comme elle sombrait dans l'inconscient, sa main droite se referma sur la clé de sa pièce.

BIEN LIRE

CHAPITRE 39
- **Qu'arrive-t-il à Lally ?**
- **En quoi ce fait aggrave-t-il le sort de Neil et Sharon ?**
- **Quel « détail » la dernière phrase du chapitre livre-t-elle au lecteur ?**

40

À 9 h 30, un agent du F.B.I. appela Hugh Taylor au domicile de Steve. « On croit avoir quelque chose, Hughie.

– Quoi ?

– Cet Arty – le garagiste Arty Taggert.

5 – Eh bien ?

– Il y a un type du nom de Taggert qui avait été pris en train de rôder du côté de la gare routière municipale il y a une douzaine d'années. Suspect dans la disparition d'une fugitive de seize ans. On n'a rien pu prouver contre lui, mais un tas de gars 10 pensaient qu'il avait quelque chose à voir là-dedans. On l'avait interrogé sur la disparition d'autres filles aussi. Sa description colle avec celle que vous nous avez donnée.

– C'est du bon boulot. Qu'avez-vous d'autre sur lui ?

– On cherche où il a habité. Il a fait un tas de jobs à New 15 York, pompiste du côté ouest, serveur dans une boîte de la Huitième avenue, plongeur à l'Oyster Bar…

– Concentrez les recherches sur son domicile ; cherchez s'il a de la famille. »

Hugh raccrocha. « Monsieur Peterson, dit-il avec précaution, 20 nous avons peut-être une nouvelle piste. Un garagiste qui vient souvent traîner au bar du Mill Tavern et qui aurait été suspect dans plusieurs cas de disparition de jeunes filles il y a une douzaine d'années. Un dénommé Arty Taggert.

– Un garagiste ? » La voix de Steve monta. « *Un garagiste.*

– Exactement. Je sais ce que vous pensez. C'est une chance bien mince, mais si quelqu'un a réparé la voiture de votre femme ce jour-là, est-il possible qu'elle l'ait réglé par chèque ? Avez-vous gardé vos talons et relevés de chèques du mois de janvier d'il y a deux ans ?

– Oui, je vais voir.

– Rappelez-vous, nous examinons seulement toutes les pistes nouvelles. Nous n'avons aucune preuve sur cet Arty si ce n'est qu'on l'a interrogé une fois il y a des années.

– Je comprends. » Steve se dirigea vers son bureau.

Le téléphone sonna. C'était Roger Perry. Il hurlait dans l'appareil que Glenda affirmait que Renard était un garagiste du nom d'Arty Taggert.

Hugh raccrocha d'un coup sec et se préparait à appeler New York quand la sonnerie retentit à nouveau. Il aboya : « Oui. » Son expression changea, devint impénétrable.

« Comment ? Ne coupez pas, répétez. »

Steve vit les yeux d'Hugh se réduire à deux fentes. Quand Hugh sortit un crayon, il lui tendit un bloc-notes. Ignorant les efforts de l'autre pour lui cacher ce qu'il écrivait, Steve fixait le bloc, absorbant les mots à mesure qu'ils venaient.

« Merci pour l'argent. Le compte y est. Vous avez tenu votre promesse. Je tiendrai la mienne. Neil et Sharon sont vivants. À 11 h 30, ils seront exécutés au cours d'une explosion dans l'État de New York. Des décombres de cette explosion, vous pour-

50 rez retirer leurs corps.

Renard. »

Hugh dit : « Répétez encore une fois, pour que je sois sûr
d'avoir bien compris. » Un instant plus tard, il ajouta : « Merci.
Nous nous mettrons en rapport avec vous d'ici peu. » Il rac-
55 crocha.

« Qui a reçu ce message ? » demanda Steve. Une torpeur
miséricordieuse paralysait ses facultés de penser, d'avoir peur.

Hugh attendit une longue minute avant de répondre.
Quand il le fit, sa voix était infiniment lasse. « L'ordonnateur
60 des pompes funèbres de Carley, celui qui s'est occupé de l'enterrement de votre femme », dit-il.

Il était 9 h 35.

BIEN LIRE

CHAPITRE 40

• **Que découvre le F. B. I. au sujet d'Arty ?**

• **En quoi le message du Renard exprime-t-il bien le sadisme du
personnage ?**

41

Si la vieille sorcière n'avait pas fait tout ce raffut ! Arty était en sueur. Son costume neuf sentait vraiment mauvais maintenant, exactement comme chaque fois que…

Et s'il ne l'avait pas entendue ? C'était sûrement elle qui s'était installée dans la pièce, qui y avait amené le lit de camp. Cela voulait dire qu'elle avait une clé. S'il ne l'avait pas entendue, elle serait rentrée et les aurait trouvés. Ils auraient eu le temps de faire venir les experts pour désamorcer la bombe.

Il traversa rapidement la gare, longea la galerie qui menait à Biltmore et sortit la voiture du garage de l'hôtel. La valise et la radio y étaient déjà rangées. Il remonta East Side Drive vers le pont Triborough. C'était le chemin le plus rapide pour La Guardia. Il était pressé de quitter New York. L'avion pour Phoenix partait à 10 h 30.

Il retourna au parking qu'il n'avait quitté que quelques heures auparavant. La pensée qu'il avait si bien exécuté son plan pour s'emparer de la rançon l'apaisa. Cette fois, il rangea la Volkswagen loin du péage, là où se garent les gens pour la navette de Washington. Cette partie du parking était toujours très encombrée. Il avait effacé le numéro du moteur et ce n'est pas la plaque d'immatriculation qui permettrait de remonter jusqu'à lui. Il l'avait prise sur une voiture à la casse, cinq ans auparavant. De toute façon, il se passerait sans doute un mois avant que quelqu'un ne remarque que la Volkswagen était là depuis longtemps.

25   Il sortit du coffre les deux valises – la légère avec ses vêtements et les cassettes, la lourde avec l'argent – et la caisse du
radiotéléphone. Plus rien ne le reliait à la voiture.

Il s'avança d'un pas leste vers l'arrêt de l'autobus. La navette
de l'aéroport arrivait et il y grimpa. Les autres passagers lui jetè-
30 rent un regard indifférent. Il se sentit rejeté. Juste parce qu'il
n'était pas correctement vêtu. Il s'assit près d'une fille d'environ
dix-neuf ans, une fille très attirante. Il ne manqua pas de remarquer la grimace de dégoût, la façon dont la fille se détourna de
lui. La garce. Elle était loin de se douter qu'il était un homme
35 intelligent et riche.

L'autobus stoppa au terminus des lignes intérieures. Il fit
trois cents mètres vers l'entrée réservée aux voyageurs de
l'American Airlines. Un employé enregistrait les bagages. Il ne
tenait pas à trimbaler tout ce fourbi. Il sortit son billet. Il était
40 au nom de Rommel. Rommel, le Renard du Désert. C'était le
nom qu'il comptait utiliser en Arizona.

« Vous enregistrez ces trois bagages, monsieur ?

– Non. Pas celle-ci. » Il éloigna de l'employé la valise qui
contenait l'argent.

45   « Désolé, monsieur, je crains que vous ne puissiez prendre
une valise de cette taille à bord.

– Il le faut ! » Il tenta de refréner l'intensité de sa voix. « J'y
ai des papiers sur lesquels je dois travailler. »

L'employé haussa les épaules. « Très bien, monsieur, je pense
50 que l'hôtesse pourra toujours la mettre dans le placard de la

cabine si c'est nécessaire. »

Il était 9 h 28 et il avait de nouveau faim. Mais d'abord, il devait téléphoner. Il choisit un téléphone dans le coin le plus reculé de l'aérogare et écrivit ce qu'il voulait dire afin de ne pas faire d'erreur. Il imagina ce que penserait Peterson en recevant le message.

Il obtint rapidement la communication avec les pompes funèbres. À voix basse, Renard dit : « On va faire appel à vous pour une levée de corps.

– C'est entendu, monsieur. Qui est à l'appareil ? »

L'autre voix était contenue.

« Êtes-vous prêt à prendre un message ?

– Certainement. »

La voix de Renard changea, se fit plus rude. « Écrivez-le, ensuite vous me le relirez, et faites attention de bien comprendre. » Il commença à dicter, se réjouissant du halètement bouleversé à l'autre bout de la ligne. « Maintenant, relisez », ordonna-t-il. Une voix tremblante obtempéra, et soupira ensuite : « Mon Dieu, je vous en prie. »

Renard raccrocha en souriant.

Il entra dans une cafétéria de l'aéroport et commanda du bacon, des petits pains, un jus d'orange et du café. Il mangeait lentement, regardant les gens se presser autour de lui.

Il commençait enfin à se détendre. Le souvenir du coup de téléphone aux pompes funèbres le secouait tout entier d'un rire irrépressible. Au début, il avait pensé les prévenir d'une explosion dans *la ville* de New York. À la dernière minute, il avait changé pour *l'État* de New York. Il imaginait les flics en train de devenir chèvres. Ça leur ferait les pieds.

80   Arizona, terre du désert peint.

Regarder le gosse dans les yeux avait été nécessaire. Il n'aurait plus à les fuir désormais. Il se représenta Grand Central à 11 h 30. La bombe exploserait. Le plafond tout entier s'écroulerait sur Neil et sur Sharon, des tonnes et des tonnes de

85 ciment.

C'est aussi facile de fabriquer une bombe que de réparer une voiture. Vous n'avez qu'à lire ce que l'on a écrit sur la question. À présent, le monde entier voudrait savoir qui était Renard. On allait sans doute écrire sur lui, comme on l'avait fait sur

90 Rommel.

Il termina son café, s'essuya la bouche du revers de sa main. Il voyait par la vitre les gens chargés de bagages se hâter vers les portes de départ. Il se souvint de l'explosion de La Guardia à Noël, il y a deux ans. Elle avait provoqué une véritable panique,

95 la fermeture de l'aéroport. Il l'avait vue à la télévision.

Il se voyait déjà dans un bar ce soir à Phoenix, en train de regarder les informations à la télévision sur l'explosion de Grand Central. On en parlerait sur tous les écrans du monde. Mais ce serait encore mieux si les flics avaient une vague idée de

100 l'endroit par où commencer leurs recherches. Les gens qui mettent des bombes dans les immeubles de bureaux s'y prennent ainsi, ils donnent par téléphone une longue liste de tous les

endroits où ils ont pu placer les bombes et les flics ne savent plus où donner de la tête. Ils sont obligés de faire évacuer chacun des immeubles qu'on leur a signalés.

Il pouvait encore faire quelque chose dans ce genre. Mais qu'allait-il leur dire ? Il regarda devant lui. C'était un aéroport très animé. Les gens allaient et venaient dans tous les sens, et pourtant La Guardia était moins important que l'aéroport Kennedy.

Tout comme Grand Central. Ou la gare routière des autobus. Tout le monde est toujours pressé. Personne ne fait attention à personne. Les gens s'occupent seulement de l'endroit où ils vont, ne vous regardent jamais, ne vous rendent jamais un sourire.

Une idée lui venait peu à peu. Supposons qu'il prévienne les flics. Supposons qu'il leur dise que Sharon, Neil et la bombe étaient dans un grand centre de transport de la ville de New York. Cela signifierait qu'ils auraient à évacuer à la fois les aéroports, les deux gares routières, la gare de Pennsylvania tout comme Grand Central. Ils commenceraient leurs recherches sous les sièges des salles d'attente et dans les casiers de consigne. En fait, ils ne sauraient pas par où commencer. Et tous ces gens, tous ces pouilleux seraient obligés de décamper, de rater leurs trains, leurs avions, leurs autobus.

On ne retrouverait jamais Sharon et Neil. Jamais. La seule qui connaissait cette pièce, c'était la vieille sorcière, et il s'était occupé d'elle. À lui tout seul, il pouvait bloquer l'entrée et la

sortie de la plus grande ville du monde, sur un simple coup de
130 téléphone. M. Peterson croyait qu'il était un crack avec son
magazine et son placement et sa petite amie. Renard éclata de
rire. Le couple assis à la table à côté lui jeta un regard étonné.

Il allait téléphoner juste avant de prendre l'avion. Qui
allait-il appeler ?

135 Les pompes funèbres encore une fois ? Non.

Qui d'autre serait sûr que l'appel n'était pas une blague ?

Il avait trouvé ! Souriant, prévoyant la réaction qu'il susciterait, il commanda un autre café. À 10 h 12, il sortit de la cafétéria, tenant solidement sa valise à la main. Il attendit volontai
140 rement assez longtemps pour passer dans les derniers au
contrôle des bagages à main aux rayons X ; ils seraient pressés
et personne ne s'intéresserait à sa valise. Les compagnies d'aviation tiennent à leurs horaires.

À 10 h 15, il se glissa dans une cabine téléphonique près de
145 la porte de départ numéro 9, mit les pièces nécessaires et composa le numéro. Quand on décrocha à l'autre bout de la ligne,
il murmura un message. Il raccrocha doucement, se dirigea vers
le bureau de l'enregistrement et traversa le contrôle sans problème.

150 Le signal « embarquement immédiat » clignotait quand il
traversa la salle et se dirigea vers la passerelle couverte qui
menait à l'avion.

Il était 10 h 16.

42

Ses vêtements étaient mouillés, chauds, et ils sentaient mauvais. Du sang. Elle allait mourir.

La mort. Elle allait mourir. Lally le savait. À travers la petite lumière vacillante de son esprit, elle le sentait. Quelqu'un l'avait tuée… l'homme qui lui avait pris sa pièce lui avait pris la vie.

La pièce. Sa pièce. Elle voulait y mourir. Elle voulait y être. Il ne reviendrait plus. Il aurait trop peur. Personne ne la retrouverait jamais, peut-être. Emmurée. Elle serait emmurée dans la seule maison qu'elle ait jamais eue. Elle dormirait là pour toujours, au milieu du bruit réconfortant des trains. Ses idées s'éclaircissaient… mais elle n'en avait pas pour longtemps. Elle le savait. Il fallait qu'elle arrive à sa pièce.

Sentant la clé dans sa main, Lally tenta de se mettre debout. Il y avait quelque chose qui tirait… le couteau… le couteau était encore plongé dans son dos. Elle ne pouvait pas l'attraper. Elle commença à bouger…

Elle devait faire demi-tour en rampant. Elle s'était écroulée en tournant le dos à sa pièce. Quel effort pour se traîner… c'était terrible, terrible. Lentement, centimètre par centimètre, elle rampa, jusqu'à ce qu'elle se trouve dans la bonne direction. Il restait cinq mètres au moins jusqu'au pied de l'escalier. Et ensuite, les marches. Y arriverait-elle ? Lally secoua la tête pour chasser le brouillard noir. Elle sentait le sang couler de sa bouche. Elle essaya de le cracher.

25   La main droite… bien fermée sur la clé… la main gauche…
avancer la main gauche… le genou droit, le traîner en avant…
le genou gauche… la main droite… Elle y arriverait. De toute
façon, elle arriverait en haut des marches.

     Elle se voyait en train d'ouvrir la porte, la refermer… ramper
30 à l'intérieur… se hisser sur le lit de camp… s'étendre… fermer
les yeux… attendre.

     Dans sa pièce, la mort viendrait comme une amie, une amie
aux mains douces et froides…

43

Ils sont morts, pensa Steve. Quand vous êtes condamnés, vous êtes déjà morts. Cet après-midi, la mère de Ronald Thompson viendrait prendre le corps de son fils. Cet après-midi, l'entreprise des pompes funèbres Sheridan se rendrait sur les lieux d'une explosion pour prendre les corps de Sharon et de Neil.

Quelque part dans l'État de New York, fouillant dans les décombres… Il était debout près de la fenêtre. Il y avait un groupe serré de journalistes et de cameramen de télévision devant la maison. « Les nouvelles vont vite, fit-il. Les vautours de la presse et des médias s'emparent des bonnes histoires. »

Bradley venait juste de téléphoner. « Steve, que puis-je faire ?

– Rien. Rien. Faites seulement savoir si vous avez vu une Coccinelle Volkswagen vert foncé, conduite par un type d'environ trente-huit ans. Et pour nous aider, il a probablement changé les plaques. Il nous reste une heure et vingt minutes – une heure et vingt minutes. »

« Qu'a-t-on fait pour l'alerte à la bombe ? avait-il demandé à Hugh.

– Nous avons demandé à toutes les villes principales de l'État de New York de se mettre en état d'alerte. Nous ne pouvons rien faire de plus. Une explosion dans l'État de New York. *L'État de New York.* Savez-vous combien de kilomètres carrés cela recouvre ? Monsieur Peterson, il y a encore une chance

25 qu'il s'agisse d'une fausse alerte. Je veux dire, la menace d'explosion, le coup de téléphone aux pompes funèbres.

– Non, non, il est trop tard pour eux, trop tard. » Steve pensait : Bill et Dora se sont installés ici à cause de la mort de Nina. Ils sont venus pour me faire plaisir, pour s'occuper de Neil à ma
30 place. Et en bavardant, Bill Lufts a sans doute été la cause de l'enlèvement de Neil et de Sharon – de leur mort. Le cercle de la mort. Non, je vous en prie, mon Dieu, qu'ils vivent, aidez-nous à les retrouver...

Il se détourna nerveusement de la fenêtre. Hank Lamont
35 venait d'entrer avec Bill et lui faisait répéter son histoire. Steve la connaissait par cœur.

« Monsieur Lufts, vous avez très souvent parlé à cet Arty. Essayez de vous souvenir. A-t-il jamais mentionné qu'il voulait se rendre dans un endroit particulier ? Parlait-il d'un pays, comme le Mexique par exemple... ou l'Alaska ? »
40
Bill secoua la tête. Tout cela le dépassait. Il savait qu'ils soupçonnaient Arty d'avoir enlevé Sharon et Neil. Arty, un type si tranquille, un si bon garagiste. Il y avait à peine deux semaines, il était allé chez lui en voiture. Neil l'accompagnait. Il se sou-
45 venait exactement du jour parce que Neil avait eu une crise d'asthme cette nuit-là. Il essaya désespérément de se rappeler ce qu'avait pu dire Arty, mais c'était quelqu'un qui ne parlait jamais beaucoup, il semblait seulement très intéressé par les histoires que lui racontait Bill.

50 Hank était furieux contre lui-même. Il était allé au bar du

Mill Tavern et il avait payé une bière à ce type. Il avait même dit au bureau du F.B.I. que c'était inutile de chercher des renseignements sur lui. Lufts *devait* se souvenir. Comme le disait Hughie, tout ce que fait un homme laisse des traces. Il avait pu voir ce type sortir du Mill Tavern – et lui, Hank, n'avait rien suspecté. Hank fronça les sourcils. Il y avait cette plaisanterie qu'avait faite Arty au moment de s'en aller. Qu'est-ce que c'était ?

Bill disait : « ...Et c'est un type bien, tranquille, comme je vous l'ai déjà dit. Il ne s'occupe que de ses affaires. Bien sûr, il posait des questions, mais il avait seulement l'air amical et intéressé comme...

– Attendez, l'interrompit Hank.

– Qu'est-ce que c'est ? » Hugh se tourna lentement vers le jeune agent. « Vous avez trouvé quelque chose ?

– Peut-être. Quand Arty a quitté le bar avec les autres... ils ont dit quelque chose, comme : "Tu ne reverras pas Bill avant de partir pour Rhode Island..."

– Ouais. En un mot, Arty va partir pour Rhode Island.

– C'est là la question. Il a dit quelque chose d'autre... et ce type dans la publicité, Allan Kroeger, a fait une plaisanterie là-dessus. Une plaisanterie sur... sur le désert peint. C'est ça.

– Quoi ? demanda Hugh.

– Quand ils ont dit : "Dommage que Bill Lufts ne soit pas là pour te dire au revoir", Arty a répliqué : "Rhode Island, c'est pas l'Arizona." Ça lui a peut-être échappé ?

– Nous allons le savoir immédiatement. » Hugh fonça vers le téléphone.

Roger entra dans la pièce, posa sa main sur l'épaule de Steve et écouta avec lui Hugh qui vociférait au téléphone, mettant tout le poids du F.B.I. sur cette nouvelle piste.

Finalement, Hugh reposa l'appareil. « S'il est en route pour l'Arizona, nous l'arrêterons, monsieur Peterson. Je peux vous l'assurer.

– Quand ? »

Le visage de Roger avait la couleur de ce matin blême. « Steve, ne restez pas ici, dit-il. Glenda voudrait que vous veniez chez nous. Je vous en prie. »

Steve secoua la tête.

« Nous allons venir tous les deux, fit vivement Hugh. Hank, vous prendrez la relève ici. »

Steve réfléchit. « Bon. » Il se dirigea vers la porte d'entrée.

« Non, sortons par la porte de derrière et passons par le bois. Vous éviterez ainsi les journalistes. »

Un semblant de sourire étira les lèvres de Peterson. « Mais justement. Je n ai pas l'intention de les éviter. »

Il ouvrit la porte. Le petit groupe de journalistes brisa la barrière des policiers pour s'élancer vers lui. Les micros se dressèrent devant lui. Les caméras de télévision cherchaient à prendre sous le meilleur angle son visage exténué.

« Monsieur Peterson, avez-vous d'autres nouvelles ?

– Non.

– Pensez-vous que le kidnappeur mette en application sa menace d'exécuter votre fils et Sharon Martin ?

– Nous avons toutes les raisons de croire qu'il est capable d'un tel acte de violence.

– Pensez-vous que le fait que l'explosion soit prévue à la minute où sera exécuté Ronald Thompson ne soit qu'une simple coïncidence ?

– Non. Je ne crois pas qu'il s'agisse d'une coïncidence. Je pense que Renard a pu être impliqué dans le meurtre de ma femme. J'ai tenté d'en avertir Mme Greene, qui a refuse d'en parler avec moi. Je la supplie à présent publiquement de retarder l'exécution de Thompson. Ce garçon a toutes les chances d'être innocent. Personnellement, je suis sûr qu'il l'est.

– Monsieur Peterson, la terrible inquiétude que vous éprouvez au sujet de votre fils et de Mlle Martin a-t-elle changé votre opinion sur la peine capitale ? Quand le kidnappeur sera arrêté, voulez-vous qu'il soit exécuté ? »

Steve repoussa les micros de son visage. « Je vais répondre à vos questions. S'il vous plaît, laissez-moi parler. » Les journalistes se turent. Steve regarda droit dans la caméra. « Oui, j'ai changé d'avis. Je dis cela en sachant qu'il y a peu de chance que mon fils et Sharon Martin soient retrouvés vivants. Mais, même si leur ravisseur est arrêté trop tard, j'ai appris une chose durant ces deux dernières journées. J'ai appris qu'aucun homme n'a le droit de déterminer l'heure de la mort de l'un de ses semblables. Je crois que ce pouvoir n'appartient qu'à Dieu

seul et… » Sa voix se brisa. « Je vous demande seulement de
130 prier pour que Neil, Sharon et Ronald soient épargnés aujour-
d'hui. »

Des larmes coulaient le long de ses joues. « Laissez-moi passer. »

Les reporters s'écartèrent en silence. Roger et Hugh couru-
135 rent derrière lui comme il s'élançait à travers la rue.

Glenda les attendait. Elle leur ouvrit la porte, prit Steve
dans ses bras. « Allez-y, Steve, pleurez un bon coup. Allez. »

Il éclata en sanglots. « Je ne peux pas les laisser mourir. Je ne
peux pas les perdre. »

140 Elle le laissa pleurer dans ses bras, les sanglots lui secouaient
les épaules. Si seulement j'avais pu me souvenir plus tôt, se
désespérait-elle. Ô mon Dieu, je suis arrivée trop tard pour
l'aider ! Elle sentait son corps trembler comme il essayait de se
calmer.

145 « Je suis navré, Glenda, vous en avez trop vu… vous n'êtes
pas bien.

– Je vais très bien, répondit-elle. Steve, que cela vous plaise
ou non, vous allez prendre une tasse de thé et des toasts. Vous
n'avez ni dormi ni mangé depuis deux jours. »

150 L'air sombre, ils passèrent dans la salle à manger.

« Monsieur Peterson, dit Hugh doucement, souvenez-vous
que les photos de Sharon et de Neil vont être dans toutes les
éditions spéciales des journaux du matin ; elles vont apparaître

sur toutes les chaînes de télévision. Quelqu'un peut les avoir vus, avoir remarqué quelque chose.

– Vous ne croyez quand même pas que celui qui les a enlevés va les exhiber en public, rétorqua amèrement Steve.

– Quelqu'un peut avoir remarqué des activités suspectes ; quelqu'un peut avoir entendu l'un de ces appels téléphoniques ; ou entendu des gens parler dans un bar... »

Marian versa l'eau de la bouilloire dans la théière. La porte entre la cuisine et la salle à manger était ouverte et elle pouvait entendre la conversation. Ce pauvre M. Peterson. Pas étonnant qu'il se soit montré si brutal quand elle lui avait parlé. Il était anéanti par la disparition de son petit garçon et elle l'avait bouleversé encore davantage en lui parlant de Neil. Cela prouvait bien qu'il ne faut jamais juger les gens. Vous ne savez pas quel chagrin les déchire au fond d'eux-mêmes.

Peut-être que s'il prenait un peu de thé...

Elle apporta la théière. Steve avait la figure entre ses mains.

« Monsieur Peterson, dit-elle doucement, laissez-moi vous servir une bonne tasse de thé bien chaud. »

Elle prit la tasse. De l'autre main, elle commença à verser.

Lentement, Steve laissa retomber les mains de son visage. L'instant d'après, la théière volait à travers la table, un jet de liquide doré, bouillant, se répandait dans le sucrier, inondait les sets de table fleuris.

Glenda, Roger et Hugh se dressèrent, stupéfaits. Ils regardaient Steve qui agrippait le bras de Marian terrifiée.

180   « Où avez-vous trouvé cette bague ? hurlait-il. Où l'avez-vous trouvée ? »

BIEN LIRE

CHAPITRE 43
- De quoi se souvient Hank ?
- Que pense à présent Steve de la peine de mort ? Pourquoi ?
- Souvenez-vous du « trajet » de la bague. Comment se retrouve-t-elle au doigt de Marian ?

44

À la prison d'État de Somers, Kate Thompson embrassait son fils pour la dernière fois. Elle contempla sans les voir l'endroit où on lui avait rasé le crâne comme une tonsure de moine, les fentes sur les côtés de ses pantalons.

Elle garda les yeux secs en sentant les jeunes bras vigoureux se resserrer autour d'elle. Elle attira son visage vers le sien. « Sois courageux, mon chéri.

– Ne t'en fais. Bob a dit qu'il viendrait te chercher, maman. »

Elle le quitta. Bob allait rester jusqu'à la fin. Elle savait que ce serait plus facile si elle partait maintenant… plus facile pour lui.

Elle sortit de la prison, longea la longue route glaciale et ventée qui menait à la ville. Une voiture de police passait. « Laissez-moi vous reconduire, madame.

– Merci. » Elle monta dignement dans la voiture.

« Vous allez au motel, madame Thompson ?

– Non. Laissez-moi à l'église Saint-Bernard, s'il vous plaît. »

Les messes du matin étaient finies ; l'église était vide. Elle s'agenouilla devant la statue de la Vierge. « Soyez avec lui au dernier moment. Ôtez la haine de mon cœur. Vous qui avez sacrifié votre Fils innocent, aidez-moi, si je dois sacrifier le mien… »

45

Tremblant de tous ses membres, Marian essayait de parler. Mais elle ne pouvait proférer un seul mot, elle avait la bouche sèche, un nœud dans la gorge. Sa langue était paralysée. Elle s'était brûlé la main avec le thé. Et son doigt lui faisait très mal, celui dont M. Peterson avait arraché la bague.

Ils la regardaient tous comme s'ils la haïssaient. La main de M. Peterson se resserrait sur son poignet. « Où avez-vous pris cette bague ? cria-t-il à nouveau.

– Je… je… l'ai trouvée. » Sa voix vacilla, se cassa.

« Vous l'avez *trouvée !* » Hugh éloigna Steve de Marian. Son ton débordait de mépris. « Vous l'avez *trouvée !*

– Oui.

– Où ?

– Dans ma voiture. »

Hugh ricana et se tourna vers Steve. « Êtes-vous sûr que cette bague est bien celle que vous avez offerte à Sharon Martin ?

– Absolument. Je l'ai achetée dans un village au Mexique. Elle est unique. Regardez ! » Il la tendit à Hugh « Il y a une petite strie sur le côté gauche de l'anneau. »

Hugh fit courir son doigt sur la bague. Ses traits se durcirent. « Où est votre manteau, madame Vogler ? Je vous emmène. On va vous interroger. » Rapidement, il prononça les paroles d'avertissement légal : « Vous n'êtes pas obligée de répondre aux questions. Tout ce que vous direz peut être retenu contre vous.

Vous avez le droit de prendre un avocat. Allons-y. »

Steve s'écria : « Nom de Dieu, vous êtes fou ! Ne lui dites pas qu'elle n'est pas obligée de répondre. Vous êtes cinglé. Elle *doit* répondre aux questions. »

Le visage de Glenda était figé. Elle contemplait Marian avec colère et dégoût. « Vous avez parlé d'Arty ce matin, l'accusa-t-elle. Vous avez dit qu'il avait réparé votre voiture. Comment *avez-vous pu ?* Comment avez-vous pu, vous une femme avec des enfants, prendre part à ça ? »

Hugh fit volte-face. « Elle a parlé d'Arty ?

— Oui.

— Où est-il ? demanda Steve. Où les a-t-il emmenés ? Mon Dieu, la première fois que je vous ai vue, vous avez parlé de Neil.

— Steve, Steve, calmez-vous. » Roger le saisissait par le bras.

Marian sentit qu'elle allait s'évanouir. Elle avait gardé la bague, et elle ne lui appartenait pas. Et maintenant, ils croyaient qu'elle avait quelque chose à voir avec l'enlèvement. Comment faire pour qu'ils la croient ? Des vagues de vertige lui brouillaient la vue. Il fallait qu'ils appellent Jim. Il l'aiderait. Il viendrait et il leur raconterait comment la voiture avait été volée, et comment elle avait trouvé la bague. Il saurait les convaincre. La pièce se mit à tourner. Elle se raccrocha à la table.

Steve bondit et la rattrapa avant qu'elle ne tombe. Dans un brouillard, elle vit ses yeux, elle vit le désespoir dans ses yeux.

La pitié qu'elle éprouva pour lui la calma. Elle s'accrocha à lui, se força à combattre son étourdissement.

« Monsieur Peterson… » Elle pouvait à nouveau parler. Il fallait qu'elle parle. « Je ne pourrais faire de mal à personne. Je
₅₅ veux vous aider. J'ai *vraiment* trouvé cette bague. Dans notre voiture. Elle avait été volée lundi soir. Arty venait juste de la réparer. »

Steve baissa son regard sur le visage apeuré, ardent, les yeux débordants de sincérité. Et tout à coup, il enregistra le sens de
₆₀ ce qu'il venait d'entendre. « Volée ! Votre voiture a été volée lundi soir ? » Ô Seigneur, pensa-t-il, y a-t-il encore une chance de les retrouver ?

Hugh aboya. « Laissez-moi m'en occuper, monsieur Peterson. » Il approcha une chaise, y fit asseoir Marian.

₆₅   « Madame Vogler, si vous dites la vérité, vous pouvez nous aider. Connaissez-vous bien cet Arty ?

– Pas très bien. C'est un bon garagiste. Il m'a rendu la voiture dimanche. Et lundi, je suis allée à la séance de 16 heures au cinéma de la Grand-Place de Carley. J'ai garé la voiture dans
₇₀ le parking du cinéma. Elle avait disparu quand je suis sortie juste avant 19 h 30.

– Donc, il savait dans quel état se trouvait la voiture, dit Hugh. Savait-il que vous projetiez d'aller au cinéma ?

– Il pouvait le savoir, dit-elle en fronçant les sourcils Oui,
₇₅ nous en avons parlé dans son garage. Il a ensuite fait le plein. Il a dit qu'il nous le faisait gratuitement parce que c'était une

grosse réparation. »

Glenda murmura : « J'avais dit que la voiture était de couleur sombre, et très large. `

— Madame Vogler, dit Hugh, ceci est très important. Où a-t-on retrouvé votre voiture ?

— À New York. La police l'avait embarquée. Elle était en stationnement interdit.

— *Où cela ?* Vous souvenez-vous par hasard de l'endroit où elle a été retrouvée ? »

Marian réfléchit. « Près d'un hôtel, oui, près d'un hôtel.

— Madame Vogler, essayez de vous souvenir. Quel hôtel ? Vous pouvez nous faire gagner un temps précieux. »

Marian sccoua la tête. « Je ne me souviens pas.

— Votre mari s'en souviendrait-il ?

— Oui, mais il est en déplacement à l'extérieur aujourd'hui. Il faudrait téléphoner à l'usine et voir si on peut le joindre.

— Quel est le numéro d'immatriculation de votre voiture, madame Vogler ? »

Marian le lui donna sur-le-champ. Quel hôtel ? Jim avait dit quelque chose au sujet de la rue où on avait trouvé la voiture. Mais quoi ? Cela leur prendrait trop longtemps pour joindre Jim… pour vérifier sur les listes de remorquage… Il fallait qu'elle se souvienne. C'était quelque chose au sujet d'une vieille voiture dans une rue de milliardaires. C'est ce que Jim avait dit. Non, il avait dit qu'on avait donné à *l'endroit* le nom d'une famille de milliardaires. « Vanderbilt Avenue, s'écria-t-elle.

C'est ça. Mon mari m'a dit que la voiture était garée dans Vanderbilt Avenue, devant l'hôtel… l'hôtel… l'hôtel
105 *Biltmore.* »

Hugh saisit le téléphone et appela le quartier général du F.B.I. à New York. Il les bombarda de consignes.

« Rappelez-moi au plus vite. » Il raccrocha.

« Un agent va tout de suite au Biltmore avec une vieille
110 photo d'identification de Taggert, dit-il. Espérons qu'elle est encore ressemblante et espérons que nous pourrons apprendre quelque chose. »

Ils attendirent, tendus.

« S'il vous plaît, priait Steve. Ô mon Dieu, s'il vous plaît ! »
115 Le téléphone sonna.

Hugh arracha le récepteur de son support. « Qu'est-ce que vous avez trouvé ? » Il écouta et s'écria : « Bon sang !

J'y vais avec l'hélicoptère. » Il laissa tomber l'appareil, regarda Steve. « Le réceptionniste de l'hôtel a reconnu sur la photo un
120 certain A. R. Rommel qui est arrivé dimanche

soir. Il avait une Coccinelle Volkswagen vert foncé dans le garage de l'hôtel. Il est parti ce matin.

– *Rommel.* Rommel, le Renard du Désert ! s'écria Glenda.

125 – Exactement, dit Hugh.

– Était-il ? » Steve s'agrippa à la table.

« Il était seul. Mais le réceptionniste a remarqué qu'il entrait et sortait de l'hôtel à des heures bizarres. Parfois pour une courte période, ce qui pourrait signifier qu'il garde Neil et Sharon dans le centre de la ville. Souvenez-vous que John Owens a perçu des bruits de trains en arrière-plan sur les cassettes.

– Nous n'avons plus le temps, plus le temps. » La voix de Steve était amère. « À quoi sert de savoir tout cela maintenant ?

– Je prends l'hélicoptère jusqu'à l'immeuble de la Pan Am. Ils nous donneront la priorité pour atterrir sur le toit. Si nous attrapons Taggert à temps, nous le ferons parler. Sinon, notre meilleure chance est de concentrer toutes nos recherches autour du Biltmore. Voulez-vous m'accompagner ? »

Steve ne prit pas la peine de répondre. Il courut à la porte.

Glenda regarda la pendule. « Il est 10 h 30 », fit-elle, la voix blanche.

46

Assis à son bureau dans le presbytère de l'église Santa-Monica, le père Kennedy écoutait les informations à la radio. Il hocha la tête en repensant au visage tourmenté de Steve Peterson lorsqu'il était venu chercher le paquet la veille au soir. Il n'était pas étonnant qu'il ait eu l'air si bouleversé.

Pourraient-ils retrouver l'enfant et la jeune femme à temps ? Où cette explosion aurait-elle lieu ? Et combien d'autres seraient tués ?

Le téléphone sonna. Il décrocha d'un geste las. « Le père Kennedy à l'appareil.

– Merci d'avoir remis le paquet que j'avais déposé sur votre autel la nuit dernière. Ici Renard. »

Le prêtre sentit sa gorge se nouer. La presse avait simplement été prévenue que l'on avait retrouvé la cassette dans l'église. « Comment...

– Ne posez pas de questions. Vous allez appeler Steve Peterson de ma part et lui donner une autre indication. Dites-lui que la bombe explosera dans un des principaux centres de transport public de New York. Il peut commencer ses recherches par là. »

On raccrocha.

47

Renard traversa lentement la salle d'embarquement de la porte 9 en direction de la passerelle couverte qui menait à l'avion. Le pressentiment d'un danger, perçant comme un signal d'alarme, lui mettait les nerfs à vif. Son regard courait de droite à gauche. Les passagers de son vol ne lui prêtaient aucune attention, occupés à jongler avec leurs paquets, leurs sacs à main, leurs porte-documents, tout en s'apprêtant à présenter leur carte d'embarquement.

Il jeta un coup d'œil sur sa propre carte d'embarquement qui dépassait de l'enveloppe contenant le billet d'avion qu'il avait présenté au guichet. De son autre main, il serrait fortement la vieille valise noire.

Le bruit ! C'était ça. Le bruit d'une cavalcade. La police ! Il lâcha son billet, sauta le muret de séparation entre la salle d'embarquement et le couloir. Deux hommes se ruaient sur lui. Désespérément, il regarda autour de lui et remarqua une sortie de secours à environ quinze mètres. Elle devait conduire au terrain d'aviation.

La valise. Il ne pouvait pas courir avec la valise. Après une seconde d'hésitation, il la lança derrière lui. Elle heurta le carrelage avec un son mat, glissa quelques centimètres, et s'ouvrit. Les billets se répandirent dans le couloir.

« Arrêtez ou je tire ! » lança une voix forte.

Renard ouvrit brutalement la porte de secours, déclenchant

25 une sonnerie stridente. Il la claqua derrière lui et s'élança sur le terrain d'aviation. L'avion pour Phoenix était sur son chemin. Il le contourna. Une petite camionnette de service, moteur en marche, était stationnée près de l'aile gauche de l'appareil. Le conducteur s'apprêtait à y remonter. Renard le
30 saisit par-derrière, le frappa violemment dans le cou. L'homme s'écroula avec un grognement. Renard le repoussa et sauta dans la camionnette. Écrasant l'accélérateur, il démarra en zigzaguant autour de l'avion. Ils n'oseraient pas tirer avec l'avion dans leur champ.

35   Les flics allaient le poursuivre en voiture d'un instant à l'autre. Ou bien ils allaient envoyer d'autres voitures pour lui barrer le passage. C'était risqué de quitter la camionnette. C'était encore plus risqué d'y rester. Les pistes étaient entourées de barrières ou se terminaient dans la mer. S'il en empruntait
40 une, il serait pris au piège.

    Ils cherchaient un homme conduisant une camionnette de service sur le terrain d'aviation. Ils ne le cherchaient pas dans l'aérogare. Il remarqua une camionnette identique à celle qu'il conduisait près d'un hangar, se rangea à côté d'elle. Sur le siège
45 près de lui, il y avait un classeur ouvert. Il y jeta un bref coup d'œil. Il s'agissait de commandes, de livraisons. S'en emparant, il descendit de la camionnette. Une porte avec la mention « Réservé au personnel » s'ouvrait. Baissant la tête sur le registre, il attrapa la porte et l'empêcha de se refermer. Une
50 jeune femme en uniforme sortit d'un pas vif ; elle jeta un coup

d'œil sur le registre dans la main de Renard et passa rapidement devant lui.

La démarche de Renard était plus assurée à présent, rapide. Il franchit à grands pas le petit couloir sur lequel donnaient les bureaux du personnel et, un instant plus tard, se retrouvait dans le hall de départ. Les flics de l'aéroport passèrent en trombe devant lui, courant en direction du terrain. Sans faire attention à eux, il traversa l'aérogare, sortit sur le trottoir et héla un taxi.

« C'est pour où ? demanda le chauffeur.

– Grand Central Station. » Il sortit un billet de vingt dollars, tout ce qui lui restait. « Combien de temps pour y arriver ? Mon vol a été annulé, et il faut que j'attrape un train avant 11 h 30. »

Le chauffeur était très jeune, pas plus de vingt-deux ans. « Ça sera un peu juste, monsieur, mais on va y arriver. Les routes sont bonnes maintenant et la circulation est fluide. » Il appuya sur l'accélérateur. « Cramponnez-vous. »

Renard s'enfonça dans son siège. Une sueur glacée l'inondait. Ils savaient maintenant qui il était. Peut-être avait-on retrouvé son casier judiciaire. Et si quelqu'un disait : « Il travaillait autrefois à l'Oyster Bar. Il était plongeur. » Supposons qu'ils pensent à la pièce et qu'ils y descendent pour voir.

La bombe était reliée au réveil. Cela voulait dire que si quelqu'un entrait dans la pièce maintenant, on aurait le temps de faire sortir Sharon et Neil, peut-être même de désamorcer la bombe. Non, elle exploserait probablement si quelqu'un y touchait ; elle était très sensible. Mais à quoi cela servait si Sharon et Neil n'y étaient plus ?

80   Il n'aurait pas dû donner ce dernier coup de téléphone. C'était la faute de Sharon. Il aurait dû l'étrangler hier. Il se rappela la sensation qu'il avait éprouvée lorsque ses mains pressaient son cou, et qu'il sentait le battement de son sang sous ses doigts. Il n'avait jamais touché aucune des autres avec ses
85 mains ; il avait seulement noué et serré leurs écharpes ou leurs ceintures. Mais elle ! Ses mains brûlaient du désir de lui encercler le cou. Elle avait tout démoli. Elle l'avait trompé en prétendant être amoureuse de lui. Cette façon qu'elle avait de le regarder, même à la télévision, comme si elle le désirait, comme
90 si elle voulait qu'il l'emmène avec lui. Et hier, elle avait mis ses bras autour de lui pour prendre son revolver. Elle était mauvaise. C'était la pire de toutes, toutes les femmes dans les orphelinats, toutes les gardiennes dans les maisons de détention, toutes celles qui le repoussaient quand il essayait de les embras-
95 ser. « Arrête ! Ne fais pas ça ! »

    Il n'aurait pas dû emmener Sharon dans la pièce. S'il n'avait emmené que le gosse, rien de tout cela ne serait arrivé. Elle l'avait forcé à le faire, et maintenant l'argent était perdu et ils savaient qui il était et il était obligé de se cacher.

100   Mais il la tuerait avant. En ce moment, on devait commencer à évacuer les gares et les aéroports. Ils ne penseraient sans doute pas si vite à la pièce. La bombe, c'était trop bon pour elle.

Il fallait qu'elle lève les yeux et qu'elle le voie, qu'elle sente ses mains autour de son cou. Il fallait qu'il voie son visage sous le sien et qu'il la sente mourir. Il fallait qu'il lui parle, qu'il lui dise ce qu'il allait faire, et qu'il l'entende le supplier, et qu'il serre.

Il ferma les yeux, avala sa salive. Il avait la bouche sèche, un frisson de plaisir le traversa.

Il n'aurait besoin que de quatre ou cinq minutes une fois dans la gare. S'il arrivait dans la pièce à 11 h 27, il aurait le temps. Il s'enfuirait par le tunnel de Park Avenue.

Et même sans son magnétophone, il se souviendrait du son de sa voix. Il voulait se souvenir. Il s'endormirait en se souvenant de la voix de Sharon au moment où elle mourrait.

Le gosse. Il le laisserait là. La bombe se chargerait de lui, de lui et de tous ces sales flics pourris, et de tous ceux qui ne seraient pas sortis à temps. Ils ne savaient même pas ce qui les attendait.

Le taxi entrait dans le tunnel qui mène au centre de la ville. Ce garçon était un excellent conducteur. Il n'était que onze heures moins dix. Encore dix ou quinze minutes et ils arriveraient dans la Quarante-deuxième rue. Il aurait tout le temps. Tout le temps nécessaire pour Sharon.

Au milieu du tunnel, le taxi s'arrêta brusquement. Renard sortit de ses pensées. « Que se passe-t-il ? »

Le chauffeur haussa les épaules. « Je regrette, monsieur, il y a un camion arrêté un peu plus loin. Il a l'air d'avoir perdu une partie de son chargement. Les deux files sont bloquées. Mais je

ne pense pas que ce sera long. Ne vous en faites pas, vous aurez
130 votre train. »

Renard bouillait d'impatience de retrouver Sharon. Il avait
les mains brûlantes, comme s'il touchait du feu. Il songea à descendre, à faire à pied le reste du chemin, mais il se ravisa, les
flics l'arrêteraient.

135 Il était 11 h 17 lorsqu'ils sortirent lentement du tunnel et
tournèrent vers le nord. La circulation commença à ralentir à la
Quarantième rue. Le chauffeur siffla : « Quel bordel ! Je vais
couper vers l'ouest. »

À la Troisième avenue, ils furent complètement arrêtés. Des
140 voitures immobilisées bloquaient tous les croisements. Les avertisseurs klaxonnaient furieusement. Les piétons, l'air affolé,
fuyaient à toute allure vers l'est, contournant les voitures,
enjambant les pare-chocs. « Il doit se passer quelque chose
d'anormal, monsieur. On dirait qu'ils ont bloqué les rues plus
145 haut. Attendez, je vais mettre la radio. C'est peut-être encore
une alerte à la bombe. »

Ils étaient sans doute en train d'évacuer la gare. Renard jeta
le billet de vingt dollars au chauffeur, ouvrit la porte et descendit sur la chaussée.

150 À la Quarante-deuxième rue, il les aperçut. Des flics. Des flics
partout. La Quarante-deuxième barrée. Il joua des coudes pour
écarter les gens. Une bombe. Une bombe. Il s'arrêta. Les gens
parlaient d'une bombe dans la gare. Avaient-ils trouvé Sharon et
le gosse ? Cette pensée l'emplit d'une fureur noire. Il bouscula

ceux qui lui barraient le passage et fonça à travers la foule.

« Reculez, mon vieux. On ne passe pas. » Un grand et jeune gaillard de flic lui tapait sur l'épaule comme il s'apprêtait à traverser la Troisième avenue.

« Que se passe-t-il ? » Il fallait qu'il sache.

« Rien. Du moins, nous l'espérons. Mais une alerte à la bombe a été donnée par téléphone. Nous devons prendre des précautions. »

Par téléphone. Son coup de téléphone au prêtre. *Une alerte !* Cela voulait dire qu'ils n'avaient pas découvert la bombe. Tout allait bien. Il exulta. Il avait les doigts et les paumes des mains électrisés comme à chaque fois qu'il allait vers une fille et que rien ne pouvait l'arrêter. Il prit un air soucieux, une voix douce, pour s'adresser au policier. « Je suis chirurgien. Je dois rejoindre l'équipe de secours au cas où l'on aurait besoin de moi.

– Oh ! pardon, docteur ! Vous pouvez passer. »

Renard remonta la Quarante-deuxième rue, prenant soin de raser les murs. Le prochain flic à l'arrêter pourrait être assez malin pour lui demander une pièce d'identité. Des flots de gens sortaient des bureaux et des magasins, attirés par les appels des haut-parleurs qu'utilisait la police. « Dépêchez-vous. Pas d'affolement. Dirigez-vous vers la Troisième ou la Cinquième avenue. Votre coopération peut vous sauver la vie. »

Il était exactement 11 h 26 lorsque Renard, se frayant un passage à travers la foule inquiète et désordonnée, atteignit l'entrée principale de la gare. Les portes étaient bloquées en position

ouverte pour faciliter la sortie. Un policier gradé gardait la dernière porte à l'extrême gauche. Renard essaya de se glisser sans
se faire remarquer. On lui saisit le bras. « Hé ! là ! on ne passe
pas !

185   — Membre de l'équipe technique de la gare, dit sèchement
Renard.

   — Trop tard. Les recherches vont s'arrêter dans une minute.

   — On m'a fait appeler, insista Renard.

   — Comme vous voulez. » Le flic baissa son bras.

190   Derrière les portes, le kiosque à journaux désert était rempli
des éditions du matin. Renard aperçut les titres en grosses
lettres noires. *Enlèvement.* C'était lui, c'était ce qu'il avait fait,
lui – le renard.

   Il passa en courant devant le kiosque et jeta un coup d'œil
195 dans le hall principal. Des policiers, l'air tendu, coiffés de
casques, cherchaient derrière les guichets et les comptoirs. Il
devait y en avoir des douzaines dans la gare. Mais il serait plus
malin qu'eux ! Qu'eux tous !

   Un petit groupe de gens était rassemblé près du bureau de
200 renseignements. Un homme dominait les autres, large
d'épaules, les cheveux d'un blond cendré, les mains enfoncées
dans les poches. Il secouait la tête. C'était Steve Peterson.
Retenant son souffle, Renard s'élança dans le hall et atteignit
l'escalier qui descendait au niveau inférieur.

205   Il ne lui fallait plus que deux minutes. Ses doigts électrisés le
brûlaient. Il les pliait, les dépliait tout en descendant l'escalier

quatre à quatre. Seuls les pouces restaient rigides. Il traversa le niveau inférieur au pas de course, sans que personne ne l'arrêtât, et disparut dans les escaliers qui menaient au quai de Mount Vernon et au-delà, à la pièce.

48

La nouvelle du coup de téléphone de Renard parvint à Hugh et à Steve alors que l'hélicoptère survolait le pont de Triborough.

« *Un des principaux centres de transport public de New York*, aboya Hugh dans la radio. Bon Dieu, cela inclut les deux aéroports, les deux gares routières, Pennsylvania et Grand Central. Avez-vous commencé à les évacuer ? »

Steve écoutait, les épaules courbées ; ses mains s'ouvraient et se refermaient sans cesse. Kennedy ! La Guardia ! La gare routière municipale occupait tout un bloc ; celle qui était près du pont était probablement encore plus grande. Sharon… Neil… Ô mon Dieu, c'était sans espoir ! que le renard bâtisse son terrier dans ton foyer…

Hugh reposa le récepteur. « Pouvez-vous faire voler ce machin-là un peu plus vite ? insista-t-il auprès du pilote.

— Le vent forcit, répondit le pilote. Je vais essayer de descendre un peu plus bas.

— Le vent, il ne manquait plus que ça si un incendie se déclare lors de l'explosion », marmonna Hugh entre ses dents. Il regarda Steve par-dessus son épaule. « Ce n'est pas la peine de se faire des illusions. Ça va mal. Nous devons envisager que sa menace de bombe est réelle.

— Avec Sharon et Neil quelque part dans les parages ? » Steve avait la voix brisée. « Par où allez-vous commencer les recherches ?

– Il faut jouer sur la chance, répliqua froidement Hugh. Nous allons concentrer tous nos efforts sur Grand Central. Souvenez-vous, il avait garé la voiture dans Vanderbilt Avenue, et il avait pris une chambre au Biltmore. Il connaît la gare comme sa poche. Et John Owens a dit que le bruit de trains sur la cassette ressemble plus à un bruit de trains de banlieue qu'à celui du métro.

– Que va devenir Ronald Thompson ?

– Si nous ne prenons pas Renard pour le faire passer aux aveux, il est foutu. »

À 11 h 5, l'hélicoptère se posa au sommet de l'immeuble de la Pan Am. Hugh ouvrit rapidement la porte. Un agent du F.B.I. se précipita vers eux tandis qu'ils sautaient à terre. Blanc de colère, les lèvres serrées, il leur raconta brièvement comment Renard s'était échappé.

« Comment ça, *échappé* ? explosa Hugh. Comment diable cela a-t-il pu arriver ? Êtes-vous vraiment certain qu'il s'agissait de Renard ?

– Absolument. Il a laissé tomber la rançon. On fouille le terrain d'aviation et l'aérogare en ce moment. Mais on a déjà commencé à évacuer les gens et c'est une sacrée pagaille là-bas.

– La rançon ne nous dira pas où il a déposé la bombe, et ça ne sauvera pas Thompson, proféra sèchement Hugh. *Il faut trouver Renard et le faire parler.* »

Renard s'était échappé. Abasourdi, Steve prenait conscience des mots. Sharon. Neil. « Steve, j'avais tort, pardonne-moi. »

« Maman n'aimerait pas me savoir ici. » Cette étrange cassette serait-elle le dernier lien qu'il aurait avec eux ?

La cassette, la voix de Nina…

Il attrapa le bras d'Hugh. « La cassette qu'il a envoyée. Il a dû enregistrer la voix de Nina à la fin. Vous dites qu'il avait tout déménagé dans le garage. Avait-il des bagages ? Il avait sûrement une valise, quelque chose avec lui. Peut-être a-t-il encore la cassette sur laquelle est enregistrée la voix de Nina ; peut-être a-t-il quelque chose qui indiquerait où sont Sharon et Neil. »

Hugh se tourna vers l'autre agent. « Savez-vous s'il avait des bagages ?

— Il y a deux tickets d'enregistrement attachés au billet d'avion qu'il a laissé tomber. Mais l'avion a décollé il y a environ vingt-sept minutes. Personne n'a pensé à empêcher le décollage. Nous aurons les valises à Phœnix.

— Ça ne va pas, s'écria Hugh. Bon Dieu, ça ne va pas du tout. Débrouillez-vous pour faire revenir ce foutu avion. Que tous les bagages de La Guardia soient prêts à être déchargés. Donnez l'ordre à la tour de contrôle de dégager une piste. Et qu'il n'y ait pas un imbécile pour se mettre en travers de nous. Où trouve-t-on un téléphone ici ?

— À l'intérieur. »

Hugh sortit son carnet tout en courant. Rapidement, il composa le numéro de la prison Somers et obtint le bureau du directeur. « Nous tentons toujours de mettre la main sur la preuve de l'innocence de Thompson. Soyez prêt à répondre au téléphone jusqu'à la dernière seconde. »

Il appela le bureau du gouverneur, obtint sa secrétaire personnelle. « Faites en sorte que l'on puisse joindre le gouverneur à tout instant et arrangez-vous pour avoir une ligne disponible pour nos agents à La Guardia et une autre pour la prison. Sinon, l'état de Connecticut entrera dans l'histoire pour avoir électrocuté un innocent. » Il reposa le téléphone. « Allons-y », dit-il à Steve.

Dix-neuf minutes, songea Steve tandis que l'ascenseur descendait en flèche. Dix-neuf minutes.

Le hall de l'immeuble de la Pan Am était bondé de gens qui avaient fui la gare. Alerte à la bombe… Alerte à la bombe… Ces mots revenaient sur toutes les lèvres.

Steve et Hugh se frayèrent un chemin à contre-courant à travers la foule. Comment savoir où chercher ? Steve était mort d'angoisse. Il était là pas plus tard qu'hier. À l'Oyster Bar, en train d'attendre son train. Se pouvait-il que Sharon et Neil se soient trouvés au même moment dans les environs, sans défense ? Du haut-parleur une voix pressante répétait les mêmes ordres. « Quittez les lieux immédiatement. Gagnez la sortie la plus proche. Pas d'affolement. Ne vous rassemblez pas près des sorties. Quittez les lieux… quittez les lieux… »

Le bureau de renseignements au niveau supérieur de la gare, avec ses lumières rouges qui clignotaient, menaçantes, était le quartier général des opérations. Les techniciens, penchés sur des plans et des diagrammes, lançaient des ordres aux équipes de recherche.

« Nous nous concentrons sur une zone comprise entre le sol
105 de ce niveau et le plafond du niveau inférieur », expliqua un
ingénieur à Hugh. « On peut y accéder de tous les quais et ce
serait une très bonne cachette. Nous avons vérifié les quais et
nous fouillons tous les casiers de consigne. Nous estimons que,
même si nous trouvons la bombe, il sera probablement trop
110 risqué de la désamorcer. La brigade antibombe a apporté tous
les déflecteurs antisouffle qu'ils ont pu trouver. On les distribue
aux équipes de recherche. Une seule d'entre elles est en principe
capable d'atténuer quatre-vingt-dix pour cent des effets d'une
explosion. »

115 Steve balaya du regard le hall de gare. Le haut-parleur s'était
tu et le vaste espace était devenu silencieux ; un silence étouffé,
dérisoire, régnait. L'horloge. Il chercha des yeux l'horloge située
au-dessus du bureau de renseignements. Les aiguilles tour-
naient. 11 h 12… 11 h 17… 11 h 24… Il aurait voulu pouvoir
120 les retenir. Il aurait voulu courir sur chaque quai, dans chaque
salle d'attente, chaque recoin. Il aurait voulu crier leurs noms :
Sharon ! Neil !

Affolé, il tourna la tête. Il fallait qu'il fasse quelque chose,
qu'il les cherche lui-même. Son regard tomba sur un homme,
125 grand, maigre, qui entrait en trombe par la porte de la
Quarante-deuxième rue, descendait en courant les marches de
l'escalier et disparaissait dans le deuxième escalier qui conduisait au niveau inférieur. Quelque chose chez cet homme lui

parut familier. Peut-être l'un des agents ? Mais qu'allait-il donc faire maintenant ?

Le haut-parleur reprenait. « Il est 11 h 27. Toutes les équipes de recherche doivent regagner immédiatement la sortie la plus proche. Quittez la gare immédiatement. Je répète : quittez la gare immédiatement.

– Non ! » Steve agrippa Hugh par les épaules, le fit pivoter. « Non !

– Monsieur Peterson, soyez raisonnable. Si la bombe explose, nous serons tous tués. Même si Sharon et Neil sont ici, nous ne leur sommes plus d'aucun secours.

– Je ne pars pas », dit Steve.

Hugh lui attrapa le bras. Un agent du F.B.I. le prit par l'autre. « Monsieur Peterson, soyez raisonnable. Ce n'est peut-être qu'une précaution. »

Steve s'arracha à eux. « Lâchez-moi, nom de Dieu ! hurla-t-il Lâchez-moi ! »

49

C'était sans espoir. Sans espoir. Les yeux rivés sur le réveil, Sharon essayait frénétiquement d'attaquer la corde qui lui liait les poignets avec le tranchant de la poignée de porte cassée. Mais rien n'était plus difficile que de tenir la poignée d'une
5 main en essayant de l'enfoncer dans la corde de l'autre.

Plus d'une fois, elle rata la corde et le métal lui déchira la main. Le sang tiède et gluant coulait, se coagulait. Elle ne sentait pas la douleur. Mais que se passerait-il si elle entaillait une artère et si elle s'évanouissait ?

10 Le sang avait amolli la corde, la rendait plus souple. Le métal s'y enfonçait mais ne l'attaquait pas. Il y avait plus d'une heure qu'elle essayait, il était onze heures moins vingt-cinq.

Onze heures moins vingt.

Moins dix… moins cinq… onze heures cinq…

15 Elle s'acharnait, le visage couvert de transpiration, les mains poisseuses de sang, insensible à la douleur. Elle avait conscience des yeux de Neil fixés sur elle. Prie, Neil.

À 11 h 10, elle sentit la corde faiblir, céder. Rassemblant ce qui lui restait d'énergie, Sharon écarta ses mains. Elles étaient
20 libres ; les liens pendaient de ses poignets.

Elle les tendit devant elle, les secoua, essayant de chasser l'engourdissement. Il restait quinze minutes.

Prenant appui sur son coude gauche, Sharon se redressa avec peine. Elle s'arc-bouta, le dos contre le mur et se hissa petit à petit pour s'asseoir. Ses jambes basculèrent devant le lit de camp. Une douleur aiguë lui traversa la cheville.

Quatorze minutes.

Ses doigts affaiblis tremblaient en tirant sur le bâillon. Le tissu était terriblement serré. Elle n'arrivait pas à le relâcher. Tirant de toutes ses forces, elle parvint à le faire descendre. Quelques grandes goulées d'air lui éclaircirent les idées.

Treize minutes.

Elle ne pouvait pas marcher. Même si elle parvenait à se traîner jusqu'à la bombe, elle risquait de la cogner en se cramponnant au bord de l'évier, en essayant de l'attraper. Elle pouvait la faire exploser simplement en l'effleurant. Elle se souvenait du soin extrême avec lequel Renard maniait les fils.

Il n'y avait plus d'espoir pour elle. Il fallait chercher à libérer Neil. Si elle y arrivait, il pourrait sortir, avertir quelqu'un. Elle lui arracha son bâillon.

« Sharon.

– Oui. Je vais essayer de défaire tes liens. Je vais peut-être te faire mal.

– Ça ne fait rien, Sharon. »

Et soudain elle l'entendit. Le bruit. Quelque chose cognait sourdement contre la porte. Est-ce qu'il revenait ? Avait-il changé d'idée ? Serrant Neil contre elle, Sharon fixait la porte. Elle s'ouvrait. L'interrupteur fit un déclic.

Dans la lumière poussiéreuse, elle vit ce qui semblait être une apparition trébucher vers elle, une femme, une vieille femme avec un filet de sang qui lui coulait de la bouche, des yeux hagards enfoncés dans leurs orbites.

Neil se pressa contre Sharon tandis que la femme s'avançait ; il contemplait avec horreur la forme qui tombait en avant, s'af-
55 faissait par terre comme un sac de linge sale.

La femme gisait sur le côté, elle tentait de parler : « Le couteau… dans mon dos… au secours… s'il vous plaît… enlevez-le… j'ai mal… voudrais mourir ici… »

La tête de la femme touchait le pied de Sharon. Son corps
60 était grotesquement tordu. Sharon aperçut le manche du couteau entre ses omoplates.

Elle pourrait libérer Neil avec le couteau. Frissonnante, elle saisit le manche à deux mains, tira.

Le couteau résista avant de céder, d'un seul coup. Elle le
65 tenait, la lame affilée et menaçante, maculée de sang.

La femme gémit.

En un clin d'œil, Sharon avait tranché les cordes de Neil. « Neil… cours… sors d'ici… crie aux gens qu'il va y avoir une explosion… vite… descends les escaliers… il y a une grande
70 rampe… prends-la… va jusqu'au quai, monte l'autre escalier… il y aura des gens… papa viendra… vite… sors de la gare… fais sortir tout le monde…

– Mais, Sharon… » La voix de Neil était suppliante. « Et toi ?
– Neil… vas-y. Cours ! »
75 Neil se glissa hors du lit de camp. Il essaya de marcher, trébucha, se redressa. « Mes jambes…

– Neil, vite. Cours ! Cours ! »

Avec un dernier regard implorant, Neil obéit. Il sortit de la pièce sur le palier. Il descendit les escaliers. Sharon avait dit de descendre les escaliers. Tout était si calme ici, si effrayant. Il avait si peur. La bombe. Peut-être allait-il trouver quelqu'un, peut-être pourraient-ils sauver Sharon. Il devait trouver quelqu'un pour sauver Sharon.

Il était au pied des escaliers. Quelle direction fallait-il prendre ? Il y avait tellement de tuyaux. Une rampe. Sharon avait dit une rampe. Ça devait être ça. Comme celle de l'école qui menait des classes à la grande salle.

Il suivit la rampe en courant. Il aurait voulu appeler à l'aide. Mais il fallait aller vite. Il devait trouver quelqu'un. Il était au bout de la rampe. Il était dans une gare, une gare de chemins de fer. La voie était devant lui. Sharon avait dit de monter l'autre escalier. Il contourna le quai, là où la voie s'arrêtait.

Une voix se mit à parler. On aurait dit le proviseur quand il parlait dans le haut-parleur de l'école. Elle disait que tout le monde devait s'en aller. Où était l'homme qui parlait ?

Il entendait des pas dans un escalier. Quelqu'un venait, quelqu'un qui pourrait sauver Sharon. Il était tellement soulagé qu'il essaya d'appeler, mais en vain. Il était à bout de souffle. Ses jambes lui faisaient si mal qu'il ne pouvait plus courir. Il trébucha en s'approchant de l'escalier, et commença à gravir les marches. Il fallait qu'il prévienne celui qui arrivait au sujet de Sharon.

Neil leva la tête et vit le visage qui avait hanté ses rêve se rapprocher de lui…

105   Renard vit Neil. Ses yeux se rétrécirent. Sa bouche eut un rictus. Il tendit les mains…

Neil fit un saut de côté, lança son pied. La jambe de l'homme heurta sa chaussure de tennis. Il dégringola les trois dernières marches. Échappant aux bras qui tentaient de le sai-
110 sir, Neil s'élança vers le haut des escaliers. Il se trouvait dans un vaste hall, vide. Il n'y avait personne. Un autre escalier. Par là, peut-être. Il y avait peut-être des gens, en haut. Le méchant homme allait rejoindre Sharon.

Sanglotant, Neil courut jusqu'en haut des escaliers. Papa,
115 essayait-il de crier. Papa. Papa. Il atteignait la dernière marche. Il y avait des policiers partout. Ils partaient tous en courant. Certains d'entre eux entraînaient un homme.

Ils entraînaient papa.

« Papa ! hurla Neil. Papa ! »

120   Dans un dernier sursaut d'énergie, il s'élança en trébuchant dans le hall. Steve l'entendit, se retourna, courut vers lui, l'attrapa.

« Papa, sanglotait Neil, l'homme va tuer Sharon maintenant… comme il a tué maman. »

BIEN LIRE

CHAPITRE 49
- **Comment Sharon parvient-elle à libérer Neil ?**
- **Que ressent le lecteur à la fin du chapitre ?**

50

Résolue, Rosie se débattait pour empêcher qu'on ne la pousse dehors. Lally était en bas, à Sing-Sing. Elle en était sûre. Il y avait des flics partout. Il y en avait tout un groupe au bureau de renseignements. Rosie reconnut Hugh Taylor. C'était ce chic type du F.B.I. qui lui parlait toujours quand il venait faire un tour dans la gare. Elle courut vers lui, le tira par le bras.

« Monsieur Taylor, Lally… »

Il lui jeta un coup d'œil, libéra son bras. « Fichez le camp d'ici, Rosie », lui ordonna-t-il.

Un haut-parleur se mit à hurler, ordonnant à tout le monde de sortir. « Non ! » sanglota Rosie.

Il y avait un grand type à côté d'Hugh Taylor qui le prenait aux épaules, le faisait pivoter. Elle vit Hugh et un autre policier saisir l'homme à bras-le-corps.

« Papa ! Papa ! »

Avait-elle des voix ? Rosie se retourna. Un petit garçon courait en titubant à travers le hall. Au même instant, le grand type qui criait après M. Taylor s'élança vers l'enfant. Elle entendit le petit garçon qui parlait d'un homme méchant et se précipita vers eux. Peut-être avait-il vu le type qu'elles surveillaient, Lally et elle.

Le petit garçon pleurait. « Papa, il faut sauver Sharon. Elle est blessée, elle est attachée, et il y a une vieille dame malade…

25   – Où, Neil, où ? suppliait Steve.

– Une vieille dame malade, s'écria Rosie. C'est Lally. Elle est dans sa pièce. Vous savez, monsieur Taylor, Sing-Sing – l'ancienne salle de plonge.

– Allons-y », hurla Hugh.

30   Steve confia Neil à un policier. « Faites sortir mon fils d'ici. » Il s'élança derrière Hugh. Deux hommes chargés d'une lourde plaque de métal les suivirent.

« Mon Dieu, sortons d'ici en vitesse ! » Quelqu'un passa son bras autour de la taille de Rosie et l'entraîna vers une sortie.

35 « Cette bombe va exploser d'une seconde à l'autre ! »

51

Sharon entendit le bruit feutré des chaussures de tennis de Neil s'éloigner rapidement dans l'escalier. Mon Dieu, faites qu'il arrive à s'échapper, faites qu'il y arrive.

Les gémissements de la vieille femme s'arrêtaient, reprenaient, puis cessaient pendant un temps. Lorsque la plainte reprit, elle était plus basse, plus douce; comme si elle allait s'éteindre.

Avec une sensation très nette de détachement, Sharon se rappela que la femme avait dit vouloir mourir ici. Se penchant vers elle, elle effleura les cheveux emmêlés, les caressa doucement. Du bout des doigts, elle lissa le front ridé. La peau était humide et froide. Lally eut un violent frisson. La plainte cessa.

Sharon comprit que la femme était morte. Et maintenant, elle allait mourir à son tour. « Je t'aime, Steve, dit-elle à voix haute. Je t'aime, Steve. » Elle ne voyait plus que son visage. Le besoin qu'elle avait de lui devenait une véritable douleur physique, primitive, déchirante, bien plus forte que le supplice lancinant de sa jambe et de sa cheville.

Elle ferma les yeux. « Pardonnez-nous nos offenses comme nous pardonnons à ceux qui nous ont offensés... Entre Vos Mains, je remets mon âme ! »

Un bruit.

Elle ouvrit brusquement les yeux. Renard se tenait dans l'encadrement de la porte. Un large sourire fendait son visage. Les doigts courbés, les pouces dressés, il s'avançait vers elle.

52

Hugh fila en tête vers le quai de Mount Vernon. Il fit le tour de la voie, s'engagea dans la rampe qui menait aux profondeurs de la gare. Steve courait à ses côtés. Les hommes qui portaient le déflecteur anti-souffle s'efforçaient de les suivre.

5   Ils étaient sur la rampe quand ils entendirent un hurlement. « Non… non… non… Steve… Au secours… Steve… »

Les prouesses de Steve sur la piste cendrée dataient d'il y a vingt ans. Mais une fois encore il sentit cet énorme afflux de puissance, cette extraordinaire vague d'énergie qui s'emparait 10 toujours de lui au départ d'une course. Aveuglé par le désir d'atteindre Sharon à temps, il dépassa les autres.

« Steeevvveeee… » Le cri s'interrompit.

Les escaliers. Il était au pied d'un escalier. Il s'élança quatre à quatre, franchit une porte comme un ouragan.

15   Son cerveau enregistra la vision de cauchemar qu'il découvrait, le corps étendu sur le sol, Sharon à moitié couchée, à moitié assise, les jambes liées, les cheveux épars, cherchant à échapper à la forme penchée sur elle, la forme aux doigts serrés qui la prenaient à la gorge.

20   Steve se jeta sur l'homme, cogna de la tête dans le dos penché. Renard s'aplatit en avant. Ils tombèrent tous les deux sur Sharon. Le lit de camp céda sous leurs poids et ils roulèrent ensemble sur le sol. Les mains n'avaient pas lâché le cou de Sharon, mais elles s'écartèrent sous le choc. Renard vacilla sur

ses pieds, s'accroupit, Steve se releva, buta sur le corps de Lally. La respiration de Sharon n'était qu'un râle étouffé, torturé.

Hugh bondissait dans la pièce.

Piégé, Renard recula. Sa main trouva la poignée des cabinets. Il s'y rua, claqua la porte derrière lui. Ils l'entendirent tirer le verrou.

« Sortez de là, espèce de timbré », tonna Hugh.

Les agents arrivaient avec le déflecteur anti-souffle. Avec un soin extrême, ils enveloppèrent la valise noire de l'épaisse feuille de métal.

Steve se pencha vers Sharon. Elle avait les yeux fermés. Sa tête partit en arrière quand il la releva. D'affreuses marques apparaissaient sur son cou. Mais elle était vivante ; elle était vivante. La prenant dans ses bras, il se dirigea vers la porte. Ses yeux tombèrent sur les photos, sur la photo de Nina. Il serra Sharon plus fort.

« Sortez d'ici ! » hurla Hugh.

Ils dévalèrent les escaliers. « Le tunnel. Tous au tunnel ! »

Ils dépassèrent le générateur, les ventilateurs, s'élancèrent sur les voies, dans l'obscurité…

Renard entendit leurs pas s'éloigner. Ils étaient partis. Ils étaient partis. Il fit glisser le verrou et ouvrit la porte. À la vue du déflecteur sur sa valise, il se mit à rire, un rire profond, sonore, saccadé.

C'était trop tard pour lui. Mais c'était trop tard pour les autres aussi. En fin de compte, c'était toujours le Renard qui gagnait.

Il tendit la main vers le déflecteur, essaya de découvrir la valise.

Un éclair aveuglant, une déflagration qui lui fit éclater les tympans, le propulsa dans l'éternité.

11 h 42.

Bob Kurner entra comme une trombe dans l'église St. Bernard, remonta le bas-côté, et enlaça la silhouette agenouillée.

« C'est fini ? » Ses yeux étaient secs.

« *C'est fini !* Allez, maman Thompson, venez ramener votre enfant à la maison. Ils ont la preuve absolue qu'un autre type avait commis le meurtre ; ils ont trouvé un enregistrement de lui en train de tuer Nina Peterson. Le gouverneur a dit de relâcher Ron *immédiatement.* »

Kate Thompson, la mère de Ronald Thompson, cette croyante à toute épreuve en la bonté et la miséricorde de son Dieu, s'évanouit.

Roger décrocha le téléphone, se tourna vers Glenda.

« Ils sont arrivés à temps, dit-il.

— Sharon, Neil, les deux sont sauvés ? murmura Glenda.

— Oui, et le jeune Thompson rentre chez lui. »

Glenda porta une main à sa gorge. « Merci, mon Dieu. » Elle vit l'expression de Roger. « Je vais très bien, chéri. Enlève toutes ces satanées pilules et prépare-moi un bon whisky bien sec. »

Hugh avait passé son bras autour de Rosie qui pleurait doucement. « Lally a sauvé sa gare, disait-il. Et nous allons faire une pétition pour qu'on appose une plaque commémorative en son honneur. Je demanderai au gouverneur Carey de venir en personne la dévoiler. C'est un type bien…

25 – Une plaque en l'honneur de Lally, murmura Rosie. Oh !
elle aurait adoré ça ! »

Un visage flottait quelque part au-dessus d'elle. Elle allait mourir et ne reverrait plus jamais Steve. « Non… non…

– Tout va bien, chérie, tout va bien. »

30 La voix de Steve. C'était le visage de Steve.

« Tout est fini. Nous allons à l'hôpital. On va te soigner cette jambe.

– Neil…

– Je suis là, Sharon. » Une caresse de papillon dans ses mains.

35 Les lèvres de Steve sur sa joue, son front, ses lèvres.

La voix de Neil à son oreille. « Sharon, j'ai fait ce que tu m'as dit. J'ai tout le temps pensé au cadeau que tu m'as promis. Sharon, tu as exactement combien de trains Lionel pour moi ? »

Après-texte

POUR COMPRENDRE

GROUPEMENT DE TEXTES

INFORMATION/DOCUMENTATION

Lire

1 En combien d'espaces se décompose la première de couverture du livre ? À quoi sert, selon vous, chacun d'eux ?

2 Qualifiez le tracé des lignes qui les séparent. Quel effet est ainsi produit ?

3 Que pensez-vous du choix des couleurs ? Quelle est celle qui ressort le plus ?

4 Quelle est la nature de l'image (dessin, tableau, photographie) et de quand date-t-elle, selon vous ?

5 Quels éléments de l'image dénotez-vous : référent, éléments présents dans le champ de l'image, disposition, plan, angle de prise de vue, couleurs dominantes, effets de lumière, lignes dominantes, etc. ? (Voir encadré, page suivante.)

6 Quelles connotations cette image suggère-t-elle ? (Voir encadré, page suivante.)

7 Le texte : que remarquez-vous sur le choix des caractères et leur police ? Justifiez leur emploi.

8 Que signifient les termes : « classiques », « contemporains », « texte intégral » ?

9 Quelles connotations suggère le titre du livre ?

10 Comment appelle-t-on le « dessin » qui figure en bas de page à gauche ? À quoi sert-il ? Que suggère-t-il ?

11 Quels liens établissez-vous entre les éléments visuels et textuels ?

12 Quelle est la fonction dominante d'une première de couverture ?

13 À quel autre genre d'image peut-elle être comparée ?

14 La quatrième de couverture : à quoi sert chaque paragraphe ? Quels sont les arguments de vente avancés par l'éditeur ?

15 Quelles sont donc les deux visées d'une quatrième de couverture ?

Écrire

16 En vous aidant de votre analyse de la couverture du livre de Mary Higgins Clark, rédigez la première page du roman en vous interdisant, bien évidemment, de lire le « vrai » début du texte.

Vous vous exprimerez à la troisième ou à la première personne. Vous permettrez à votre lecteur de comprendre les lieux et l'époque de l'intrigue, vous annoncerez l'action et lui donnerez l'envie de poursuivre sa lecture en l'obligeant à s'interroger sur la suite de l'histoire. N'oubliez pas de mettre l'accent sur l'ambiance suggérée par la couverture.

Vous comparerez enfin votre début de roman avec ceux des autres élèves de

POUR COMPRENDRE

la classe et celui de Mary Higgins Clark, puis exprimerez vos réactions.

Chercher

17 Pourquoi utilise-t-on les expressions « première » et « quatrième » de couverture ?

18 Quels sont, selon vous, les métiers sollicités pour les réaliser ?

19 Quel parcours suit un livre : de l'écriture du manuscrit à sa mise en vente en librairie, qui fait quoi ?

20 Citez des noms de « maisons d'édition » que vous connaissez et dites dans quels domaines elles sont spécialisées.

21 Cherchez une autre couverture réalisée par un autre éditeur pour le même ouvrage de Mary Higgins Clark et comparez-la avec celle de l'ouvrage que vous utilisez.

À SAVOIR

LA LECTURE D'UNE IMAGE

Pour bien lire une image (dessin, tableau, photographie, schéma...), il convient de *dénoter* les éléments qui la composent et exprimer les *connotations* qu'elle suggère.

Les *dénotations* représentent une description objective de l'image. On identifie son référent (ce qu'elle montre en général) ; on détaille ses éléments (objets, personnages, etc.) en étudiant leur disposition dans le champ de l'image (premier plan, second plan, arrière-plan) ; on caractérise le plan (gros plan : visage ; premier plan : à mi-buste ; plan moyen : à mi-cuisses ; plan américain : à mi-jambes ; plan général : le sujet « entier » ; plan d'ensemble : le sujet dans l'environnement), ainsi que l'angle de prise de vue (frontal, latéral, plongée, contre-plongée) ; on qualifie ses effets de couleur, de lumière, de mouvement et ses lignes dominantes (horizontales, verticales, courbes, etc.).

Les *connotations* traduisent une interprétation subjective de l'image. Elles s'appuient sur les dénotations précitées, mais dépendent aussi du vécu personnel du lecteur (origine géographique et sociale, situation professionnelle, affective etc.). Elles expriment les réactions (impressions, sensations, sentiments...) éprouvées à la lecture de l'image.

Alors que les dénotations sont sensiblement les mêmes pour tous les lecteurs, les connotations peuvent varier d'un individu à l'autre. Aussi l'image est-elle souvent polysémique, c'est-à-dire qu'elle possède plusieurs significations et suggère plusieurs hypothèses d'interprétation.

Lire

1 Lisez le chapitre 1 en entier et découpez-le, comme au cinéma, en deux scènes. Décrivez précisément chacune d'elle : décor, personnage(s), actions...

2 Étudiez la présentation du premier personnage : quel terme le désigne ? Pourquoi ? Qu'apprend le lecteur à son sujet ? Répondez sous la forme d'un tableau pour lequel vous choisirez vous-même les rubriques.

3 La présentation des autres personnages : nommez-les en les classant selon leur rôle dans l'histoire (du plus important au moins important). Faites, si possible, un schéma qui rend compte de leurs relations (familiales, professionnelles, sentimentales, etc.) et analysez les liens qui les unissent. Quel rapport établissez-vous entre eux et le premier personnage ?

4 Analysez plus précisément le portrait de Sharon Martin. Soulignez dans le texte les passages qui la concernent. Par qui est-elle décrite successivement ? Pourquoi ? Sur quels aspects de sa personnalité insiste-t-on ? Dans quels buts ?

5 Les repères de temps : encadrez dans le texte tous les indicateurs de temps en distinguant, par trois couleurs différentes, les repères qui se situent avant et pendant l'histoire racontée et ceux qui annoncent la suite des événements. Qu'en concluez-vous sur la durée de l'histoire racontée dans ce roman ?

6 Les repères de lieux : dans quel État se déroule le début de l'histoire ? Où aura lieu le crime ?

7 Quels sont les « ingrédients » habituels d'un roman policier ?

8 En quoi Mary Higgins Clark utilise-t-elle ces « ingrédients » de façon originale ?

9 Que sait donc le lecteur ? Quelles questions se pose-t-il ? Sur quoi repose en fait le suspense ?

10 Au-delà de l'histoire racontée, Mary Higgins Clark soulève un problème de société. Lequel ?

11 Quel est son lien, d'après vous, avec l'intrigue policière ?

Écrire

12 La rédaction d'un portrait : imaginez que le journaliste, avant d'interviewer précisément les deux protagonistes de l'émission, fasse un rapide portrait du condamné à mort. Vous insérerez votre texte au moment qui vous semble le plus approprié, en recopiant la dernière phrase du journaliste qui précède votre rédaction. Le lecteur ne devra pas percevoir votre intrusion dans le texte de Mary Higgins Clark. Soignez donc votre enchaînement et respectez le registre de langue utilisé.

13 Sous la forme d'une prise de notes, listez les arguments avancés par Sharon Martin et Steve Peterson pour défendre ou dénoncer la peine de mort. Conservez cette fiche en vue d'une rédaction ultérieure.

Chercher

14 En vous aidant d'un atlas, situez les États des États-Unis où se déroule l'intrigue du roman.

15 Pourquoi dit-on que les États-Unis forment un État « fédéral » ? Qui dirige quoi ?

16 La peine de mort est-elle appliquée dans tous les États des États-Unis ?

17 Qui peut suspendre momentanément l'exécution d'un condamné ? À quelles conditions ?

À SAVOIR

LES DESCRIPTIONS ET LES PORTRAITS DANS UN ROMAN

Pour rendre vraisemblable son récit, pour renseigner le lecteur et lui donner des indices sur la suite de l'histoire, un romancier rédige souvent des *descriptions* et des *portraits* qu'il ne faut en aucun cas négliger, car ils participent pleinement de l'intrigue.

Généralement, le romancier commence par nommer l'« objet » décrit (un décor ou un personnage), puis il le décompose en une suite d'éléments. Pour bien les décrire, il utilise souvent des adjectifs qualificatifs, des compléments du nom et des propositions subordonnées relatives. Ce sont les expansions grammaticales du nom. Mais le romancier peut aussi, pour créer du suspense, ne permettre l'identification de l'« objet » qu'à la fin du passage descriptif. Il commence alors par décrire précisément un détail pour aboutir ensuite à une vision plus globale.

Toutefois, la description d'un même « objet » peut varier en fonction de la personne qui le voit et le décrit. Cette personne peut être un narrateur extérieur à l'histoire, mais aussi un ou plusieurs personnages. Cette juxtaposition de points de vue permet au lecteur de mieux se représenter non seulement ce qui est décrit, mais aussi (et parfois surtout) celui qui le décrit.

POUR COMPRENDRE

Lire

1 La narration des événements du chapitre 2 au chapitre 13 : lisez les premières phrases de chacun de ces chapitres. Que constatez-vous ? Pourquoi peut-on parler, au sujet de la construction du roman, de « découpage cinématographique » ?

2 Relisez attentivement l'ensemble des chapitres 2 à 13, puis réalisez un premier axe chronologique rendant compte de l'ordre linéaire des événements de l'histoire. Réalisez ensuite un deuxième axe chronologique présentant l'ordre de leur narration (voir encadré, page suivante). Que remarquez-vous ?

3 Dans le chapitre 14, quelle impression le condamné à mort produit-il sur le lecteur ? Comment l'auteur suscite-t-il cette impression ? Dans quel but ?

4 Que reproche l'avocat du jeune homme à Sharon Martin dans le chapitre 14 ? Dans quel chapitre précédent ces mêmes reproches ont-ils déjà été formulés ? Par qui ?

5 Quel éclairage nouveau apporte le chapitre 14 sur l'« affaire Ronald Thompson » ?

6 Quels sont les deux moments racontés dans le chapitre 15 ? Comment appelle-t-on au cinéma ce procédé (voir encadré, page suivante) ?

7 Relevez un sommaire du chapitre 15. Confrontez le nombre de lignes consacrées à la narration des événements à leur durée supposée réelle dans l'histoire. Que constatez-vous ? Pourquoi l'auteur procède-t-il ainsi ?

8 Dans le chapitre 15, par quels procédés d'écriture l'auteur dramatise-t-il le retour de Steve à son domicile ?

9 Sur quel événement se conclut ce chapitre ? Comment est-il mis en valeur ?

10 Expliquez pourquoi le découpage cinématographique de l'intrigue accentue le suspense de l'histoire.

Écrire

11 En fonction des informations dont vous disposez au sujet du condamné à mort Ronald Thompson, rédigez la pétition qu'aurait souhaité diffuser son avocat pour sa défense. Vous présenterez votre texte selon les contraintes propres à ce genre d'écrit : titre « accrocheur », interpellation et implication du lecteur pour l'inciter à signer, ton visant à susciter son émotion ou sa colère, espace réservé à l'identité et la signature.

12 Imaginez que le « Renard » soit plus bavard dans le message qu'il adresse à Steve et qu'au lieu de quelques formules laconiques, il lui dépose une vraie lettre sur le buffet de la cuisine... Cette lettre vise bien évidemment à l'effrayer sans toutefois révéler trop d'indices.

Introduisez votre texte à l'aide des phrases (légèrement modifiées) qui précèdent le message. Respectez la typographie suggérée. Datez la lettre en fonction des repères temporels dont vous disposez et signez-la, bien évidemment, comme il se doit...

Chercher

13 Cherchez au C. D. I. un exemple de scénario avec son découpage cinématographique. Que signifient, en « langage cinématographique », les termes : « séquence », « scène », « plan »,

« plan-séquence », « travelling », « voix off », « intérieur jour », « intérieur nuit » ?

14 Lisez à nouveau le chapitre 15 et découpez cette séquence cinématographique en scènes.

15 Répartissez-vous les scènes par groupes, chaque groupe devant rédiger le scénario d'une scène. Présentez les plans avec les mouvements de la caméra, les effets de bruitage, la gestuelle, les mimiques des comédiens et, éventuellement, les répliques des personnages.

À SAVOIR

L'ORDRE, LA DURÉE DES ÉVÉNEMENTS DE L'HISTOIRE ET LEUR NARRATION

L'ordre des événements d'une histoire est toujours chronologique, mais l'auteur d'un roman policier, pour accentuer le suspense, peut décider, dans la narration du récit, de ne pas respecter la chronologie linéaire des événements de l'histoire et procéder à diverses « manipulations ».

Il raconte, par exemple, l'état (ou situation) final de l'histoire pour remonter ensuite à l'état initial. La narration repose alors sur un retour en arrière (ou « flash-back »).

Il peut aussi commencer son roman au milieu de l'action et « casser » la chronologie par des retours en arrière ou des effets d'anticipation. Il implique ainsi davantage le lecteur dans l'intrigue car, en reconstituant l'ordre linéaire des événements, celui-ci mène sa propre enquête.

L'auteur peut enfin consacrer beaucoup de pages à un moment très bref, ou opérer un saut dans le temps et ne pas raconter ce qui s'est passé pendant dix ans ! La confrontation entre la durée supposée réelle des événements et celle de leur narration (nombre de lignes ou de pages) donne un certain rythme au récit.

Les descriptions et les scènes dialoguées ralentissent l'action alors que les sommaires, qui résument des événements, l'accélèrent. Les moments de l'histoire qui sont passés sous silence s'appellent des « ellipses ».

Lire

1 Lisez le chapitre et identifiez les trois énonciateurs qui s'expriment dans le passage. Justifiez votre réponse.

2 Relevez précisément le début et la fin du passage énoncés par Neil ? Quels indices dans le texte vous ont permis de distinguer ce passage ?

3 Dans ce passage, l'histoire est-elle racontée d'un point de vue « omniscient », « externe », « interne » ?

4 Comment appelle-t-on, dans un roman, l'énoncé des pensées d'un personnage ?

5 Quelles informations supplémentaires sont ainsi données au lecteur ?

6 Distinguez les passages où Sharon parle directement à Neil et ceux où sont exprimées ses pensées. Grâce à quels indices les avez-vous identifiés ?

7 Dans quel but la jeune femme s'adresse-t-elle à l'enfant ? Donnez un exemple pris dans le texte.

8 Repérez les moments où le narrateur s'exprime. Justifiez votre sélection.

9 De quel point de vue (« omniscient », « interne » ou « externe ») est alors racontée l'histoire (voir encadré, page suivante) ?

10 À quoi servent les incursions du narrateur dans les pensées et les paroles de Neil et de Sharon ?

11 Pour traduire la douleur physique de Neil, le narrateur utilise des métaphores. Relevez-les et expliquez-les.

12 Dans le dialogue qui clôt le chapitre, quelle information capitale Neil donne-t-il à Sharon et, indirectement, au lecteur ?

13 Pourquoi cette information n'est-elle délivrée qu'à la fin du chapitre ?

14 Comment qualifieriez-vous le ton dominant du chapitre ? Justifiez votre réponse.

Écrire

15 En lisant le roman de Mary Higgins Clark, vous avez remarqué que certains chapitres sont centrés sur un ou deux personnages seulement. À la suite du texte que vous venez d'étudier, écrivez un chapitre supplémentaire (le 24 bis), d'une trentaine de lignes, où s'exprimeront, sous la forme d'un monologue intérieur, Steve Peterson et le narrateur.

Chercher

16 Décomposez les termes « psychopathologie » et « psychothérapie » et cherchez dans un dictionnaire la signification de leurs étymons.

17 Quelles différences faites-vous entre un « psychologue », un « psychiatre », un « psychanalyste » ?

18 À quelle classe grammaticale appartiennent les termes : « paranoïaque », « schizophrène », « psychopathe », « mythomane » ?

19 Cherchez dans un dictionnaire le nom de la maladie à laquelle renvoie chacun d'eux. Notez-le et expliquez, pour chaque mot, son origine étymologique et les caractéristiques de la maladie qu'il désigne.

SITUATIONS D'ÉNONCIATION ET POINTS DE VUE

Les divers épisodes d'une histoire peuvent être racontés par un ou plusieurs narrateurs et par conséquent d'un ou de plusieurs points de vue.

• Lorsque le récit est énoncé par un seul narrateur, celui-ci peut s'exprimer en utilisant « je ». Il est alors soit un « témoin », soit un « acteur » de l'histoire, mais son point de vue est toujours interne puisque le lecteur suit les événements par son seul regard. Cette situation d'énonciation est souvent présente dans les récits autobiographiques, les journaux intimes et les romans épistolaires.

• Le narrateur peut aussi ne pas être « textuellement » présent dans le roman. L'histoire est alors racontée à la troisième personne. Si le lecteur, grâce aux descriptions, aux commentaires, aux retours en arrière, aux anticipations du narrateur, en sait davantage que les personnages, le point de vue du narrateur est dit omniscient. Si le lecteur découvre les lieux, les actions des protagonistes en même temps qu'eux sans connaître leurs pensées intimes ou pouvoir anticiper sur la suite de l'histoire, le point de vue du narrateur est dit externe. Le point de vue omniscient du narrateur est privilégié dans les romans réalistes du XIXe siècle, alors que les écrivains du « nouveau roman », au milieu du XXe siècle, se sont souvent exprimés d'un point de vue externe.

• Un roman présente toutefois le plus souvent des situations d'énonciation et des points de vue mêlés. En effet, certains moments de l'action peuvent être énoncés à la troisième personne par un narrateur extérieur à l'histoire d'un point de vue omniscient ou externe. En revanche, d'autres épisodes peuvent être rapportés par un personnage qui s'exprime à la première personne d'un point de vue interne. C'est le cas, notamment, de très nombreux romans policiers, car l'intrigue, racontée par le narrateur et divers personnages, devient ainsi un puzzle que doit assembler, au fil de sa propre enquête, le lecteur.

POUR COMPRENDRE

Lire

1 Lisez ce chapitre en entier et expliquez, à chaud, pourquoi il est très important pour l'intrigue.

2 Qui raconte ce passage ? De quel point de vue (voir encadré, page 343) ? Justifiez votre réponse par des citations significatives.

3 Relevez précisément tous les indices de temps et de lieux en les classant dans l'ordre où ils apparaissent dans le texte. Que constatez-vous ? Comment appelle-t-on ce procédé narratif ? (Voir encadré, page 341.)

4 Quel effet produit l'accumulation d'indicateurs temporels très précis ?

5 L'intrigue : qu'apprend-on sur le passé lointain d'Arty ? Dans quelles circonstances est morte Nina ? Quels éléments innocentent définitivement Ronald Thompson ? Quels autres crimes le Renard a-t-il commis ensuite ? Quels sont les mobiles du rapt et des deux prochains crimes ?

6 Les névroses du criminel : de quels complexes et de quelles frustrations souffre-t-il ? Quelles sont ses obsessions ? À quel personnage historique s'identifie-t-il ?

7 Faites le point sur ce que savent et ne savent pas Neil, Sharon, Steve, l'inspecteur du F. B. I.

8 Qui ou quoi, selon vous, à cette étape de l'intrigue, peut aider à la capture du criminel ?

9 Que craint le lecteur ?

Écrire

10 Vous êtes Steve Peterson, le père de Neil, et, à l'hôtel de police, vous essayez de témoigner, le plus objectivement possible, des conditions dans lesquelles le Renard s'est emparé de la rançon. Pour être très précis sur le temps, les lieux, le signalement du criminel, etc., relisez attentivement les passages des chapitres 34 et 35 qui relatent l'événement. Suivez la chronologie des faits et exprimez-vous à la première personne. Votre déposition doit tenir en une trentaine de lignes.

Chercher

11 Quelles différences faites-vous entre une histoire « vraie », « vraisemblable », « imaginaire » ?

12 Dans laquelle des trois catégories ci-dessus classez-vous les genres narratifs suivants : « conte merveilleux » ; « journal intime » ; « récit autobiographique » ; « nouvelle fantastique » ; « roman policier » ; « fait divers » ; « récit de science-fiction » ; « roman réaliste » ?

13 Voici quelques auteurs de romans policiers très célèbres accompagnés de leurs talentueux détectives. Qui est le « fils » de qui ?

– Les auteurs : Agatha Christie, Georges Simenon, Frédéric Dard, Conan Doyle, Maurice Leblanc.

– Les détectives : le commissaire Maigret, San Antonio, Sherlock Holmes, Hercule Poirot, Arsène Lupin.

14 À quel type de roman policier appartient *La Nuit du Renard* (voir encadré ci-dessous) ? Justifiez votre réponse.

15 Citez d'autres romans policiers que vous connaissez et classez-les dans les trois rubriques proposées par l'encadré ci-dessous.

LES TYPES DE ROMANS POLICIERS

On distingue généralement trois genres de romans policiers :

• *Le roman d'énigme*. Il représente un puzzle que le lecteur reconstitue, élément par élément, et où s'imbriquent deux histoires bien distinctes : celle du crime et celle de l'enquête menée par des policiers dont la logique déductive est souvent irréfutable. Fréquemment, la chronologie linéaire des événements n'est pas respectée dans la narration. Par exemple, un crime a été commis et le détective « remonte » dans le temps pour élucider l'énigme et trouver le coupable.

• *Le roman à suspense*. L'intrigue est plutôt centrée sur la ou les victimes que sur les enquêteurs. Le suspense joue sur la psychologie des personnages et les angoisses du lecteur qui, même s'il connaît l'assassin, redoute le sort implacable qui doit s'abattre sur les victimes. Le lecteur qui en sait souvent plus que les personnages anticipe ainsi sur ce qui risque de se produire et devient lui aussi un personnage impliqué à sa façon dans le crime et son éventuel accomplissement.

• *Le roman noir*. Le récit coïncide avec l'action criminelle et le lecteur suit l'enquête, pas à pas, d'un détective (souvent « privé ») qui risque sa vie, dans des milieux corrompus, pour trouver le ou les coupables. Les personnages, et parfois même l'enquêteur, sont souvent des « perdants », qui portent un regard désabusé (voire très négatif) sur la société.

Lire

1 Citez tous les événements qui contribuent au dénouement de l'intrigue.

2 Pourquoi Mary Higgins Clark fait-elle libérer Sharon par Steve ?

3 Pourquoi donne-t-on l'heure à la fin du chapitre 52 ?

4 Comment appelle-t-on le procédé narratif qui représente un « saut dans le temps » ? À quoi sert ce procédé ?

5 Tout est bien qui finit bien... mais, qui retrouve qui ? Justifiez leur ordre d'apparition dans le passage.

6 Qui énonce le dernier paragraphe du roman (page 334, lignes 36 à 38) ?

7 D'où provient l'émotion qui s'en dégage ?

Écrire

8 Imaginez que l'histoire que vous venez de lire se situe non pas aux États-Unis, mais en France après 1981, c'est-à-dire après l'abolition de la peine de mort... Imaginez, en outre, que le Renard, au lieu de mourir dans les conditions que vous connaissez, ait en fait été capturé par la police et mis en détention provisoire. Son procès se déroule à la Cour d'Assises. L'avocat général, dans son réquisitoire, réclame une peine de prison à perpétuité et l'avocat de la défense, dans son plaidoyer, demande aux membres du jury de tenir compte, dans leur jugement, de circonstances atténuantes.

Rédigez, à votre guise, soit le réquisitoire, soit le plaidoyer, en respectant la situation de communication induite par l'énoncé du sujet.

Chercher

9 Trouve-t-on des traces explicites de la vie de Mary Higgins Clark dans l'œuvre étudiée ? Oui ? Non ? Pourquoi ?

10 Quels sont les personnages qui appartiennent à la catégorie sociale des W. A. S. P. (« White Anglo Saxon Protestant » : blanc, d'origine anglo-saxonne et de religion protestante) et quels sont ceux qui appartiennent aux minorités noires et hispaniques ? Montrez, en vous appuyant sur des exemples précis, que la romancière établit entre les membres d'une même communauté une hiérarchie sociale dont rendent compte le physique, le langage et le comportement de ses personnages.

11 À quel catégorie de lecteurs américains la romancière s'adresse-t-elle surtout : hommes ou femmes ; jeunes, adultes ou personnes âgées ; moyennement ou très cultivés ; plutôt attachés aux valeurs de la famille et de la religion ou plutôt contestataires ; croyants à la réussite sociale par l'argent ou, au contraire, plutôt désabusés par le système ; partisans ou adversaires de la peine de mort ? Justifiez vos réponses.

12 Quelles que soient vos réponses à la question précédente, pourquoi, selon vous, *La Nuit du renard* est-il un roman qui a touché un public très vaste ?

POUR ÉCRIRE UN ROMAN POLICIER

S. S. Van Dine présente, en guise de préface à son roman *Crime dans la neige*, sa recette pour écrire un « bon » roman policier. En voici des extraits.

1. « Le lecteur et le détective doivent avoir des chances égales de résoudre le problème.

2. Le véritable roman policier doit être exempt de toute intrigue amoureuse. Y introduire de l'amour serait en effet déranger le mécanisme du problème purement intellectuel.

3. Le coupable ne doit jamais être découvert sous les traits du détective lui-même ou d'un membre de la police. Ce serait de la tricherie aussi vulgaire que d'offrir un sou neuf contre un louis d'or.

4. Le coupable doit être déterminé par une série de déductions et non pas par accident, par hasard ou par confession spontanée.

5. Un roman policier sans cadavre, cela n'existe pas.

6. Le problème policier doit être résolu à l'aide de moyens strictement réalistes.

7. Il ne doit y avoir, dans un roman policier digne de ce nom, qu'un seul véritable policier.

8. Le coupable doit être une personne qui ait joué un rôle plus ou moins important dans l'histoire, c'est-à-dire quelqu'un que le lecteur connaisse et qui l'intéresse.

9. Il ne doit y avoir qu'un seul coupable sans égard au nombre des assassinats commis.

10. La manière dont est commis le crime et les moyens qui doivent amener à la découverte du coupable doivent être rationnels et scientifiques. La pseudo science, avec ses appareils purement imaginaires, n'a pas de place dans le vrai roman policier. .

11. Il ne doit pas y avoir dans le roman policier de longs passages descriptifs, pas plus que d'analyses subtiles ou de préoccupations "atmosphériques".

12. Le motif du crime doit être strictement personnel. Les complots internationaux et les sombres machinations de la grande politique doivent être laissés au roman d'espionnage. »

In Boileau-Narcejac, *Le Roman policier*, Éditions Payot, 1964.

LA PEINE DE MORT :
UN DÉBAT TOUJOURS D'ACTUALITÉ...

En 1981, la peine de mort a été abolie en France, peu après l'élection à la présidence de la République de François Mitterrand.

Cependant, elle continue d'être appliquée dans de nombreux pays dont les États-Unis. En effet, depuis que la Cour suprême a estimé, dans une décision rendue en 1976, que le Huitième Amendement à la Constitution n'interdisait pas l'application de la peine capitale, les exécutions ont repris : au total 624 condamnés ont été exécutés aux États-Unis de 1977 au 31 décembre 1999. Et les exécutions continuent : on en dénombre déjà 26 de janvier à fin mars 2000.

Le groupement de textes ci-dessous montre que ce thème a suscité, dès le XVIIIᵉ siècle, de nombreuses polémiques qui gardent encore aujourd'hui, malheureusement, toute leur actualité.

Maximilien de Robespierre (1758-1794)

« La société ne se défend pas, elle assassine », extrait d'un discours (1791).

Robespierre, élu député du Tiers-État en 1789, revendique à la tribune de l'Assemblée le droit à la liberté d'expression, défend l'instruction publique et gratuite pour tous, ainsi que l'abolition de la peine de mort... Il est alors favorable à la monarchie constitutionnelle.

Après la fuite du roi Louis XVI, ses positions se radicalisent. Devenu républicain, il se prononce, durant le procès du roi, pour son exécution (21 janvier 1793). Il contribue à l'élimination de ses adversaires politiques dont celle de son ancien ami, Danton, et sera lui-même guillotiné[1] le 10 Thermidor (28 juillet) 1794.

Hors de la société civile, qu'un ennemi acharné vienne attaquer mes jours ou que, repoussé vingt fois, il revienne encore ravager le champ que mes mains ont cultivé, puisque je ne puis opposer que mes forces individuelles aux siennes, il faut que je périsse ou que je le tue, et la loi de la défense naturelle me justifie et m'approuve ; mais dans la société, quand la force de tous est réunie contre un seul, quel principe de justice peut l'autoriser à lui donner la mort, quelle nécessité peut l'en absoudre ? Un vainqueur qui fait périr ses ennemis captifs est un barbare. Un homme qui fait égorger un enfant, qu'il peut désarmer et punir, paraît un monstre. Un accusé que la société condamne n'est tout au plus pour elle qu'un ennemi vaincu et impuissant ; il est devant elle plus faible qu'un enfant devant un homme fait. Au nom de la vérité et de la justice, ces scènes de mort, qu'elle ordonne avec tant d'appareil, ne sont autre chose que de lâches assassinats, que des crimes solennels, commis non par des individus, mais par des nations entières, avec des formes légales. Gardez-vous de confondre l'efficacité des peines avec l'excès de sévérité ; l'un est absolument opposé à l'autre. Tout seconde des lois modérées, tout conspire contre des lois cruelles.

---

1. Joseph-Ignace Guillotin (1738-1814) était professeur d'anatomie et fut député de Paris aux États-généraux. Il demanda, pour l'exécution des condamnés à mort, la création d'une machine à laquelle on donna son nom, en dépit de ses protestations.

Victor Hugo (1802-1885)

« Octobre 1859. John Brown. Affaire de Harper's Ferry. Aux États-Unis d'Amérique », *in Écrits sur la peine de mort*, Actes Sud, 1992.

Victor Hugo, durant sa longue carrière politique et littéraire, s'est toujours fait l'avocat des misérables. Il n'a que 27 ans lorsqu'il écrit *Le Dernier Jour d'un condamné* (1828) pour dénoncer la cruauté de la peine de mort appliquée aux crimes de droit commun, et défendre ainsi la position des abolitionnistes dans le vaste débat qui s'est ouvert sur ce sujet depuis le XVIIIᵉ siècle. Dans l'article ci-dessous, rédigé 30 ans plus tard, il soutient ouvertement les mêmes opinions en racontant un événement qui s'est produit aux États-Unis d'Amérique en octobre 1859.

Quand on pense aux États-Unis d'Amérique, une figure majestueuse se lève dans l'esprit, Washington[1].

Or, dans cette patrie de Washington, voici ce qui a lieu en ce moment : il y a des esclaves dans les états du Sud[2]. […] Ces esclaves, ces nègres, un homme blanc, un homme libre, John Brown, a voulu les délivrer. […] Plein de l'Évangile, il a jeté à ces hommes, à ces frères, le cri d'affranchissement.

Les esclaves énervés[3] par la servitude, n'ont pas répondu à l'appel. L'esclavage produit la surdité de l'âme. John Brown, abandonné, a com-

---

1. George Washington (1732-1799). Il combattit, aidé par les Français, pour l'indépendance du territoire américain. Il fut le premier président de l'Union en 1789 et fut réélu en 1792.
2. L'esclavage fut aboli dans les colonies françaises en 1848 et aux États-Unis à la fin de la guerre de Sécession, en 1865.
3. Image poétique. Au sens propre, ablation ou section d'un nerf.

battu avec une poignée d'hommes héroïques ; il a lutté ; il a été criblé de balles ; ses deux jeunes fils, saints martyrs, sont tombés à ses côtés ; il a été pris. C'est ce qu'on nomme l'affaire de Harper's Ferry.

John Brown, pris, vient d'être jugé avec quatre des siens. [...] Quel a été ce procès ? Disons-le en deux mots. John Brown, sur un lit de sangle, avec six blessures mal fermées, un coup de feu au bras, un au rein, deux à la poitrine, deux à la tête, entendant à peine, saignant à travers son matelas. La justice « pressée » et passant outre : un attorney[1], Hunter, qui veut aller vite, un juge, Parquer, qui y consent, des débats tronqués [...] des productions de pièces fausses [...] avec ordre aux geôliers de fusiller les accusés si on tente de les enlever. En définitif, quarante minutes de délibération, trois condamnations à mort. J'affirme sur l'honneur que cela ne s'est pas passé en Turquie, mais en Amérique.

Le regard de l'Europe est fixé en ce moment sur l'Amérique.

John Brown, condamné, devrait être pendu le 2 décembre.

Le bourreau de Brown, déclarons-le hautement, ce ne serait ni l'attorney Hunter, ni le juge Parker, ce serait, on frissonne de le penser, de le dire, la Grande République américaine tout entière.

Lorsqu'on réfléchit à ce que Brown, ce libérateur, ce combattant du Christ, a tenté et quand on pense qu'il va mourir, et qu'il va mourir égorgé par la République américaine , l'attentat prend des proportions de la nation qui le commet ; et quand on se dit que cette nation est une gloire du genre humain [...], on affirme que J. Brown ne mourra pas car on recule épouvanté devant l'idée d'un si grand crime par un si grand peuple !

[...] Moi qui ne suis qu'un atome, mais qui, comme tous les hommes, ai en moi toute la conscience humaine, je m'agenouille avec larmes devant le grand drapeau étoilé du nouveau monde, et je supplie à mains jointes [...] cette illustre république américaine de sauver J. Brown[2].

---

1. Homme de loi dans les pays anglo-saxons.
2. John Brown fut exécuté à Charlestown (Caroline du Sud) le 2 décembre 1859.

Boris Vian (1920-1959)

« Ils cassent le monde… », *Poèmes*, Pauvert, 1978.

Boris Vian est un artiste aux multiples facettes. Ingénieur de formation, il était aussi musicien de jazz, auteur-interprète de chansons, journaliste, poète, homme de théâtre et romancier. Sur le ton de l'humour, de la dérision ou de la tendresse, Boris Vian porte un regard lucide et acerbe sur notre société et certaines de ses pratiques d'un autre âge…

Ils cassent le monde
En petits morceaux
Ils cassent le monde
À coups de marteau
Mais ça m'est égal
Ça m'est bien égal
Il en reste assez pour moi
Il en reste assez
Il suffit que j'aime
Une plume bleue
J'aurai toujours un peu d'air
Un petit filet de vie
Dans l'œil un peu de lumière
Et le vent dans les orties
Et même, et même

S'ils me mettent en prison
Il en reste assez pour moi
Il en reste assez
Il suffit que j'aime
Cette pierre corrodée
Ces crochets de fer
Où s'attarde un peu de sang
Je l'aime, je l'aime
La planche usée de mon lit
La paillasse et le châlit[1]
J'aime le judas[2] qui s'ouvre
Les hommes qui sont entrés
Qui s'avancent qui m'emmènent
Un chemin de sable
Un oiseau peureux

1. Bois ou armature métallique d'un lit.
2. Petite ouverture aménagée dans une porte.

Il suffit que j'aime
Un brin d'herbe mince
Une goutte de rosée
Un grillon de bois
Ils peuvent casser le monde
En petits morceaux
Il en reste assez pour moi
Il en reste assez
Retrouver la vie du monde
Et retrouver la couleur
J'aime ces deux longs montants
Ce couteau triangulaire
Ces messieurs vêtus de noirs

C'est ma fête et je suis fier
Je l'aime, je l'aime
Ce panier rempli de son
Où je vais poser ma tête
Oh, je l'aime pour de bon
Il suffit que j'aime
Un petit brin d'herbe bleue
Une goutte de rosée
Un amour d'oiseau peureux
Ils cassent le monde.
Avec leur marteau pesant
Il en reste assez pour moi
Il en reste assez, mon cœur.

Patrick Baudoin

« Va-t-on enfin abolir la peine de mort aux États-Unis ? », *Le Monde*, 19 février 2000.

Patrick Baudoin est avocat à la Cour et président de la Fédération des ligues des droits de l'homme. Il a participé au mouvement de protestation contre la condamnation à mort d'un jeune noir américain de 31 ans, Odell Barnes, condamné à mort en 1991 pour le meurtre de son amie.

Malgré de nouvelles pièces apportées au dossier par ses avocats et les campagnes de soutien international, le gouverneur du Texas a refusé de suspendre l'exécution. Odell Barnes est mort par injection à la prison d'Huntsville, au Texas, le 1er mars 2000.

À Huntsville, au Texas, le centre pénitentiaire mérite incontestablement sa macabre réputation, qu'il est possible d'illustrer par quelques exemples récents. Avant d'être exécuté par injection létale[1], Robert West a demandé une cigarette qui lui a été refusée, car le règlement du pénitencier interdit de fumer.

Un autre condamné à mort, Larry Robinson, a vu in extremis retardée de quelques mois la date d'exécution initialement fixée afin de s'assurer entre temps, qu'il était suffisamment sain d'esprit pour comprendre son châtiment. [...]

Un nouvel épisode de ce feuilleton horrifiant se profile à brève échéance : bien qu'une contre-enquête ait mis l'accusation en pièces, et démontré l'invraisemblable légèreté du procès l'ayant condamné à la peine capitale en 1991, Odell Barnes doit être exécuté à Huntsville le 1er mars 2000. Pour l'instant, ni la démonstration de sa probable innocence ni la forte mobilisation en sa faveur n'ont réussi à enrayer l'inexorable cours de la machine à exterminer.

Depuis que la Cour suprême des États-Unis a rétabli la peine de mort, en 1976, le Texas détient le sinistre record du tiers des exécutions capitales pratiquées dans l'ensemble du pays. Alors que les « couloirs de la mort » américains abritent 70 jeunes condamnés pour des crimes qu'ils ont commis lorsqu'ils étaient mineurs, 30% d'entre eux se trouvent dans les prisons du Texas. [...]

Comment convaincre nos amis Américains de l'urgente et absolue nécessité d'abolir une telle peine barbare, injuste, inefficace, dégradante pour l'image de leur pays ?

La cruauté de la mise à mort relève d'une brutale évidence. Après des détentions d'une durée moyenne de dix années, et pouvant aller jusqu'à vingt ans et plus, dans des conditions insupportables, après souvent plu-

---

1. Injection d'un produit toxique qui entraîne la mort.

sieurs reports d'exécution à la dernière minute, arrive le moment de l'épouvantable rituel, celui où la société représentée par son bourreau procède froidement, délibérément, à l'élimination physique de l'un des siens. Elle se permet même de raffiner sur le choix des moyens : ainsi l'État de Floride a récemment remplacé la chaise électrique par l'injection sans oublier, en complément de ces deux « techniques » désormais les plus utilisées, l'asphyxie, la pendaison, voire la fusillade… Une société qui se comporte de la sorte ne fait rien d'autre que rivaliser dans l'abjection avec le criminel meurtrier en procédant à son assassinat, après l'avoir, au surplus, légalisé. Le recours à la peine capitale n'est jamais qu'une survivance de la loi du talion, indigne d'une nation civilisée. Si, bien entendu, justice doit être rendue à la victime, et si le coupable doit être châtié, c'est en vertu de peines appropriées excluant les traitements cruels, inhumains ou dégradant que prohibent divers textes internationaux. Alors que nul ne songe a légitimer la torture au regard de cette interdiction, comment tolérer l'application de cette forme suprême qu'est la peine de mort, qui porte atteinte à l'intégrité physique de l'individu jusqu'à lui supprimer la vie même ?

Le caractère injustifiable de la peine de mort, contraire aux valeurs universelles de dignité humaine, est encore renforcé par son allure de loterie et les inégalités criantes dans son prononcé. Ainsi, un Noir est beaucoup plus exposé qu'un Blanc : alors qu'aux États-Unis 12,5 % seulement de la population est noire, 35 % des condamnés à mort sont de cette couleur de peau. La différence de fortune, qui se conjugue souvent avec ce phénomène, liée à la naissance, constitue un élément aussi inique que déterminant : l'accusé qui peut disposer d'un bon avocat chèrement rétribué a beaucoup plus de chances de sauver sa tête que celui défendu par un conseil non rémunéré.

Tout aussi patente est l'inefficacité de la peine de mort par rapport à son objectif de prétendue exemplarité. Toutes les enquêtes menées montrent au contraire qu'elle n'a pratiquement aucun effet dissuasif et qu'elle ne réduit pas le nombre des crimes. Elle n'arrête pas le bras de l'assassin soit parce que celui-ci agit sous le coup d'une pulsion soudaine et incontrôlable, soit parce qu'il espère toujours échapper au châtiment. Le cas du Texas, qui demeure un État à criminalité forte malgré les exécutions pratiquées, en est d'ailleurs la confirmation.

Enfin, chacun sait que la justice, surtout lorsqu'elle repose davantage sur une logique de vengeance que sur un souci d'équité, est loin d'être infaillible, et l'exécutions d'innocents suffit à elle seule à convaincre, s'il en était besoin, de la monstruosité de la peine de mort. Sur 500 personnes exécutées aux États-Unis depuis 1977, des interrogations existent sur la culpabilité de 75 d'entre elles. [...]

Quelques signes d'espoir apparaissent avec un début de prise de conscience de hauts responsables politiques américains, avec le développement d'un vaste mouvement de protestation contre la peine de mort aux États-Unis, avec une pression de plus en plus forte de l'opinion publique internationale. Le moment est donc opportun pour amplifier les initiatives et les protestations, et clamer qu'il est indigne pour le peuple américain d'appartenir au dernier pays occidental à appliquer la peine de mort.

BIBLIOGRAPHIE
Romans de Mary Higgins Clark publiés dans Le Livre de Poche
– *La Clinique du docteur H.*
– *La Maison du guet.*
– *Ne pleure pas ma belle.*
– *Le Fantôme de Lady Margaret.*
– *Nous n'irons plus au bois.*
– *Souviens-toi.*
– *Ce que vivent les roses.*
– *Un Cri dans la nuit.*
– *Le Démon du passé.*
– *Dors ma jolie.*
– *Recherche jeune femme aimant danser.*
– *Un Jour tu verras.*
– *Douce nuit.*
– *Tu m'appartiens.*

Ouvrages sur le genre policier
• Essais
– Pierre Boileau et Thomas Narcejac, *Le Roman policier*, « Que sais-je ? », P. U. F., 1975.
– Jean Bourdier, *Histoire du roman policier*, Éditions de Fallois, Paris, 1996.
– Jacques Dubois, *Le Roman policier ou la Modernité*, Nathan, 1992.
– Uri Eisenzweig, *Autopsie d'un roman policier*, « 10/18 », U. G. E., 1983.
– Franck Fvrard, *Lire le roman policier*, Dunod, 1996.
– Patricia Highsmith, *L'Art du suspense*, Calmann-Lévy, 1987.
– Marc Lits, *Pour lire le roman policier*, De Boeck / Duculot,1989.
– Yves Reuter, *Le Roman policier*, « Lettres 128 », Nathan, 1987.
– Tzvetan Todorov, « Typologie du roman policier », *in Poétique de la prose*, « Points », Le Seuil, 1971.

• Revues
– « Le Roman policier », *NRP* n° 4, décembre 1998, Nathan.
– « Arsène Lupin », *NRP* n° 5, janvier 1993, Nathan.
– « Le Roman policier », *TDC* n° 578, mars 1991 (Publications du CNDP).
– « Le Roman pour la jeunesse, assurance frissons », *TDC* n° 743, novembre 1997 (Publications du CNDP).
– « La Planète Polar », *Magazine Littéraire*, n° 344, juin 1996.

S'INFORMER AU C. D. I.
Vous pouvez consulter les articles de presse et les dossiers suivants au C. D. I. :
– Philippe Key : « La peine de mort en question », *Clés de l'actualité* n° 289 du 12 février 1998.
– Christopher Vadot : « Un million de marcheurs contre la peine de mort », *Clés de l'actualité* n° 346 du 15 avril 1999.
– « Pour la première fois depuis 1984, une femme est exécutée aux États-Unis »,

Le Monde n° 16493 du 5 février 1998, pp. 1, 2, 15, 32, 34.
– David Hicks : « Journal d'un condamné dans le couloir de la mort », *Le Monde* n° 16552 du 15 avril 1998, pp. 12-13.
– Michel Marbeau : « Victor Schoelcher, de Nelly Schmidt », *École des Lettres (second cycle)* n° 4 du 1er octobre 1998.
– Stéphane Béchaux : « La peine de mort divise l'Amérique », *Phosphore*, numéro hors série, octobre 1998.
– Paule Dandoy : « La peine de mort est une idée primitive », *Phosphore* n° 220, octobre 1999.

CONSULTER INTERNET

Sur la peine de mort :
– http ://www.iep.univ-lyon2.fr/PdM/peinedemort.html
– http ://www.justice.gouv.fr/textfond/textfond.htm
– http ://www.coe.fr/50francais/activites/peinede.htm
– http ://www.alpes-net.fr
– http ://www.acat.ch

Remerciements de l'éditeur
À Marie Dormann et Tony Cartano, deux contemporains peu classiques !

Couverture
Conception graphique : Marie-Astrid Bailly-Maître
Photo: Gratte-ciel à New York, © Photodisc.

Intérieur
Structuration du texte : Roxane Casaviva
Conception graphique : Marie-Astrid Bailly-Maître
Réalisation : PAO Magnard, Odile Galateau

Imprimerie. I.F.C. 18390 Saint-Germain-du-Puy

N° d'éditeur : 2000/506. Dépôt légal novembre 2000 - N° d'imprimeur : 00/1095